雨露《うろ》

梶よう子

幻冬舎

雨露

装丁　フィールドワーク（田中和枝）
装画　岡田航也

目次

序章　上野山王台――4
第一章　四ツ谷鮫ヶ橋円応寺　二月十七日――24
第二章　江戸決戦――112
第三章　雨と露――204

序章　上野山王台

寒風が草むらを撫で、葉の落ちた樹木の枝を揺らした。

上野山王台。かつて、徳川将軍家の菩提寺として広大な寺領を誇った東叡山寛永寺の一角。手に画帖を抱え、絵筆と絵の具の入った箱を肩から提げた小山勝美《こやまかつみ》は、石造りの宝塔をもう半刻ほども見上げていた。石積み台の上にある宝塔の高さは二丈五尺（約七・六メートル）、その両脇に小灯籠が二基、さらに手前には大灯籠が二基置かれている。

宝塔には、ただ『戦死之墓』と石刻されている。

着古した小袖と素足に下駄履き。師走の風の中では身を切るような寒さだった。しかし、勝美はじっとそこに佇んでいた。

明治十四年（一八八一）十二月――。

ようやく、この地に戻って来たのだと。ようやく、ここに眠ることが出来るのだと。

勝美の胸裏にはその喜びだけがあった。

徳川幕府が瓦解して、十四年。これが長かったのか、あっという間であったのか、勝美にはわからない。いまは浅草の仲見世通りの辻で似顔絵描きとして細々と暮らしを立てている。

江戸が東京となり、明治と改元され、江戸城は東京城と改称された。

薩長土肥を中心とした新政府は、近代国家を目指し、欧化政策を次々と進めた。明治五年にはいち早く鉄道が敷かれ、銀座にはガス灯がともり、表通りには煉瓦造りの家が軒を連ね、洋装の人々が往来し、駕籠の代わりに乗合馬車や人力車が駆け抜ける。

寛永寺の境内も大幅に縮小された。山王台坂下にあった寺の総門である黒門はここにない。明治新政府は、維新後に寛永寺の寺領を没収し、徳川家霊廟と一部の堂宇を残したが、それ以外は上野公園と定め、庶民の憩いの場として開放した。公園内には外国人設計士が携わった博物館が出来、来年には開館することになっている。その披露目を兼ね、今年の春には、殖産興業の奨励と推進を図る第二回『内国勧業博覧会』が催された。これも欧米の万国博覧会を模したものだと勝美は耳にしていた。優れた出品物には褒賞が贈られるという。美術作品も出品され、此度、褒賞を受けた画は、菓子屋の主人が百円で買い取ったというから驚きだ。

辻での似顔絵は一枚二銭で売っている。以前、酔客が連れの芸者によいところを見せたかったのだろう、一円を投げて寄越したことがある。その日は、浅草の天ぷら屋で腹を満たした。

目まぐるしく変わっていく世。

時は止まることなく流れている。あの時も、いまも。

勝美は、息を吐いた。

忘れてはならないのだ。決して忘れるようなことがあってはならないのだ。

慶応四年（一八六八）旧暦五月十五日。この地、上野で確かに戦があった。

二百六十余年という長きに亘る泰平の世にあって、江戸が初めて戦場になった日のことを。

我らは決してその脳裏から消し去ってはならない。

「小山くん？　小山くんじゃないか」

聞き覚えのある声に勝美は、振り返った。

「丸毛《まるも》さん！　お久しぶりです」

「まあ、久しぶりといっても、半年振りというところだけれどね」

杉綾織の外套を身に着けた丸毛利恒《としつね》が、帽子を取って、笑みを浮かべた。きちりと櫛を入れた黒髪、涼やかで優しい目元。端整な顔立ち。眼鏡が細面によく似合っている。

丸毛は嘉永四年（一八五一）生まれの三十一歳。元は二百五十石の幕臣だ。維新動乱の際には、慶応二年（一八六六）の第二次長州征伐に弱冠十六歳で参戦し、その後幕府銃隊である奥詰銃隊に配属され、京に上ると最後の将軍慶喜の警護役を務めた。維新後は、横浜税関、農商務省などに勤め、いまは新聞社にいる。

二歳歳下ではあるが、学問、武芸に優れた丸毛は勝美にとって尊敬出来る人物だ。

ああ、と丸毛が顎を上げて、宝塔を見上げる。

「立派ですねえ。もっと早くこの日が来れば、ここで散っていった皆さんの魂も報われたのではなかったかと忸怩《じくじ》たる思いがいたします」

帽子を脇に挟んで、丸毛は静かに両手を合わせた。

勝美はその様子を黙って見ていた。丸毛は、合わせた手を解き、宝塔に向けて一礼すると、勝美に向き直った。

「どなたともお会いになってないのですか？」

「私もここに着いたのは午後でしたので、法会には間に合わず。ただ土肥さんにはお会い出来ましたよ。ついさっき別れたばかりです」

丸毛が眼を見開いた。

「それは、会いたかったなぁ。もっと早く仕事を終えて来ればよかった。上司が口うるさくてねえ。長州の出だかなんだか知らんが、威張り散らしている。だからわざとのんびり仕事をしてやったのだが、こいつはしくじった」

丸毛は、心底残念だという顔をした。

土肥は、名を庄次郎《しょうじろう》といい、今は松廼家露八《まつのやろはち》と名乗っている吉原の幇間《ほうかん》だ。

土肥家は一橋家に仕えていたが、嫡男の庄次郎は、武芸を真面目に修める反面、十三の頃から吉原に出入りする放蕩息子でもあった。結局、庄次郎は二本差しよりも、御座敷遊びが性に合っていたのか、ついには廃嫡の憂き目に遭い、吉原の幇間が生業《なりわい》になってしまった変わり種だった。

それでも、元治元年（一八六四）、第一次長州征伐には従軍しているらしく、武士としての働きも十分している。

「土肥さんは法会の終わりに参列されたようです。かなりの方々が集まっていたと。懐かしい顔もあったとおっしゃっていました」

「そうだろうね。きっと皆、安堵しただろうね。これで落ち着くことが出来るよ。政府の許可が下りても、金など当然出してやくれなかったからね」

上野に墓碑を建てる許可は七年前、すでに下りていた。唐銅製の宝塔が造られたものの、資金不足で撤去せざるを得なかった。しかし、此度は資金が集まり、石造りの墓碑が建ったのだ。

今日は、その披露目を兼ねて墓前法要が営まれた。

「もう少しだけ土肥さんを引き止めてほしかったなぁ」

「申し訳ございません。夕早くにお座敷が入っているからと、それで急いで帰られました」

勝美が頭を下げると、丸毛は悪戯《いたずら》っぽく笑った。

「本気にするなよ。君は本当にあの頃から真面目だった」

「ただ帰り際、土肥さんが、自分が死んだら、菩提寺ではなく、彰義隊の奴らが眠っている円通寺に埋めてくれ、と。遺言だと。私に託されましてもねぇ」

「ははは。土肥さんらしくていい。ねえ、あの当時は、いくつだったっけね」

「二十でした」

「僕は、十八歳だったかな。互いに頑張って来たよねえ、この十四年間」

丸毛は、過ぎ去った日々に思いをはせるように眼を細めた。が、すぐに頰を緩めていった。

「じゃあ、小山くん、今度土肥さんに会いに吉原でも行こうじゃないか。幇間ぶりを見てみたいよねぇ」

「ああ、それはその」

「へえ、ご妻女が怖いのかい」

丸毛が探るような眼を向ける。

「違います。辻絵描きなど、吉原で遊べるほどの稼ぎがないということですよ」

大丈夫、揚代は僕が持つよ、と丸毛が笑った。

「なんたって僕は新聞社の人間だぜ。取材費で落とせばいいのさ」

丸毛はそう軽口を叩いて、再び帽子を被ると、勝美の肩をぽんと叩いた。が、すぐに整った顔を引き締め、再び宝塔を眺める。

「我々生き残り組は、こうしてひっそりとこの墓標の前に立つことしか出来ないのかねぇ。まあ、それでも構わないけれどね」

『戦死之墓』か、と丸毛は宝塔に刻まれた文字を声に出し、ふっと唇を曲げた。

「これは、山岡鉄舟《やまおかてつしゅう》翁の筆だそうだね。新政府への嘆願がようやく聞き届けられ、墓碑が建ったというのになぁ。翁もなにを憚ることがあったというのか。手蹟は自分だと記してもよいのにな。未だ政府に気を遣っているのだろうかね」

勝美は丸毛の物言いに無念の思いを感じ取った。それは、勝美とて同じだ。我らがここで、同胞と干戈《かんか》を交えたのは事実。

そして、その戦いは、相手の西洋式の武器によって、わずか半日で終結したのも事実――。

あの日以来、勝美は雨が嫌いになった。

頭上から降り注いだ生温かい五月の雨は、銀色の矢のように我らを撃ち抜いた。泥濘《ぬかるみ》に足を取られ、水を含んだ衣は重くなった。

放たれた砲弾が石の灯籠を吹き飛ばし、堂宇を破壊し尽くした。途切れることなく撃たれる銃弾がいたる所にその痕を残した。

勝美の隣にいた者が胸を朱に染めて地に沈んだ。恐怖と絶望に襲われ、次々と斃《たお》れていく者たちを目の当たりにしながら、それでも勝美は懸命に応戦――した。いや、必死に逃げ回っていただけだったような気がする。

死にたくなかった――。

ただ、その一心で生き延びた。卑怯と謗《そし》られ、愚弄されても、生きねばと思った。

そうだ。二十歳だったのだ。まだ、たった二十歳だったのだ。

けれど、ともに戦に出た二歳上の兄の行方は十四年経たいまも知れない。

人伝に聞いた話では、会津戦争の後、海を渡り箱館五稜郭まで行ったらしい。

丸毛も五稜郭の戦いに赴いたひとりだが、兄のことは知らなかった。

上野の戦で生き残った勝美は父母に詰《なじ》られた。なにゆえ兄の後を追わなかったのか、と。それが出来なかったのなら、上野で死に花を咲かせればよかったものを、と。

「長男は行方知れず、弟はのうのうと生き残り家に帰った。これでは、志を同じゅうして戦い、命を落とした人々の法要にも行けませぬ。ご遺族の方々に合わせる顔もございませぬ。一片の覚悟もなく、戦に出たのかと思うと情けなくてなりませぬ」

母は、戦から戻った勝美を前にして叫んだ。

私でなく兄が生き残ったとしたら、父母は喜んだだろうか。戦に敗れて戻ったとしても立派に役目を果たしたと誇りに思っただろうか。

勝美は、川越松平家の右筆を務めていた小山家の次男として生まれた。兄は武に優れた偉丈夫で、病がちで幼い頃から画を描き、部屋に籠りがちだった勝美とはその体軀も性質も正反対だった。

父母は当然のことながら、兄を大切にした。武家にとって嫡男以外は皆、厄介者でもある。次男三男など養子先があれば御の字、という待遇だ。

だが、倒幕の狼煙《のろし》が上がったとき、勝美は兄に誘われた。

「いまこそ将軍家をお守りすることが忠ぞ、義ぞ。たとえ部屋住み者であろうと、いや部屋住みだからこそ、お役に立とうと思わねばならん」

と、兄は力を込めていった。

新政府は錦の御旗を翻し、官軍となり、徳川家及び徳川に与《くみ》する藩は朝敵とみなされた。

あれは、本当に正しかったのだろうかと、いまでも勝美は思う。

果たして、新政府軍は正義だったのか。我らは、ただ悪の賊軍だったのか。

徳川の世が崩れ去ったのは紛れもない。

しかし、真実は一方向から見るべきではない。我らには我らの正義があったと信じている。

けれど――。

「小山くん、どうした？　ずいぶん、深刻な顔だ」

丸毛の声に、勝美ははっとして我に返った。

「丸毛さん」

ん？　と丸毛が訝《いぶか》しむ。

「出来ることならば、彰義隊の碑、と刻んでいただきたかった」

勝美はそう呟いた。

「そうだね。我らとて国を憂えていた。将来が見えずにいた。個で生きることは出来なかった。選択も出来なかった。それは新政府軍も変わらなかったと思うよ。けれど、攻めるより、守るほうがずっと難しいからね。創り上げるより、壊すほうが容易《たやす》いものさ」

勝美は、ええと応えて、ゆっくりと頷いた。

「どうだい、小山くん。せっかくの再会だ。精養軒で飯でも食おうか」

丸毛の誘いに、勝美は、思わず声を上げた。

「馬鹿なことをいわんでください。吉原も無理ですが、精養軒などとても入れませんよ。大体あそこは——」

丸毛は、顔を真っ赤にしていい募る勝美を楽しそうに見ながら笑った。

「冗談だよ、冗談。僕だってとてもじゃないが入れない」

上野精養軒は、西洋料理屋だ。不忍池《しのばずのいけ》のほとり、木立の間に建つ洋館だ。政財界の人間や外国人らが多く利用しており、「ちょいと飯でも」と気軽に入れる場所ではない。

「まあ、まだ陽はあるが、安酒でも飲もう。時間はあるのだろう?」

「ええ、今日は仕舞いにしてきましたから」

勝美と丸毛は、もう一度、宝塔を見上げて手を合わせてから、身を翻した。

と、山王台の緩やかな坂を上ってくるふたりの男が眼に入った。

少し先を歩く男は五十がらみ、もうひとりはそれより若い。ともに羽織を纏い、白髪交じりの髪に、下駄履きだった。

こちらに向かって真っ直ぐに歩いて来る。

「誰だろう。隊士の遺族か、それとも僕らと同じ生き残り組か。今日、ここに来る者といえば、そうした者たちしかおるまいが」

丸毛が帽子の縁を撥《は》ね上げて、ふたりの男に視線を放った。なんの会話もせず、一定の距離を保って歩いて来るのが、勝美は不思議に思えた。

年嵩の男が、こちらに向けて一礼したが、不意に眼をすがめて勝美を見た。

知り合いか、と丸毛が訊ねてきたが、勝美は首を横に振る。が、男は急に早足で歩き出し、

「おおお、こいつは驚いた」

と、大声を出すや、駆け出した。

勝美はずんずん近づいて来る男を訝りながら、その顔をあらためて見て、思わず知らず声を上げていた。

「よ、芳幾《よしいく》さん！」

「ああ、こりゃあ、久方ぶりだ。え？　もう十年は経つかね」

芳幾が、勝美の前に立った。芳幾はちらと勝美の絵の具箱と画帖に眼を留める。

「やっぱり画は描いているんだねぇ。世話になっている版元はどこだえ？　それとも売り絵を描いているのかえ？」

勝美は、いやあ、と髪を掻き、遠慮がちに応えた。

「売り絵といえば聞こえはよいですが。浅草で似顔を描いています」

そうかい、そうかい、と芳幾は嬉しそうに幾度も頷いた。

「飯が食えているなら、それでいいさ。お前さんが、そうして画を続けてくれているだけでも、兄さんは喜んでいるだろうよ」

「そ、そんな——滅相も」

勝美がいい淀むも、芳幾は意に介さず振り返り、

「なにを、のらくらしているんだ。早く上って来い」

「わかってますよ、兄さん」

もういい歳なんだ。知り合いに会ったからって犬ころみてえに飛び跳ねて行かなくてもいいでござんしょうよ、と男は懐手をしながら、不満そうな顔をした。

と、丸毛が勝美に身を寄せて、こそっといった。

「小山くん、芳幾というのは、絵師の落合芳幾《おちあい》かい？」

ええ、と勝美はぎこちなく頷いた。

「へえ、知り合いだったのか。でも高名な絵師がなぜ、ここに。知人が彰義隊にいたのだろうかね」

丸毛の疑問に勝美は顔を強張《こわば》らせた。

「こら、芳年《よしとし》。おれに向かって犬ころとはなんだえ」

芳幾が色をなして叫んだ。勝美は息を呑んだ。あの人が月岡《つきおか》芳年、か。櫛を入れ、後ろに流した短髪、大きな眼に通った鼻筋。歳相応ではあるが、若い頃は結構な色男だったに違いない。

「や、聞こえていなすったか。やれやれ、とんだ地獄耳だ」

舌打ちした芳年は、下駄を引きずるようにして歩いて来た。

「落合芳幾に月岡芳年とはね。ははは、江戸を沸かせた浮世絵師がふたりか」

丸毛は思いも寄らない珍客を興味津々で見つめた。

芳幾、芳年はともに、武者絵で人気を博した歌川国芳《うたがわくによし》の弟子だ。歳は芳幾の方が六つほど上だが、入門は七日しか変わらず、ともに切磋琢磨し、メキメキと頭角を現し、あっという間に絵師番付の上位に名を連ねた。

大地震や暴風雨などの天災、諸色の高騰、外国の脅威。なにより幕府崩壊という危機が、民衆の不安を募らせた。

そうした先の見えぬ世相は、異様な高まりを生み出した。殺しの場面や血糊《ちのり》が流れる残酷な芝居が増え、特に芳年は、血みどろ絵、無惨絵と呼ばれた錦絵を版行した。血の色を鮮やかに見せるため、赤に膠《にかわ》を混ぜ光沢を出すという工夫をした。

芳年は、弟子を連れて、戦のすぐ後に上野に赴き、転がる亡骸《なきがら》を画に収めたという。

そして時を置かず、上野戦争を想起させる錦絵を版行した。

『魁題百撰相《かいだいひやくせんそう》』だ。

六十五枚の揃物で、過去の侍たちになぞらえ、その死に様を生々しく描写した錦絵だった。

勝美はそれを見ていない。絵草紙屋の店先に吊るされていても、避けて通った。

いくら画が真に迫っていようと、戦に出た勝美には所詮、絵空事だったからだ。

「時はかかったが、大きな墓碑が建ったものだね。今度は借金はなしかえ？」

芳幾の問いに、

「ええ、前回の墓碑は墓守をしてくださっている方に借財が出来てしまったそうですが、これはもうそういうことは一切なく、安心して詣でることが出来ます」

勝美はそう返答した。

丸毛が一歩足を踏み出した。

「お初にお眼にかかります。芳幾先生、芳年先生」

丸毛は姓名を名乗り、元彰義隊隊士であると告げた。

「先生方の錦絵新聞はよく拝見しております。圧倒的な筆力で、見てよし、読んでよし、で楽しめる。僕らは日刊新聞ですから、色摺りの丁寧な仕事が出来ないのが悔しいですが」

へえ、と芳年が顎をしゃくった。

「お前さん、日刊の新聞記者か。よくいうぜ、絵入りの新聞は、事件のあらましがわかってから摺るからな。即時性ってのが出せねえ。そいつが玉に瑕《きず》だ」

「おっしゃる通り、新聞は政治、事件、事故、文化などをいち早く伝えるものですからね。しかし、読み物として楽しむのならよいのではないでしょうか」

ですが、と丸毛は眼鏡をくいと持ち上げると、芳年を見据えた。

「猟奇的な事件の画は、さすがというべきなのでしょうが、眼を覆いたくなる物もあります。あまりに残酷な画もありますので」

ほう、と芳年が丸毛の視線を受け止め、見返した。

「彰義隊隊士が意気地のねえことというなよ。お前さんは、戊辰の戦は上野の他には出たのかい」

「僕は、箱館まで行きました」

「なんだよ、そいつはすげえな」

芳年は感心するようにいった。

「そんなに戦場に出たお方なら、わかるだろう？　命のやり取りの中で人がどれだけ変わっちまうか。人間だって獣と同じさ。命を取られるとなれば、必死になる。目の前の奴をたたっ殺してでも己を守ろうとするじゃねえか」

それは、そうですが、と丸毛が芳年を睨《ね》めつける。

「しかし、戦には思想もある、戦う意義がある。武力の行使は正義を守るためでもある」

あはは、と芳年が身を折って笑う。

「芳年、もうやめないか」

芳幾が止めに入るも、芳年は笑い続けた。目尻に涙まで浮かべ、

「だって、芳幾の兄さん、つまりはどっちが多く人殺しをしたかで決まるんだろう？　おれは、戦に出ていねえ。だから、思想も意義もわかりゃしねえ。けどな、戦なんざやってもいいことなんかありゃしねえのだけはわかってるよ」

丸毛に顔を寄せていい放った。

丸毛はあからさまに嫌な顔をする。

「人ってのはな、どんなに善人面していても、腹の底には悪意や憎悪が眠ってるもんさ。いつ、そのたがが外れるかは本人も気づかねえに違いないんだ。人を殺める奴の心根なんか知りたくもねえが、誰もが持っている。恐怖が極まった人間も同じさ。そこから逃げたくて、狂気に走る。おれはな、画でそういうことを伝えたいのさ。一皮剝けば、皆獣だってよ」

戦もそういうものだろう？　だから、人を斬り刻んで、臓物を引きずり出しても平気な顔をしていられる、と芳年は語気を強めた。

丸毛は眉を寄せ、不快な表情を芳年へ向ける。

「目の前で人がばたばた倒れて、血が噴き出すのも見ているはずさ。もうなにも感じなくなっちまうのかなぁ。ああ、怖えなぁ。あんたは幾人殺めたんだい？　そうなると元の自分に戻れるのか？　人殺しする前の自分によ」

風がさらに冷たくなってくる。

丸毛は黙したままでいた。

勝美は手で腕をさする。それだけでは冷えた身体《からだ》は温まるはずもない。しかし、こんな不毛な話は一刻も早くやめさせたかった。

「丸毛さん、芳年先生、やめましょう。墓碑の前です」

ああ、と丸毛は一歩引いた。が、芳年が首を傾《かし》げた。

「ところで、お前さんはどなたさんだい？　腕に挟んでいるのは画帖のようだが、やはり彰義隊の隊士さんだったのか？」

はい、と勝美は返した。

「ああ、そうか。芳年は会ったことがなかったんだな。小山勝美さんだ。芳近《よしちか》兄さんの弟子だ。いまは、似顔絵描きをしているそうだ」

芳近兄さん、と芳年はぼそりといって、大きな眼をぎらりとさせた。

「お前さんか？　ああ？　芳近兄さんを彰義隊に引き込んだのはよ」

それは、と勝美は身を硬くした。

「小山くん、もしかして、その方は」

丸毛が眼を瞠《みは》った。

勝美は拳を強く握り締めた。

「そうです。私が彰義隊に入ることを告げた後、寛永寺に――」

「てめえか！」

芳年が怒鳴ると同時に勝美に飛びかかり、襟を絞り上げた。初老とは思えないその速さに勝美は逃げることが出来なかった。

「てめえが、芳近兄さんを戦に引きずり込んだんだな！　兄さんは武家でもなんでもねえや。大義とも正義ともかかわりねえ、ただの町絵師だったんだぞ。この野郎！」

勝美は芳年に揺さぶられながら、ひと言も返せずにいた。

「おい、芳年、落ち着け」

芳幾が、ふたりを引き剝がそうとしたが、芳年は手を離さず、さらに強く力を込めた。

「落ち着いていられるかい！　おめえは知っているのか。兄さんがどうやって死んでいったか、知っているのか！　いってみろ。こら」

指が喉元に食い込む。息が詰まる。勝美は呻《うめ》いた。

勝美は芳年の手首を握った。

「知ら、なかった、んです」

途切れ途切れに言葉を発した。

「なんだと、知らなかったとはどういう意味だ」

「まことです。小山くんは、芳近さんという方がいらしたことを戦の当日に知ったんですよ」

丸毛がとりなすようにいったが、芳年は聞く耳を持たなかった。

「ンなことあるかい。そこらの湯屋に行くのとわけが違うんだぞ。どこの誰が好きこのんで、戦になんか行くかよ」

「まことです、まことなんです」

勝美は懸命にいい募った。

「なぜ、芳近師匠が上野に来たのか、本当のところはわかりません。私は、むしろ彰義隊で働くことを強く反対されましたから。そんな師匠が――」

芳近は、どこで調達して来たものか、胴に籠手《こて》、脛当《すねあて》を身に着け、腰には刀、手には槍を携えて、勝美の前に現れた。

「信じられるかよ、そんな話」

芳年はさらに怒鳴った。

「おれは、戦が終わった後、上野に駆けつけた。芳近の兄さんが戦に出たって知ったからだ」

芳年はぐっと歯を食いしばった。

目の当たりにした光景に、芳年は震えたという。足がすくんだ、ともいった。

「江戸の頃は、あちこちに死体が転がっていたし、川に土左衛門が浮いているのもしょっちゅうだった。どうということもないと思ったが、戦を甘く見ていたとすぐに気づかされた。こいつは殺し合った後だというのが身に刺さるようだった。おれは、いっとき兄さんのことを忘れ、画帖を出して夢中で描き続けたんだ」

あたり一面から聞こえてくるんだよ、断末魔の声や悲鳴が。その無念の思いを掬《すく》い取ってやりたかった、と芳年は唇を噛み締めた。

「兄さんに気づいたのは、帰り際だった。黒門から入って、少しのところに兄さんはいたんだ。何発も弾を浴びていたよ。泥と血にまみれていた。それだけじゃねえ。新政府軍の奴らに幾度も踏まれたのか、蹴られたのかしたんだろう。むちゃくちゃだった。唇が腫れて歯も折れて、目玉が半分飛び出していたよ。これは兄さんじゃねえ、知らねえ奴だと思いたかったが、懐によ、半切りにした画帖を納めていやがった」

戦が始まる幾日も前から、彰義隊の奴らを描いていたんだ、と芳年は絞るようにいった。

「いつ始まるかわからねえ戦を前にな、皆笑ってた。武家はみだりに笑うもんじゃねえというが、そうじゃねえのだと知ったよ。爺いもいたが、十五くらいの隊士もいた。兄さんの筆だとすぐ気づいたよ。赤子の画もあった。泣き顔、笑い顔、乳にむしゃぶりついている姿もな」

赤子――。勝美は目蓋をきつく閉じる。

芳年は短く呼吸をしている勝美の襟をぐっと引いた。

芳年の鼻がつきそうなくらいに引き寄せられた。

「兄さんは、ここで死んじゃいけなかったんだよ。そりゃあ、筆は遅いし、それほど売れちゃいなかったが、誰より画が好きだった。国芳師匠の飼い猫を写すのに長けてた。なんで、戦に出たんだ。おめえのせいなんだろ？」

てめえが、誘ったんだろう？　怖くて小便洩らしそうだから、一緒に来てくれっていったんだろ！　と、芳年は勝美を責め続けた。

勝美は激しく首を振る。

本当に知らなかった。

芳近師匠が、上野に来るとは。だが、きっと私のせいなのだ。芳近師匠を殺したのは、私なのだ。それが、ずっと心の奥底に沈んだままになっている。

「芳年！　いい加減にしねえか」

芳幾が力ずくで割って入って来た。

芳年は大きく舌を打ち、突き放すように勝美から手を離した。勝美はそのまま、尻餅をついて倒れ込むと、激しく咳き込んだ。絵の具箱が落ち、絵皿や筆、絵の具が散らばった。

「大丈夫か、小山くん」

丸毛が勝美を抱き起こす。勝美はその手をやんわりと拒む。

「悪かった。おれが余計なことをいわなけりゃ」

芳幾は申し訳なさそうな顔をした。

勝美は、膝をつき、散らばった絵の具や絵皿を拾う。画帖を手にして、唇を軽く嚙み、箱の底に納めた。

「遅かれ早かれわかることですがね」

と、芳年がふんと鼻を鳴らした。

「ああ、治まらねえや。なんで、芳近の兄さんが死んで、こいつが生きているんだ。え？　なんで生きているんだよ。武家なんだろ？　立派に死ねばよかったんだ。お前らが始めた戦じゃねえか」

芳年は吐き捨てた。

「よせ。人の生死など誰にもわからないんだぞ。ましてや戦場だったんだ。運が悪かったってことがある」

　厳しい声で芳幾がいう。

　芳年は、勝美を見下ろすと、

「たまらねえなぁ。運が悪かったで死んじまうって。運よく生き残ったって、割に合わねえような気がするぜ」

　冷たい口調でいい、背中を向けた。

「私は、運がよかったのではありません。私は——おそらく守られていたのですから」

　勝美は、まだ咳き込みながら、顔を伏せた。

「どういうことだ？　小山くん」

　丸毛が勝美の顔を覗き込んでくる。

「守られていたってのは、どういう意味だい？」

　振り返った芳年の鋭い眼が勝美をじっと見つめた。

「私は、巻き込まれ、脱隊する勇気もなく流され、そして、守られ、生き延びた。ただ、それだけの人間です」

　勝美は声を震わせながら、それでも懸命にいった。

　おめえさん、と芳年が呆れた顔をした。

「ずいぶん、情けねえ隊士だったんだな」

第一章　四ツ谷鮫ヶ橋円応寺　二月十七日

一

梅が咲き、鶯《うぐいす》のさえずりに心が浮き立つ春を謳歌する気分には到底なれない。柔らかな陽射しも、芽吹きの頃も鬱々として楽しめずにいる。

小山勝美は濡れ縁に座って、隣で筆を走らせる芳近の手元を凝視していた。芳近は、二間ほど先に植えられている梅を描いている。穂先が迷いなくその幹や枝を描いていくさまは見事としかいいようがなかった。

小山家は川越藩の右筆を務めている。次男の勝美は、二十歳になったいまも養子話も婿入り話も進んでいない。このまま部屋住みの厄介者になるならいっそ、幼い頃から褒められることの多かった画で身を立てようかと考えていた。

川越藩の上屋敷は、赤坂溜池端東南の汐見坂に沿って建っている。浮世絵師の歌川芳近がさほど離れていない神谷町に住んでいたことから、出稽古に来てもらっている。

芳近は、人気絵師の歌川国芳の弟子だ。しかしながら、画業は亡き師匠には到底及ばず、そそこそこに食える程度の絵師だ。が、弟子となって四年、勝美は芳近を伯父とも思い慕っていた。芳近もまた勝美を可愛がってくれている。

時には、ふたりで散策しながら、気が向けば筆と綴じ帳を取り出し、ゆるりと景色を写していた。芳近は運筆や墨の濃淡でどのように描くか丁寧に教えてくれた。途中、団子や田楽を食うのも楽しかった。けれど、そうした真似が出来たのも、昨年までだ。

慶応四年（一八六八）が明けてまもなく、江戸にもたらされたのは、誰もが耳を疑うような出来事だった。

正月三日、鳥羽伏見で幕府軍と薩長率いる軍勢が衝突し、兵士の数で圧倒的に勝っていた幕府軍があろうことか敗退したのだ。それだけならば——いや、それも相当な打撃ではあるが、大坂城でその報を聞いた前将軍徳川慶喜《よしのぶ》は、会津藩主、松平容保《かたもり》と桑名藩主、松平定敬《さだあき》と、わずかな側近を連れ、同八日、夜陰に紛れて軍艦開陽丸に乗り込み江戸へ逃走した。

命からがら大坂へ戻った臣下、兵士の気持ちはいかばかりか。軍を立て直し、再度戦いに挑む気勢は、将の遁走によって挫かれた。

錦の御旗を掲げた薩長の新政府軍は官軍となり、幕府軍は朝廷に弓引く朝敵となった。あろうことか、慶喜には翌七日に追討令が下り、三日後には官位剝奪の上、領地没収となった。

ともかく凄まじいくらい目まぐるしく、考える余地すら与えられない。一日、あるいは数日で様々な事態がひっくり返り、切迫した。

しかし、これらのことが江戸中に伝わったのは、新年を祝い、藪入りが過ぎた頃だった。

武士も町人も、ただただ唖然とした。

江戸城に戻った慶喜は、すぐさま朝廷に対し恭順の意を示し、自ら謹慎する旨を表明し、江戸城を出た。慶喜の身はいま、徳川家の菩提寺である上野の東叡山寛永寺にある。ただ、その処遇については、ひと月近く経ついまも決定していないのが不気味だった。

勢いに乗った新政府軍は進軍を続け、すでに西国の大名は戦わずして城を明け渡し、これまで京都を守護していた桑名松平家までもが、その軍門に降《くだ》った。

徳川二百六十余年に亘った世は、風前の灯どころか、燃えかすから微かに上るだけの煙とすでに成り果てたのである。

庶民の間にも当然、不安が広がっている。天候不良による米価の高騰、それに伴う打毀《うちこわ》しが頻発していた。さらに、追い討ちをかけたのが、江戸が戦場になるという噂だった。

まるで先の見えない隧道《すいどう》を歩いているようだった。果たして出口があるのかさえ、わからなかった。

「勝美、勝美はどこにいる」

音を立てて廊下を歩いて来るのは、兄の要太郎《ようたろう》だった。

「勝美さま、また兄上さまにどやされますぜ。そろそろ、あっしは退散いたします」

濡れ縁で画を描いていた芳近が唇を曲げながら、広げた紙を慣れた手つきで丸め始めた。

「あ、いや、師匠。お待ちください。いま出稽古の謝礼を」

勝美は腰を上げたが、芳近に止められた。

「いいって、いいって。次にまとめていただきますから」

承知しました、と勝美がいい終わらぬうちに、要太郎が姿を現した。

「要太郎さま、お帰りなさいまし。お邪魔いたしております」

芳近が膝を揃えて丁寧に辞儀をした。

「おう。また画の修練か、勝美。それにしても芳近どのも才のない者に幾年も教えるのは苦しかろう。いい加減に引導を渡してやってはくれぬか」

顔を上げた芳近は、いやいや、と言葉を濁した。

「お前も、おれが道場に稽古に出ているときに、師匠を呼ぶような姑息な真似をするな」

「そうではありませんよ。あっしの都合でさ。ねえ、勝美さま」

芳近がとりなすようにいったが、要太郎は鼻で笑う。

「なにも庇《かば》うことはない。勝美が悪いのだ」

それではお暇《いとま》をと、中腰のまま芳近は要太郎の脇をすり抜けていった。勝美が追おうとすると、芳近は「お見送りは結構ですよ」と、首を小さく横に振りつつ、不機嫌そうな顔をしている要太郎を窺《うかが》い見た。芳近の気遣いに軽く会釈を返し、勝美は筆立てに筆を納めると、兄の要太郎を振り仰いだ。

「まったく部屋住みのお前は呑気でよいな。この時勢を顧みもせず、町絵師に画を学んでおるのだからな」

要太郎は背筋を正して座る勝美を半眼で見下ろした。

勝美は黙って、兄の嫌味を聞いている。いい返すことなど、できるはずもなかった。要太郎のいう通りであるからだ。

いつ新政府軍が江戸に攻め入ってくるかも知れぬときに、絵筆など執っているのを見れば、呆れるどころか、怒りが湧くのも致し方ない。

「ところでお前、砲術の稽古には出ているのだろうな？」

はい、と勝美は消え入るような声で応える。川越藩では、高島《たかしま》流砲術が取り入れられている。高島秋帆《しゅうはん》を祖とする西洋式の砲術だ。勝美は、あまり乗り気ではない。だが、苦手だといえば、兄に罵倒されるのは火を見るより明らかだ。

「まあいい。稽古を怠るのではないぞ。厄介者だろうと役に立つときがあろう。それでな、明日、おれとともに来い。行く処がある」

そういうと、要太郎はすぐさま踵《きびす》を返した。

「あ、兄上。供をせよということでしょうか？」

勝美が慌てて問いかけると、要太郎が足を止め、首を回した。

「いいや。お前とある会合に参加する」

「会合、とは？」

不安な面持ちで訊ねる勝美に、いまは知らんでいい、いずれわかる、と要太郎は表情を引き締め、廊下を歩いて行った。

会合とはなんであろう。勝美は立ち去る兄の背を見送った。

結局、要太郎からなにも告げられないまま、勝美から問うこともなく、翌二月十七日、八ツ半（午後三時頃）、要太郎とともに、赤坂溜池端の上屋敷を出た。

要太郎は悠然と先を歩いた。五尺五寸（約百六十七センチ）の背丈はかなり大きいほうだ。

筋骨もたくましい。自信に満ちた様子はどこから滲《にじ》み出るものか。それに比べ、勝美は五尺二寸で痩身だ。これが兄弟かと思うほどの体格差がある。

要太郎といると、どうしても気後れがする。

勝美が兄に劣等感を抱いているのは、その恵まれた体軀だけではない。学問武芸に優秀で、人望もある。歳若い藩士には率先して剣術の稽古をつけ、慕われていた。そうした要太郎は、父母はむろんのこと、上屋敷の者たちからも一目置かれる存在だ。重臣たちからの覚えもめでたく、やがては家督を継ぎ、父と同じ右筆のお役に就くことになるのだろうが、それでは役不足ではないかという声も上がっているという。右筆とて文書を扱う重要な役目だが、今般の時勢から文官ではなく、武官がよいという話が持ち上がっていた。さらに、この秋には祝言を控えている。相手は、奉行職にある者の三女だという話だ。曖昧なのは、勝美が蚊帳《かや》の外にあるからだが、父母は大喜びしている。

鳶《とんび》が鷹を生んだ、と揶揄されても、父は「その通りでして」と恥ずかしげもなく相手に笑顔を返す。いったほうは苦笑しかない。

おそらく、勝美の性質はそうした父から譲り受けたのであろうと時々思う。

とはいえ、勝美に今日まで養子や縁組の話がなかったわけではない。兄の優秀さが目立ちすぎるせいか、勝美にも期待の眼が向けられたが、そうではないと知れると、たちまち話はたち消えになるのだ。

悔しいとは思うがどうしようもない。

兄が、自分を見下しているのはありありとわかる。優れていることを重々自覚している要太郎は、不甲斐ない弟を持ったことを嘆き、恥とも思っている。そういう人間だ。

だから、一生、兄の厄介になるのはご免だった。

それだけが、勝美の意地ともいえた。考え得る精一杯のことは、ともかく自分で生計を立てることだ。しかし、武芸にも学問にも自信がない。幼い頃から褒められたのは画を描いたときだけだった。右筆の家でもあり、物心つく前から筆を遊ぶように使っていたのが幸いしたのかもしれない。安直ではあるが、それを活かせる道はないものかと思っていたとき、町絵師の芳近がさほど離れていない処に住んでいるのを人伝に聞いた。それが十六の頃だった。

「お武家ならば狩野の画塾へお入りなせえ」

と、訪ねていった勝美に芳近は間髪を容れずいった。武家の嗜《たしな》みならば、幕府の御用絵師を務める狩野のほうが、箔が付く。町絵師になったところで、自分のように食うや食わずの暮らしだと笑った。

それに、と芳近は続けた。

「お武家さんはそれどころじゃございませんでしょう」

数年来、尊王攘夷の風が京を舞台に吹き荒れていたからだ。

「いまのところは、西国が賑やかだが、いつ江戸に火の粉が降り注ぐか、皆、怯《おび》えていまさぁ。川越藩ってのは、どっち側ですかい？　ああ、お上の味方ですか。それじゃあ、なおのことだ。西でまたぞろ戦がありゃ、駆り出されるのと違いますかね？　つまり、絵筆なんざ握っている場合じゃないってことですよ」

そう告げられたところで、勝美の心はすでに決まっていた。誰にも先のことなど見えやしないのだ。いまやれることをやるべきだと思っていた。勝美は芳近のもとへ連日押しかけ、ようやく「れきとしたお武家を通いの弟子には出来ません。あっしが出稽古に伺いましょう」と、その言葉が聞けたときは、心底嬉しかった。

「それに、幕府がもういけねえから、狩野も駄目になっちまう。それなら、町絵師のほうがいいかもしれませんなぁ」

冗談にならぬことをいって、慌てて口を噤《つぐ》んだが、

「そういわれてみれば、そうですねぇ」

と、勝美が笑うと、芳近もつられて笑った。

武芸も学問も、父や兄に命じられるまま、学んできた。己の思いを突き通したのは、このときが初めてだった。芳近の許しを得たことだけでなく、自分にも何か出来る、それがわずかながら自信になった——。

「おい、勝美」

いきなり振り返った要太郎が険しい声でいった。

「なにをぼうっと歩いているのだ。もたもたするな」

ふと見回すと、紀伊徳川家の中屋敷まで来ていた。溜池沿いの道を歩いて来たが、このまま紀伊国坂を上り、道なりに行けば四ツ谷御門に至る。

「兄上。四ツ谷のどこに参るのでしょうか」

勝美は、兄の返答を期待せずに問うた。

「鮫ヶ橋《さめがはし》谷町の円応寺まで行く」

要太郎は気が抜けるほどあっさり応えた。

「その寺で、どのような会合があるのでしょうか？」

さらに問うと、要太郎が不意に振り返り、坂を指差した。

「勝美、あの者らを助けてやるぞ」

え？　と勝美は笠の縁を押し上げた。指し示す方角に視線を移すと、紀伊国坂で大八車を引いている夫婦と若い娘がいた。後方から車を押しているのは若い娘と妻だったが、妻は休み休みで、息も苦しそうだ。一瞬、身を起こしたとき、ぽってりと膨らんでいる腹が見えた。身籠っているのだ。

要太郎は、足を速めた。勝美もその後を慌てて追う。

「この長い坂はきつかろう。女房も身重のようだし、手伝いが娘ひとりではなんとも心細かろう。さあ、我らに任せよ」

にこやかに話しかけた要太郎に、亭主が幾度も頭を下げる。

兄弟と亭主で大八車を引き、坂を上る。

夫婦は、麴町《こうじまち》で蕎麦屋を始めるのだという。亭主は義助《ぎすけ》、女房はふくと名乗った。若い娘は、女房の妹で、そでといった。亭主は、担ぎ屋台の夜鷹蕎麦屋で銭を貯め、ようやく念願が叶ったのだと照れ笑いした。

「いつか寄らせてもらう」

と、要太郎がいった。

坂を上り切ると、夫婦と娘は揃って深々と腰を折った。麴町と円応寺は逆の方向だ。

「ここまでで申し訳ないが。元気な子を産めよ」

要太郎はそういって、笑顔を向けた。

勝美は不思議でならない。いつだったか、要太郎がいったことがある。人に親切にするのも、優しい言葉をかけるのも、すべては芝居だと。くだらぬ戯言《ざれごと》に笑ってやるのも、酒食に付き合うのも、若い奴らの面倒を見るのも、自分をよく見せるためだと。だが、こうして難儀をしている町人夫婦にも親切にしてやる。見返りなどないはずであるのに。ただの気まぐれなのか、それとも、根は優しいのか。時々わからなくなる。変わらないのは、勝美に向ける態度や辛辣な言葉だけだ。

「それで、なんだったかな」

夫婦と別れた後、要太郎から話しかけてきた。

「あの、円応寺での会合のことです」

ああ、と要太郎は頷き、

「我が藩の剣術師範大川平兵衛《おおかわへいべえ》先生の遠縁に尾高惇忠《おだかあつただ》という御仁がいる。大川先生を通じ、知り合った」

そういって、一瞬、振り返った。

はあ、と勝美は曖昧に頷いた。

前に向き直った要太郎が苦笑を洩らしたように思えた。

「尾高さまは、武士ではないが、在所で私塾を開いていたのだそうだ。此度の会はその尾高さまより知らされた。先日、開かれた最初の会合に、ともに赴き、尾高さまより、発起人である幕臣の本多《ほんだ》、伴《ばん》の両名に引き合わされたのだ。ご両名の熱い志に心打たれた。会の名は、尊王恭順有志会だ」

まだ、仮の名称であるがな、と要太郎はいった。

聞けば、その会合は、五日前の二月十二日の昼九ツ（正午）、雑司ヶ谷《ぞうしがや》、鬼子母神門前の酒楼『茗荷屋』で開かれたという。

それは、慶喜が恭順を示し、江戸城を出て、徳川家の菩提寺である上野の寛永寺大慈院での謹慎に入ったその日のことだった。

実は、その前日に、陸軍歩兵隊等の間に廻状が回っている。

中身は、慶喜が尊王へ誠忠を尽くし、大政を奉還したにもかかわらず、朝敵とされたことは、臣下として口惜しく、とても傍観出来るはずはない。今こそ一致団結して、御恩に報いるべきである、というものだった。

家臣として、慶喜の汚名を雪《そそ》ぐ。主旨は明確だった。

廻状で呼び掛けたのは、尊王恭順有志会を立ち上げた陸軍調役並の本多敏三郎《としさぶろう》。そして同役の伴門五郎《もんごろう》のふたり。

しかし、この日、集まったのはわずか十七名。

本多、伴の落胆は大きかったものの、十七名それぞれに声掛けを頼み、五日後、改めて円応寺で会合を持つということになった。

「そういうことだ。わかったか」

要太郎が厳しい声でいい放つ。

「つまり、兄上は、その尊王恭順有志会に加わるおつもりで？」

「馬鹿なのか、お前は？　絵筆など握っておるからおめでたい頭になるのだ。我らは武士ぞ。徳川の危難は、我が藩にも及ぶのがわからんのか」

「しかし、すでにお上は恭順を示されているではありませんか。あとはご処分を待つしか」

要太郎が振り返り、勝美を睨めつける。

「処分だと？　薩長どもにお上の進退を委ねる？　ふざけるな。それとな、間違えるな。武備恭順だ。幕府には陸軍、海軍がある。ただ、薩長に屈したわけではない。だが、いまこそ将軍家をお守りすることが忠ぞ、義ぞ。たとえ部屋住み者であろうと、いや部屋住みだからこそ、お役に立とうと思わねばならん」

と、力を込め、足を速めた。

勝美は兄に押し切られ、その背後から大覚山円応寺の山門を潜った。初めて訪れた寺は、木々がうっそうと茂り、広々としていた。参詣に訪れる者の姿はなかった。

本堂ではなく、参道から外れた小さな堂宇に向かう。

板敷きの部屋に、十数人の者たちがすでに座していた。私語を発する者はひとりもなく、静寂に包まれている。

居並ぶ者たちの一番後ろに、要太郎と勝美は座った。こちらに向かい合って上座に並んでいる数人のうちのふたりが、きっと本多と伴という幕臣だろうと思われた。

尾高という者がいるのかはわからない。

時を置いて、またひとり、またひとりと姿を現す。見知った顔など、当然のことながらまったくいなかった。

いま何刻か。そろそろ七ツ（午後四時頃）になるだろうか。夕刻が迫り、寺の下男であろうか、四隅に置かれた燭台に灯をともしていった。

勝美は薄明かりの中で、部屋を見回す。三十名をわずかに超したあたりだろうか。すると、上座の中心に座っていた者がいきなり口を開いた。

「陸軍調役並の本多敏三郎と申す。本日、こうしてお集まりいただけたこと、まことに嬉しく思う。先般、雑司ヶ谷の『茗荷屋』にてお集まりいただいたのは十七名であったが、本日はそれを凌ぐ人数。御礼申し上げる。皆、我らの主意にご賛同いただけたものと思われるが、我らの目的は、お上の冤を晴らし、徳川を守るために行動を起こすことだ」

は？　勝美の口から思わず知らず声が出ていた。前列に座る者たちが、一斉に振り返り、明らかに咎《とが》めるような視線を放った。

勝美は俯《うつむ》いた。隣に座る要太郎が「この馬鹿者が」と呟くのが聞こえた。

もはや、本多の言葉など、勝美の耳には入らなかった。

上野の寛永寺で謹慎に入ったばかりの、お上の冤を晴らすとは？　徳川を守るために行動を起こすとは？　彼らは、進軍を続ける新政府軍を迎え討とうとしているのか。

総大将不在のまま戦をするつもりか。だったら、これはただの私軍ではないか。

そんな馬鹿な——。そんなところに、兄は私を誘ったのか。

本多の声が堂宇に響いた。勝美は、はっと我に返る。

「お上は寛永寺の大慈院に入られ、謹慎している。それもこれも、天朝に対してお上には二心がないということの表れである。しかし、だ」

　このままでよいのだろうか、と本多が眉間に皺を寄せ、厳しい眼で見回した。

「お上は、水戸のお生まれ。幼少時から水戸学を修めておられたゆえ、尊王への思いは昨日今日、尊王を掲げた薩長ごとき輩とは違う。そのお上が朝敵にされるという恥辱を受けた。その心中を推し量ることさえ憚られる。お上は恭順を示し、自ら謹慎した。だが、それはいかなることなのか。これでは薩長どもをさらに調子づかせ、増長させるだけだ。我らは薩長に降伏も屈服もしていない。君がその身に受けた屈辱は、臣である我らが雪がなければならない」

　本多が声を張り、いい放った。

「いいや、違うぞ」

と、うちのひとりが異を唱えた。

「先般、天子さまの詔《みことのり》はなんであったか覚えておろうが。お上に対し、正式に追討の布告がなされたのだぞ。それは、天子さまがお上を朝敵とお認めになったということに他ならん。それを悔しく、情けなく思うからこそ、お上は恭順し、謹慎したのだ。それを我らが察するべきであろうが」

「では、その悔し涙を誰が拭うというのだ。お主はただただ、黙って見ているつもりか」

　伴が激しい口調で問い詰め、相手と睨み合った。

　すると、老齢の者が、待て待て、ととりなすようにいった。

「お上は勝安房守《かつあわのかみ》さまに後を託し、静寛院宮《せいかんいんのみや》（和宮《かずのみや》）さまを通じて助命、徳川存続に奔走しているではないか」

幕府の組織はかつてとはまったく異なっている。老中合議の形はすでに消滅し、海軍、陸軍、会計、外国事務、国内事務の五総裁によって動いていた。陸軍総裁を務めているのは、勝麟太郎《りんたろう》だ。

「いいや、それも空振りに終わったというではないか。静寛院宮さまは、天子さまの叔母に当たるというのに、聞く耳をあ奴らは持たぬ。結局、勝総裁は主戦派を抑え込むだけ抑え込んだはいいが、何も進めてはおらん。腰抜けだ」

各々が口々に発言する。

「本多どの、伴どのご両人は、我らが臣下として何をすべきかということをいいたいのであろう？　そのための会であろう？　戦うためであろう！」

「まずは、お待ちくだされ」

次第に興奮する者を、本多が手で制したが、別の者が声を上げた。

「江戸は東照大権現さまにより拓かれた地。薩長の者どもに踏みしだかれることは我慢ならん。あ奴らは、進軍を続け、諸藩は次々とその武力の前に屈し、忘恩の輩は戦わずして、城を明け渡している。やがては薩長の者どもが江戸に攻め入ってくる」

「お上は、それを避けるために謹慎したのではないのか？」

誰かが恐る恐る口を開いた。

「それもお上はお考えだ。攻め入られれば、打って出るだけの備えはある、それを示した上での謹慎だ。しかし、戦わずとも、朝敵の将として、お上が責を取らされるのは必定」

つまり、死罪か切腹だ、と伴が呟いた。お上が？　と、座が騒然となる。

「いいや、お上は戦う意志がないことをお示しになったのだぞ。家臣に対して暴動も軽挙も起こすな、起こせば我が家臣ではないとおっしゃった」

「甘い。あの者らに通用するものか。戦は大将の首級を挙げてこそだ。それには元将軍の首をもってしなければ、勝鬨《かちどき》は上げられぬであろうが」

何者かの声に座敷内が、しんと静まり返った。

春を告げる鶯のさえずりが、どこからか聞こえてくる。この座敷にはそぐわない澄み切った鳴き声だ。

ややあってから、口を開いた者がいた。

「先ほどから、臣下だ、御恩だ、といっておられるが、本多どのは一橋家の家臣。お上が将軍職を継がれ、幕臣となられた。それだけにお上への忠義はなまなかではなかろうと拝察するが、代々の直参旗本の私からすれば、負け戦と知り、大坂からこっそり逃げ帰るような将軍には、まず薩長よりも我らの前で詫びてほしかったが」

「なんだと」

伴が色をなし、大声を上げたのを、本多が抑える。

老齢の者が、左脚をさすりながら続けた。

「私も息子も鳥羽伏見に赴いた。私は脚に弾を受け、倅《せがれ》は死んだ。砲弾が当たり、身体は散らばった。おそらく倅の物と思われた腕から袂《たもと》を引き剥がして持ち帰った。まだ嫁を娶ったばかりでな。なぜ私が生き残ったのか、と悔し涙に暮れた」

黒煙が立ち上り、弾雨にさらされ、懸命に戦い抜いたが、我らが頼りとしたお上は、江戸へ逃げた、情けなくて力が抜けた、と訥々《とつとつ》と語った。

「だからこそ――」

本多が堪えに堪え、喉を絞るようにいい放った。

「だからこそ、お上には生きてもらわねばなりませぬ」

老齢の旗本がはっとして顔を上げた。

「このままでは、ご子息は賊軍の兵として命を落としたことになりまする。それはさらなる後悔を生むことになりましょう。だからこそ、我々は」

本多は唇を噛み、背筋を正し、皆を見回した。が、これでは、あまりにも人数が足りない、と悔しさを滲ませた。

「心ある方々ならば、必ずや我らの思いに賛同してくれるはずだと信じております」

そういうや、本多が深々と頭を下げた。首を垂れたまま、ぎりぎりと歯を食いしばる。

「お頼み申す。ひとりでも多くの者に声を掛けてもらいたい。徳川家を救うために立ち上がる者を募りたいのだ。ひとりが、ふたりに声を掛けてくれれば、三倍に増え、増えた者たちがまた声を掛ければ、無尽に増えていく。徳川の安堵のため、戦で散った者たちの無念を晴らすためにも、我らはいま、立たねばならない。どうか」

悲痛な訴えに、

「本多どの！」

「どうか頭を上げてくだされ」

次々と声が上がる。と、

「我らが主は朝敵にあらず！　ゆえに、我らは賊軍にあらず！」

列の中程にいた者が立ち上がり、力強く叫んだ。

周囲が即座に呼応し、立ち上がった。堂宇が破れるような大声が響く。ある者は新政府軍への怒りを込めて叫び、ある者は自らを鼓舞するために雄叫びを上げる。

先ほどまでの静寂が嘘のように、皆興奮して、顔に血を上らせている。

隣に座する兄も立ち、興奮の渦に身を投じるように腕を振り上げた。

勝美は、ぶるりと身を震わせた。

駄目だ。そんなことをしたら、謹慎中の慶喜の立場はさらに悪くなる。恭順を示した前将軍の家臣が戦の狼煙を上げれば、事がもっとややこしくなるのは、明らかではないか。結局、慶喜は天朝に弓を引いたと謗られる。

薩摩や長州らを憎く思う気持ちは同じでも、歯向かうか、粛々と成り行きを見守るかによって、結果が大きく変わることに気づかないのか。

これは、間違っている。勝美は思った。

こんな会合は、間違っている。

声を大にして叫びたいと思っても、身体がすくむ。歓喜の声を上げている者たちの前で、この会合を否定すれば、どうなるか。

勝美はごくりと唾を呑み込んだ。腿に乗せた拳に知らぬうちに力が籠った。

「まったく大袈裟なものだな。なんだ、お主。もう武者震いか。まだ早過ぎるぞ」

右隣にいた男が耳孔に指を突っ込んだまま、声を掛けてきた。

「おれは、土肥庄次郎だ。一橋家に仕えている。お前さんは？」

「わ、私は、小山勝美です。川越松平家に仕えております」

「へえ、この会は一橋家と幕臣がほとんどだが、川越藩か。なるほど、川越は東の要所だ。老中やらなんやら、幕閣に入る奴らは結構、川越藩主を経てからっていわれているからな」

で、と土肥は声をひそめた。

「お前さんも立身が目当てかい？」

勝美は眼を見開いて、土肥を見る。

「立身とはなんでしょう？　私は部屋住み者ですし、そのような」

「ふうん、部屋住み者なら、なおさら武功を挙げたほうがいいんじゃねえか」

武功とはなんだ。勝美の総身が粟立つ。

「お上を助ける、徳川をお守りすると大義を掲げれば、立身できる。おれは、そう誘われた。集った連中は、そうした色気を出した微禄の御家人やら、無役の旗本、次男三男の厄介者だよ」

土肥が肩を揺らした。

「お上だって、なにもしねえで、あたふたしている家臣より、自分のために動いてくれるほうが可愛く思えるからだとさ」

と、土肥が身体を寄せてきた。

「川越藩のお前さんにはかかわりねえだろうが、いま、お上のために働いたら、おれたちは追い出されずに済むかもしれない。そういうことだ」

土肥は勝美の顔のあたりで酒臭い息を吐いた。

思わず鼻をつまんだ勝美を見て、土肥がしまったと盆の窪に手を当てた。

「副業というか本業というか、幇間をやってるもんでね。昼のお座敷仕事を一席こなしてから来たんだよ」

呆れた勝美は土肥の顔をまじまじと見つめた。額が妙に広くて前に突き出ているせいか、奥目に見える。眉は太く、鼻はぼてっとして、唇はちんまり――なんというか愉快な顔をしていた。

「お前、いま面白い顔をしていると思ったろう？」

「それはありません。変わったお顔立ちだと思いましたが」

「ちぇ、正直な野郎だな。横にいるのは、知り合いかい？　さっきから、ちらちらこっちを見ていやがるが」

「兄、です」

へえ、と土肥は興味をなくしたように、要太郎から視線を逸らした。

「見たところ、お前、兄さんに無理やり連れてこられた口だな。おれにはわかるんだよ。お座敷に出ていると、不思議と他人の様子で心が見えちまう」

幇間だってな、他人におべんちゃらいってるだけじゃない、客の態度によって、どう喜ばせてやるか考えるのさ。あまり気分がよくねえときに、派手な鳴り物鳴らしたら、余計に気が滅入るだろ、と鼻をうごめかせた。

幇間も大変なのだと妙に感心したが、

「あの、ここにおられるということは、やはり立身を願ってのことですか?」

勝美が訊ねると、土肥が小さな眼を見開いた。

「おれは違う。立身には興味がねえよ。幇間でも暮らしは立つからな。頭数集めのためだ。ここに来れば二朱くれるっていうからさ。そういう奴が十名以上はいるだろうな」

銭に惹かれて来たというのか? 勝美は呆然とする。

「あとは確約のない立身を夢見ている奴らだ。本気なのは上座にいる奴らと、前列の十数人ってところだろう。で、お前さんは、どうなんだい? こんな会合には出たくねえといえねえぐらい兄さんは怖いお人なんだろうな」

土肥は勝美の耳元に唇を近づけくすくす笑った。

まさに、と口から出そうになって慌てて止めた。と、なぜか震えがいつの間にか収まり、緊張が解けていた。これも幇間で培った技なんだろうか。

勝美が深く息を吸ったとき、上座にいたひとりの男が立ち上がった。これまでひと言も発していなかった男だ。すっと手をかざし、皆に座るよう促した。

高揚し、熱を孕《はら》んでいた堂宇の気が急激に冷めた。ばらばらと皆が再び腰を下ろし、しんと静まり返る。

男が皆を見回す眼は炯々《けいけい》として、息を呑むような圧があった。体軀はごく普通だが、纏う気迫がびりびりと伝わってくる。

「天野《あまの》八郎《はちろう》と申す。此度、この会合に招かれ、おのおの方の熱情に感銘を受けた。本多、伴両人より、この有志会の発足を聞かされたときは、無謀であると思っていた。薩長に対し、いかに憎悪をたぎらせようと、悔しかろうと、鳥羽伏見の戦において惨敗を喫したのは事実。仏蘭西式軍隊の調練をしようと、新式銃を手にしようと、勝てなかった。それは認めざるを得ない。お上が自軍を見捨てて江戸に逃げたと誇りを受けても致し方ない。なんと脆弱な人物かと、その一報を耳にしたとき私も思うた。おそらく、ここにいる誰もがそう感じたはずだ」

座がざわめいた。

「しかし」と、天野は声を張り上げた。

「お上と会津、桑名の両藩主が大坂に留まっておれば、遠慮なく薩長は攻撃したであろう。さすれば、かつて京で長州が仕掛けた戦のように大坂の町も火に呑み込まれたやもしれん。大坂は商人の地。諸国の米蔵も抱えている。町が灰燼《かいじん》に帰した暁には、日の本はさらに混乱に陥る。国益は損なわれ、国力も下がる。武力を振りかざし、破壊を行うだけの薩長の者どもに、立て直すことが出来ようか」

天野は厳しい声で問いかけると、皆を見回した。どこからも声が上がらない。が、

「否」

首を横に振り、今度は落ち着き払った声音でいい、後を続けた。

「その隙を狙って、異国が攻め込んでくれば、我が国も清国の二の舞になっていた」

阿片がきっかけとなった清国と英吉利国の戦のことだ。すでに三十年近く経つ。

だが、この戦が幕府に与えた恐怖は計り知れない。隣国が英吉利国によってめちゃくちゃにされたのだ。日本にとって、古《いにしえ》より手本にしてきた歴史ある大国でもある。時を経て、それと同じことになるかもしれないと思えば、お上が恐れるのも無理はない。

「したがって、逃亡は正しかった、苦渋の決断であったと、私は考えている。しかし、薩長はそのようなことを微塵も考えず、徳川を潰すために進軍を続けている。錦の御旗を翻し、官軍であると我らを謀り——さらに、薩長はお上を朝敵と決めつけ、追討令を出した。これは、もはや徳川を滅するための冤罪というべきものだ。一橋家からの家臣におかれては、さぞや切歯《せつし》扼腕《やくわん》たるものと容易に推察出来る。恭順を示し、自ら謹慎なさったお上の助命嘆願もいまだ受け入れず、江戸へ総攻撃を仕掛けようとしている。もはや、暴挙以外の何物でもない」

激情をあらわにした語り口ではなく、むしろ爽やかな調べのように胸に響いてくる。ひとつひとつの言葉が徐々に刺さってくる感覚に勝美は陥っていた。

「我らの敵は、官軍にあらず。傲慢という衣を纏った薩長軍だ」

天野は再び、皆を見回した。

そして、すっと柔和な眼差しを向け、にこりと微笑んだ。両頰に笑窪が出来る。

皆が一斉に息を呑んだ。それは耳に届くほど大きなものだった。誰もが天野の話に引き込まれていたのだろう。

天野の身体が、一回りも二回りも大きく見えた。


次は、四日後。場所も同じ円応寺と本多が皆に伝え、散会した。

此度、集まったのは三十数名。

皆、どこか興奮冷めやらず、何事かを声高に話しながら三々五々に散って行く。勝美は土肥を捜したが、すでに堂宇を出たのか、姿が見えなかった。

要太郎が腰を上げながら、勝美を見る。

「お前の隣に座っていた者だが、幇間だといっていたな」

「聞こえていたのですか」

「当たり前だ。武士が幇間だと、笑わせてくれるじゃないか。座敷で町人を持ち上げ、銭を得るとは。卑しいにもほどがある。あのような家臣がいるとは、一橋家も気の毒だ」

ふんと、要太郎は嘲笑う。

幇間にも幇間なりの矜恃があるといいたかったが、やめた。そのようなことをいえば要太郎の顔色が変わる。怖いお人なんだろうな、という土肥の言葉が脳裏に浮かんだ。

堂宇を出た要太郎は、

「もっと、人数を増やさねばならぬな」

ひとりごつようにいった。

「尾高さまの姿もなかった。もっとも、尾高さまは武家ではないからな。会合は遠慮したのかもしれん。おそらく、本多さまや伴さま、そして天野さまと別に話し合いをしているのであろうが。お会いしたかった」

夕闇が迫っていた。星の瞬きがいくつも見えた。明日も晴れるだろう。そろそろ桜の蕾《つぼみ》も綻ぶ頃だ、と勝美は思った。

上屋敷に戻るまでには、すっかり夜の帳《とばり》が下りている。紀伊国坂から溜池沿いの道は、常夜灯もほとんどなく、暗闇が続く。勝美は持参した提灯を取り出して、広げた。

「寺で火をもらってきます」

勝美が身を翻すと、

「待て。お前、むろん有志会に加わるのだろうな」

足を止め、振り返ると、要太郎はそう決め付けた表情をしている。再び、土肥の言葉が頭を過った。言葉を返さない勝美に、要太郎は、嘲るような笑みを向ける。

「なんだ。戦が怖くて臆したか。情けない奴だ。お前のために連れて行ったのだぞ。有志会にはな、御家人や旗本の次男三男の厄介者が来ている。なぜだかわかるか？」

要太郎は勝美の顔を覗き込むようにした。勝美は、唇を噛み締めた。

「皆、手柄を立てるつもりでいる。自分の存在を知らしめたいんだ。厄介者から脱するためだ。命を捨てても惜しくないと思っているのだろう」

私は——と、勝美は提灯の柄を握る指に力を込めた。

要太郎が顔を寄せてくる。

「私は、の続きはなんだ？」

勝美は要太郎の顔を見返したが、まだわかりません、という言葉が出なかった。要太郎が鼻を鳴らす。

「ああ、お前のような腑抜けがいるから、薩長にいいようにされるんだ。その性根を叩き直すのだな。次回も、必ず会合に出ろ、いいな。逃げるなよ」

要太郎は身を翻し、勝美をその場に置き去りにして夜の道を歩き出した。

二

四日後、円応寺に向かう道で、勝美は、兄の要太郎とともに歩きつつ、眼を疑っていた。ぞろぞろと寺を目指し歩く者たちがいた。ふたりの後からも、続々とやって来る。前の会合は、目視出来る三十数人であったのが、それは、とうに超したと思われる。

要太郎は当然だというふうに顎を上げて、勝美に侮るような視線を向ける。

「おれも知人に呼び掛けた。ほとんどが賛同してくれた。中には、腰が引けている奴もいなくはなかったが、な。お前も逃げずによく来たものだ」

薄笑いを浮かべた要太郎は数人と会釈を交わしながら、足早に歩く。

勝美はため息を吐《つ》き、笠の縁を指先で上げた。来ても来なくても嫌味をいわれるなら、従うほうがましだと心の内で呟いた。と、ふと視線を感じ、歩を緩めた。

どこからか見下ろされている。気のせいか、いや、違う。勝美は立ち止まり、さりげなく刀の下緒《さげお》を直すようなふりをしながら、笠の内から、そっと上を窺った。

料理屋の二階だ。開け放たれた窓の欄干に腕を預け、頬杖をついて、こちらを眺めている武家がいた。鼻筋の通った細面。静かに向ける醒めた視線は、怜悧《れいり》さを表している。明らかに円応寺へと急ぐ一団を眺めている。誰だ——？

この会合は秘密裏であるとはいえ、一橋家の家臣、幕臣に広く呼び掛け賛同者を募っている。もし、薩長いずれかが間者を潜ませていたなら？

勝美はぞくりとした。

「勝美。いつまで直しているんだ。刀もろくに差せんのか」

要太郎が振り返った。いま参りますと勝美は素早く要太郎に近づき、小声でいった。

「兄上、あの料理屋の二階から、こちらを見ている者がおります」

要太郎の顔に緊張が走り、すぐさま上を見上げた。だが、すでに姿はない。

「誰もおらぬぞ。酒を飲んでいた者が風に当たりに出たのではないか」

「あれは武家でした。明らかに我らを見ておりました」

要太郎は軽く唇を曲げた。

「兄上。もし、間者であったら」

勝美は、要太郎に向けて声を張った。

周囲の者たちが、立ち止まるやいなや、勝美に視線を向けた。

「間者だと？　どこにおったのだ？」

「薩摩か、長州か」

幾人かが緊迫した面持ちで、勝美に走り寄って来た。

「皆さま、お騒がせいたした。なんでもござらん。我が弟が勘違いしただけでござる」

要太郎が慌ててとりなす。すぐに緊張を解いたものの、「油断はならぬな」と、ひとりがそう洩らした。

「うむ、薩長に知られれば、お上の立場はさらに悪くなる。ましてや、いまは幕府にも知られてはならん。お上の耳にも入ってはまずいゆえな」

慶喜が下した決断を、家臣が潰すことになるからだ。

「まさに四面楚歌――敵だらけだ」

誰かが冗談めかしていった。

「びくびくしているからだ」と、要太郎は勝美を一瞥《いちべつ》するや身を翻し、足を速めた。


要太郎と勝美は、出入り口近くに腰を落ち着けた。会は一橋家の家臣と幕臣が主だ。川越藩士の勝美と要太郎はそのことを踏まえ、後方を選んだものの引きも切らず入って来る者たちが背後に座ったため、結局は中程に座することになってしまった。

勝美は首を伸ばして前方を見た。上座には、尊王恭順有志会の発起人である本多敏三郎、伴門五郎、前回、朗々と持論を述べた天野八郎、そしてもうひとりいた。

本多と伴、天野の三人は、何事かを顔を寄せ合って話していたが、端に座る者は、少し落ち着かぬ様子で集まる者らを眼で追っている。

「兄上、天野さまの隣にいるのはどなたでしょうか？」

要太郎が前方へ視線を向ける。

「あの方は、一橋家の須永於菟之輔《すながおとのすけ》さまだ。此度の発起人のひとりだ。本多さまが最初に出された廻状の草案を書かれたと聞いている」

勝美はまだざわつく部屋を見回していた。

「ようよう、ここにいたのか」

人をかき分けて、近づいてきたのは土肥だった。

「先日は弟が。私は兄の小山要太郎と申します。お見知りおきを」

「おう、兄上さまか。なるほど、眼が鋭いねぇ。おれは、土肥庄次郎だ。あ、そうそう。ついでにこいつもよろしくお願いしますよ。おれと同じく、旧幕臣ってやつでね、小島弥三兵衛《こじまやさべえ》だ。おれも大概、呆れたもんだが、こいつも、同じようなもんでね」

勝美の隣にいた者を押し退けて、無理やり入り込みながら、ぷっと噴き出した。

「ほら、弥三兵衛、ここに座れ、座れ。せっかくお隣を空けていただいたんだ。ええ、これは、どうもどうも、すみませんねえ」

空けていただいたとは、調子のいい物言いだ。

居場所をずれ、迷惑そうに顔を歪める者に愛想笑いを向けながら、土肥は小島を促してちゃっかり座り込んだ。

「そうそう、だから、勝美さん、こいつはね、落語家に弟子入りして、寄席にも出ている変わり者なんだよ。おれと同じ穴の狢《むじな》さ」

土肥は、にっと笑ってみせた。いつの間にか勝美さんになっていた。

太鼓持ちの次は噺家《はなしか》か、と要太郎が憮然とした表情で呟き、土肥と小島を見やる。

「やはり兄さんはかなりの堅物のようだな。おれたちはどうも嫌われちまったかな。けどなぁ、このご時世、武士だっていろいろだ。確か、もうひとり寄席に出ている奴がいるはずなんだがね」

土肥が勝美の耳元で囁いた。

勝美は気まずい顔で頷いた。けれど、自分も絵筆を執っているとうっかり口から出かかり、慌てて言葉を呑み込んだ。町絵師の芳近が師匠なのだと伝えたら、土肥はどんな顔をするだろうか。

土肥のいう通り、まさに武士もいろいろだ。長き泰平の世は武士が存在する理由すらも揺るがせていた。刀身は細く軽くなり、代わりに柄や鞘、鍔には華やかな意匠が施されるようになっていた。刀はもはや武器でなく、身分を保証するただの象徴に過ぎず、さらにいうならば装飾品と成り果てたのである。

武士の内職は当たり前になり、町人も銭さえ出せば、武士の身分を手に入れられるようになっていた。土肥や小島のように芸事に身を投じ、書画や戯作などで名を上げる者もいる。その風潮は大名でも同じだ。

だが、嘉永六年（一八五三）、ペリー提督率いる亜米利加艦隊が来航してから、日本国は大きく揺らいだ。二百余年に亘り、長崎の出島以外、外《と》つ国と交わることのなかった日本は、西欧諸国の侵攻を恐れ、次々と異国との条約を締結し、港を開いた。それによって、攘夷、尊王の思想が駆け巡り、諸藩の下級武士までもが、国体を語るようになった。

政《まつりごと》への不平不満は大波となって、国全体を覆い始めた。内外の憂慮が幕府に重くのしかかった。開国は日本国が西欧諸国と肩を並べていく近代化への第一歩であったはずだったが、その目論見はことごとく崩れ、結句、薩長に付け入る隙を与えた。それが、倒幕の道に繋がったのだ。

勝美は、未だにこの会の真の目的がわからずにいた。慶喜を守る、冤を晴らす。それは理解できる。だが、そのために具体的に何をするのかが見えてこない。薩長を迎え討つのか、打って出るのか。しかし、それは冤を雪ぐどころか、慶喜をさらに窮地に追い込む悪手となる可能性がある。

急に座敷内がざわめいた。老齢の者がふたり、皆の視線を釘付けにしている。土肥もほう、と息を吐いた。

「おれは御家人だからなぁ。お偉い方の顔はとんとわからねえが、あのふたりは知ってるよ。大久保《おおくぼ》、織田《おだ》だ。それぞれ六千石、二千七百石のご大身旗本よ。確か、大久保は元大目付、織田は高家」

大目付と高家。勝美は眼を瞠った。大目付は大名家などを監視し、高家は儀式、典礼を司る役目だ。

「織田ってのは、海軍奉行並だったな。病で弟に家督を譲ったはずだが、どうしてどうして、元気そうだ。この会のことは、ふたりの耳にも入っていたということか」

土肥は束の間考え込んでいたが、

「まあ、奴らだって今の身分を溝《どぶ》に捨てたくはないだろうからな。徳川家が改易になったら、それこそ行き場を失う」

そういって、歯を見せた。

「いいか。徳川の所領がすべて安堵されるはずはないんだ。なんたって、官位も剝奪された上に朝敵になっちまったんだ。八百万石がどれだけ減らされるか考えてもみろ。新政府軍も天朝さんも手持ちの銭がないというもっぱらの噂だ。すべて没収の上、改易なんていう最悪のことも考えられるが、減封で済めば儲け物だ。とはいえ、減封になれば家臣を抱えきれなくなるから、当然、切り捨てられるよな」

それは、武士の身分を失うということだ。

「忠義なんてお題目唱えても、平たくいえば、仕事先がなくなるか、縮小されるかって瀬戸際だ。つまりは、暮らしが立たなくなるかもしれないってことだよ。ましてや、寛永寺に籠っている親玉が生きるか死ぬか、だ。特に高禄の者は焦るよな」

思わず勝美は眼をしばたたいた。やはり、皆保身のためだというのか。冗談なのか本気なのかわからぬ土肥の言葉が勝美を戸惑わせた。

「川越藩だって同じだろう？　大本の徳川家になにかあれば、影響が出るんだぜ」

土肥が、ふふっと含み笑いを洩らし、あたりを見回した。

「それにしても、若い者が多いな。まだ前髪を落としたばかりか。十五、六といったところだな」

それが聞こえたのか、要太郎が眉をひそめた。

「だが、歳若であろうと旗本、御家人は陸軍所で西洋砲術を修めているはずだ。長州征討、鳥羽伏見の戦にも出ていることもあろう。この現状に憤っているのは当然だ。欲得ずくで働くような兵卒とはきっと違う」

要太郎は、土肥と小島へ聞こえよがしにいった。

「兄上」

勝美がたしなめるも、要太郎はなにが悪いのかと平然とした表情をしている。

土肥が、勝美の背をなだめるように叩いてきた。

四半刻ほど経った頃、訪れる者が途切れたのを見た本多が立ち上がり、集った者一同にまずねぎらいの言葉を掛けた。

「四日前は、三十数名でありましたが、此度は六十名を超えております。皆々さまの厚志に感謝申し上げます」

「本多どの」

前方に座した大久保がいきなり声を上げた。

「そのような飾り文句はいらぬ。すでに本多どのは聞き及びであると思ったのだが、おのおの方、江戸総攻撃は、三月十五日ぞ！　戦までひと月ござらん」

ざわり、と座敷中が震えた。が、たちまち怒号が上がる。本多たちは無念の表情だ。

「お静かに、お静かに」

天野が両腕を広げた。

「皆々さま、落ち着かれよ。まず我らは、寛永寺で謹慎されているお上の冤を晴らすために立ち上がるのだということを念頭に置いていただきたい」

「天野どの、薩長が迫っているのだ。この上は迎え討つほかござらん。お上は、一昨年、崩御された孝明天皇の信任も厚く、禁裏御守衛総督をお務めなされ、攘夷浪士が跋扈《ばっこ》する京の都を、懸命にお守りしていた。それが、一転、朝敵、賊軍に成り果てた。どれだけ血の涙を流されたか。心中を慮《おもんぱか》ることすら、我ら一橋家家臣には辛すぎるのだ」

中列にいた初老の者が声をうわずらせた。

「元凶は薩摩の芋侍だ。あれほど攘夷を叫びながら、異国の脅威を知るやいなや、掌を返した。

その上、長州と密約を交わすと、尊王を殊更主張して武力倒幕に打って出た。そもそも、お上は大政奉還を受け入れた後は、天子さまを頂点にし、諸侯合議の体制を作ろうというお考えを持っておられたのだぞ」

それを、薩長らの者どもは、とやはり一橋家の家臣であろう者が悔しげにいう。

しかし、大政を奉じたという事実が慶喜に油断をもたらしたのも確かだ。兵庫開港、長州の処分等、合議ではなく慶喜主導で決定したのである。それが、薩摩、長州、土佐に疑念を生じさせた。結句、これまでと変わらず徳川家が頂点に居座るのだと思わせてしまったのだ。

「薩長ごとき奴らが目くじらを立てることがおこがましい。お上は将軍職を離れようと、この日の本で最高の石高を誇る徳川家ということを忘れている。同等である必要がどこにある」

「だが、鳥羽伏見では敗北を喫した。それが今の徳川家の力ではないか。すでに一枚岩になれぬことを露呈してしまった」

「なにを貴様！」

「馬鹿を申すな。薩摩に謀られただけのこと」

「偽の錦の御旗を堂々と翻し、官軍を名乗ったのだぞ」

「そうだ。次代の天子さまはまだ十七歳。薩長の傀儡《かいらい》だ。なにが、尊王なものか。権力に目覚めた公家衆をも引き込み、神輿《みこし》を担いでいるだけのこと」

幾人もが立ち上がり、大声でいい争い、相手を罵るようにいい捨てる。

「だが、それを承知しながらもあ奴らを止めることが出来なかったのは、なにゆえか！　軍備では決して劣らぬ、むしろ兵士の数では圧倒的に有利だったにもかかわらずだ」

「戦の勝敗は兵の数だけで決まらぬ。しかし、ひとつ確かなことがある。我が主は、敗軍の将なのだ！」

振り絞るようなその物言いに、皆が息を呑む。

ここには、鳥羽伏見の戦に従軍した者もいる。あちらこちらから嗚咽《おえつ》が聞こえてきた。

「ただただ、残念！　その一言《いちごん》に尽きる」

天野の声が轟いた。

「返す返すも、残念。徳川の屋台骨が揺らいでいるならば、新たに立て直しを図るのが主家に対する武家の務めではなかろうか。しかし、薩長は国を思うのではなく、徳川一家を潰すことに血道を上げている。四日前の会合で、私は、『我らの敵は、官軍にあらず。傲慢という衣を纏った薩長軍だ』といった。加えるならば、天朝を隠れ蓑に利用し、将軍家へ謀反を働いた逆賊であると、私は考えている」

その通りだ、とひとりが叫んだ。それに呼応するように、次々と鯨波のような勇ましい声が上がる。

「薩長軍を迎え討つなど手緩い。こちらから打って出るべきだ」

「箱根で待てばよい。江戸には一歩たりとも入れてはならぬ」

「武芸に優れた者たちで決死隊を作り、薩長軍の首領の首を挙げてはいかがか」

おう、と誰もが頷く。

「本多どの、伴どの、須永どのはどう思われるか。我らは一歩も退かぬ。一歩たりとも江戸の地を踏ませぬ」

「江戸総攻撃などを待っていては、武士の名折れだ。いまからでも、武器を揃えてはどうか」

「刀や槍ではもはや対抗出来ぬ。陸軍所から小銃、火砲を持ち出すのだ」

「そうだ。織田さまは海軍奉行並であられた」

皆の眼が注がれ、織田が立ち上がる。

「皆さまの思いはしかと受け止めた。天野どののお言葉も意を得たものと受け止めている。私とて、薩長が官軍であるとは認めたくない」

しかし、と織田は口籠る。

「まずは、この会の立場を明確にすることが先決だと思うておる。逸る気持ちはわからなくはないが、お上はあくまで恭順の意を示しておられる。そこが肝心ではあるまいか」

それでは遅い、と激しい口調で若い武家が異を唱えたとき、すっと前方の襖《ふすま》が開いて、姿を現した者がふたり。

「失礼いたす。隣室に控えておりましたが、座が紛糾し、このまま一路、箱根に進撃しそうな勢いであったので、止めに参った」

うちひとりが爽やかな声音でいうと、

「天野さま、あまり同志たちを焚きつけるのはよくありませんよ」

天野へ笑いかけた。天野はその者を振り仰ぎ、ふっと口角を上げた。

勝美はその人物の顔を見て、眼を見開いた。円応寺近くの料理屋の二階にいた武家だ。

「渋沢成一郎《しぶさわせいいちろう》と申します」

渋沢、と誰からともなく声が洩れる。

「隣にいるのは、尾高さまだ」

要太郎が呟いた。勝美は思わず兄を見る。尾高惇忠――。要太郎に、初回の会合を仲立ちした者だ。

「尾高さん、それを」

渋沢が手を差し出すと、尾高は懐に挟んだ紙束を取り出した。

受け取った渋沢は、涼やかな目元をわずかに細めて、それを掲げた。

「ここに集いし皆さま方の思いはひとつであると察せられました。しかしながら、そのお気持ちを、決意を、まずはこちらにしかとお示しいただきたい」

なんのことかと戸惑いざわつく者たちに構わず、渋沢は声を張った。

「いまより、皆さまのご姓名、そして血判を頂戴する。迷うている方があれば、すぐにお帰りくだされ」

中列に座していた若者が、怒りをあらわにすっくと立ち上がった。

「迷うていたら帰れ、だと。我らを愚弄するか！　我らは己の意志をもってここに参ったのだ」

激しい口調でいい放った。そうだ、とその周囲にいた幾人かが声を上げ、立ち上がった。

「渋沢とやら、百姓出の者が、たまさか一橋家に召抱えられ、たまさか幕臣になっただけであろうが。そのような者に命じられる筋合いはない！」

さらに中列の者が声を上げた。

「お上のお側にいたからと、偉そうな口を利くな、渋沢！」

「あ、つまらねえことをいい出しやがった。次は、三河以来の直参だのなんだのというつもりだろう。妙な自尊心を持っている奴らは面倒だな」

隣の土肥が、指先で鬢《びん》を掻く。

勝美も土肥の思いと同様だった。と、別の者が声を上げた。

「三河以来と、大名家家臣、そして一橋家で召抱えられた家臣とに分けて、誓詞を取ればよい」

ほらな、と土肥が案の定とばかりに肩をすくめて、勝美を見やった。

「格上、格下をはっきりさせたいのだろうよ。この期に及んでくだらねえ武士の面目だ」

この危機にあっても、未だにそうした心根は変わらないということか。

要するに、天下分け目の関ヶ原以前からの家臣かそうでないか、譜代大名家の家臣か、それをここでおそらく一番気にかけているのは、一橋家の家臣であろう。

一橋家は有徳院（八代吉宗）が、四男のために興した家だ。有徳院亡き後に、清水家が出来、田安、一橋、清水は御三卿と呼ばれ、これまでの御三家（水戸、尾張、紀州）同様に、将軍後嗣がない場合に御三卿からも選ばれることになっていた。

ただし、御三家と大きく異なるのは、御三卿はあくまでも将軍家の身内で、家臣も将軍家からの出向であり、人手が不足している場合には、新規の召抱えがなされた。

つまり、「たまさか一橋家に召抱えられ」というのは、そうした意味で、「たまさか幕臣になっただけ」というのは、一橋家の慶喜が将軍になったことで、新規召抱えの家臣がそのまま江戸城に勤める幕臣になったことを揶揄しているのだ。

とはいえ、いまそのような体裁にこだわったところでなにになるのか。家臣に優劣をつけ、あるいは、出自が百姓だろうと辱めても、意味はないのではなかろうか。区別することで、なにか益があるのか。

いまいま、江戸総攻撃で箱根に向かうの、武器を揃えるのと頭に血を上らせていたのに、この変わり身には唖然とする。

「おれも分けることに賛同する。特に一橋家で新たに召抱えられた者には、銭で身分を買った者、持参金付きで武家に養子に入った者がごろごろいる。代々武家の我らにしてみれば、一朝一夕で、武家を気取る輩とは相容れぬ」

と、隣に座る兄、要太郎が呟いた。

「しかし、兄上。兄上を仲立ちした尾高惇忠さまとて武家ではないのでは？　矛盾しておりませんか」

むっと要太郎が眉をひそめた。

「尾高さまは助言者としてここにおられるのだ。出しゃばるような真似はせぬ。尾高さまの従弟である渋沢さまは、一橋家当主よりお上になられてからも、お仕えしてきた。まあ、元は百姓といえど、右筆にまでなり、お上とともに京まで上られている。お上の信頼が厚い者であろうことは間違いない。だからこそ、尾高さまや発起人の方々が声を掛けたのだろう。が」

要太郎はさらに続けた。

「代々の武家には、そうした者たちを受け入れ難い自負があるのも当然のことだ。お前にはないのか？　百姓に顎で使われることが悔しくはないか？　向後、起きるやもしれぬ戦にても突撃を命じられたら、どうだ？　従うか？」

それは、と勝美は言葉を濁す。

「それみろ。お前とて、百姓らに命じられるのは不本意であろうが。ましてや、戦になれば命を懸けねばならんのだぞ。本来、百姓など戦場では足軽身分ではないか。そうした者どもに、命令されるのは真っ平だ」

ここは、きちんと区別をした上で、隊を編成していくべきだと、おれは思う。そういった要太郎の言葉を受け、前列の者が振り返った。黒々した真っ直ぐな眉をし、精悍な顔をした三十半ばの男だ。

「お主は直参か？　それとも家中か？」

いきなり問われた要太郎は、すぐさま「川越松平家でござる」と応えた。

「なるほど。譜代の家臣か。それならば、むざむざ命を投げ出すことはない。川越の殿さまとてそう思っているのではないか？　これから先を見据えて生きるのは、お主たちのような若者ではないか」

「しかし、徳川の恩顧に報いるのは、いまと思っておりますゆえ」

要太郎が返すと、

「ふうん、たいした忠義だな」と、その者は軽く相槌を打ち、おもむろに腰を上げた。

「大谷《おおや》内龍五郎《うちりゆうごろう》と申す。出自がなんであろうが、目的はひとつではないのか。直参だの三河以来だのということがどのような得になるのだ。それなら、直参さま方はこれまでなにをしていたかを問いたいものだ。総攻撃までひと月もないというのに、つまらぬことだ」

「なんだと、貴様」

この話の口火を切った中列の者が、怒鳴り声を上げる。

「口が過ぎるぞ。我らは、鳥羽伏見の戦に赴いた。お上に置き去りにされた兵がどれだけ惨めで悔しかったか。どのような思いで命からがら京から戻って来たか知っておるのか！」

「すまん、おれは従軍していない。あれは酷かったらしいな」

大谷内がくつくつと肩を揺らして笑う。

「なにがおかしい」と、別の中年の者が憤慨した。

「いいか、その結果が、朝敵だ。お上のお命もいまや薩長の者どもに握られている。その上、奴らは、この江戸をも殲滅《せんめつ》しようと目論んでおるのだぞ。いくら、お上が恭順を示されておられようと、奴らにはなにも響いておらぬのだ。それがわからんか」

渋沢を百姓の出と腐した者が大谷内に向けて、歯を剝いた。大谷内は鼻白み、

「渋沢どのは、覚悟を示せといっているだけだ。百姓出の武家に血判をと迫られ、尻込みしているようにしかおれの眼には映らないのだがね。急に怖くなって、身分を振りかざしたようでな。実は、さほどの覚悟を持ち合わせていないのかと思うてしまった」

よくよく考えてみることだ、あんたらの真の目的はなんだ、といい放った。

ざわっと座が揺れた。

そのとき、発起人のひとりである伴門五郎が口を開いた。

「私も武蔵国の名主の倅だ。確かに先祖以来の武家の方々とは格が違うとおっしゃるのなら、その通り。そうした私が、お上をお救いしたいと思うのは、不遜なことであろうか？　お仕え

した主君をお助けすることに、身分の上下があろうか。それを問いたい。三河以来と申されるのであれば、この現状を見過ごせぬのは我ら以上ではありますまいか」

立ち上がっていた者らが、ひとりひとり順に座り始めた。まだ得心がいかぬのか、顔を歪ませた者も、別の者に袖を引かれ、やむなく座した。

「私が現れたことで、いささかご迷惑を掛けたのやもしれん」

渋沢がわずかに笑みを浮かべた。

「大谷内どの、かたじけのうございます。まさに、私のいわんとしたことをいうてくだされた。迫りくる薩長を迎え討つのが、我らの役目と思うておられるお方がほとんどだと推察する。それは致し方ないが、まったく違う。戦は最後の手段でしかない。覚悟をお示しいただきたいのは、戦う意志ではございません」

座敷内に動揺が広がる。

ほう、と土肥が感嘆した。

「あんなにはっきりいっちまっていいもんかね」

果たして、馬鹿な、と兄の呟きが横から聞こえて来た。総攻撃があるというのに、なにを悠長なことを、と勝美ですら思った。

「我らが見境なく血気に逸ることは、すなわち、我らの首を絞めることにもなりかねない。我らが武力で薩長に当たれば、お上の意志を潰すことになる。それこそ、不忠者となりまする。従って、あくまでもお上の助命がひとつ、薩長の奸計による朝敵の汚名返上がひとつ、徳川家の存続を、和平をもって嘆願するがひとつ——この三つを成し遂げる」

こちらから戦に打って出ようなどというのは、お上の意志に反すること、お上は交戦を望んではおられないこと、ゆめゆめお忘れにならぬように、と渋沢は付け加えた。

「この尊王恭順有志会は、お上のお許しを得ていない、幕府の後ろ盾もない、まさにただただ皆さまの志と覚悟が頼り。薩長を我らが刺激し、歯向かう素振りを見せれば、たちまちにお上のお立場は悪くなる。そうした危うい会でもあり、余計な会を作ったと、お上のお怒りを買えば、ご意志に背く逆臣として切り捨てられる運命でもある。しかし、先ほど申し上げた三つのことが、ひいては、江戸に住まう民を守り、日の本を守ることに繋がる。それは、おそらく皆さま方も重々承知の上と思うております」

勝美の総身がぞくりと粟立った。それは誰もが懸念しながらも、どこか楽観していたことでもある。寛永寺での謹慎に水を差す者どもとして排される可能性さえもある。多分にそれを皆感じていても、いざとなれば、己の主君は理解してくれる、我が家臣を誉れに思ってくれるとどこかで希望を抱いている。あわよくば立身出来る、とも。

まるで薄氷の上を歩んでいるようではないか、と勝美は途方に暮れる。

渋沢は続けて、尾高とともに起草したという文書を読み上げた。

「方今社稷《しやしよく》危急存亡のとき、臣子尽忠報国は士道の常にして――」

低いが、よく通る声だった。

二百六十余年の泰平の世に、武士の士気は緩み、忠節も報恩もただ言葉だけとなってしまっているが、しかし、今こそ、主君の冤罪を晴らし、薩賊を討ち、朝廷を奉じて万民に安心を与える。

「有志の士は断然一死を天地神明に誓い、姓名をこの帳に記載を仰ぐ――」

一語一語を嚙み締めるように、読み終えると、

「以上でござる。ご賛同をいただければ、あらためてお願いいたす。ご姓名と血判を頂戴したい」

座敷内は恐ろしいほど静まり返り、皆、身動《みじろ》ぎひとつしない。

渋沢はそれ以上言葉を重ねることはなかった。有志たちを煽《あお》ることもしない。ただ、天野の横に腰を下ろし、瞑目した。

この静けさが痛い。ぴりぴりとした各々の感情がこの座敷の中を飛び回っているような気がした。尊王恭順有志会は、薩長に戦を仕掛けるような振る舞いをせず、あくまでも多くの有志を募り、この存在を明らかにし、薩長らを牽制する。また、慶喜はいまだ多くの家臣に守られているという証にもなる。渋沢の考えはそこにあるのだろう。

「戦わずして勝てるというのか」と、誰かがぼそりと呟いた。多くの者が同じ思いであろう。勝美もわからなかった。

静寂を破るように、伴が声を上げた。

「私は、渋沢さまに同意する」

「薩長には腸《はらわた》が煮えくり返る思いを抱いてはおるが、いまはお上のお命が優先だ」

天野が強く頷いた。

「それでは、有志の方々、署名、血判を」

本多の声が響き渡り、発起人の伴、本多、須永、そして、渋沢、天野と続いた。

粛々と進む。

土肥の次は勝美の番だ。

「そら、勝美さん。お前の番だぞ」

見れば、ずらりと名が並び、その下には押したばかりの血判が生々しく光っていた。

筆を持つ手が震える。

「どうした？　穂が揺れているぞ。手を添えてやろうか？」と、土肥が勝美の顔を覗き込み、からかってきた。

「だ、大丈夫です」

と、応え、どうにか姓名を書き上げた。次は血判だ。生まれてこのかた血判などしたことがない。幾度もあるのも困るが、と勝美は詮ないことを思う。

己の指をどの程度、傷つけてよいのかがわからない。居並ぶ者たちの様子も見ていたが事もなげに済ませている。前列にいるまだ元服したての少年すら、肩越しに覗いたが、怖気づくさまを見せなかった。小柄《こづか》で左手の薬指を傷つけ、滲み出た血を左手の親指の腹に移し、それを紙上に押し当てればいいだけなのだが。

「おいおい、兄上さまが睨んでいるぞ。皆、待ちくたびれちまう」

土肥が楽しそうにさらに煽ってくる。

「勝美、なにをもたもたしている。臆したのか」

果たして、要太郎の険しい声が飛んできた。まったくもって情けない奴だ、と嘆息した。

「薬指の爪の下を切っ先で少し突けばよい。皮膚が薄いからすぐに血が出てくる」

要太郎は声を落として、いった。

はい、と勝美は小柄を手に取り、その刃先を薬指に当てた。

痛っ――。

じわっと血が滲み、丸い珠が出来た。うまくいった、と安堵したと同時に美しいと思った。

まるで、真っ赤な珊瑚珠のように見えた。この美しい深紅の血潮が、己の身体の中を巡っている。勝美はこのとき、不思議と生きているのだという実感を得た。


六十七名の血誓帳が出来上がった。

座敷を出て行く者たちは、皆一様に高揚していた。まだ何事も動いていない。が、沈没寸前の徳川という船で、ただその沈み行くさまを眺め、打ちひしがれていただけであったところに、ひとつの光明が見えたということだろうか。だが、戦わずして勝てるのか、その疑念は勝美の中にもあった。

「尾高さま、惇忠さま」

座敷を出る人をかき分け、要太郎が駆け寄る。勝美もその後を急ぎついて行く。

振り返った尾高が、おお、と眼を見開いた。本多と伴も要太郎へ向け、笑みを浮かべた。

「要太郎どのか。ご苦労だったな」

天野と何事か話していた渋沢が、ふと勝美に眼を向ける。決して、鋭い視線ではないのに、射すくめられたように、身が硬くなった。

「どうだ、これから親睦を兼ねて、皆で飯を食いに行くのだが」

「私をお誘いくださるので？」

要太郎が思わず声を上げた。勝美も身を固まらせたまま、驚いた。

戸惑う要太郎に、天野が、

「我らは血誓帳に名を連ねた同志ではないか。若い者だからこその話も聞いてみたいのだ」

屈託なくいう。

「そんな、そのような。弟もおりますし、本日はご挨拶のみで」

「背後に控えているのが、弟御か。うむうむ、立派な若者だな」

「とんでもないことでございます。我らは末席を汚しているだけの」

天野の言葉に要太郎は明らかに動揺している。勝美とて同じだった。おそらく会を率いて行くであろう天野、渋沢と飯をともにするなど、緊張で酒肴も喉を通りそうにない。

「まあ、行こう行こう」

尾高に背を押され、要太郎はすっかり恐縮しながら、面々の後をのろのろと歩いた。


円応寺を出て、鮫ヶ橋北町まで出る。

「このあたりは寺が多いので、どうも線香臭くてかなわん」

尾高が軽口を叩いた。もうすでに、桜樹の蕾が綻び始めていたが、空には黒い雲が垂れ込め、風もやや冷たい。

「四ツ谷塩町に小体な料理屋がある。そこに参ろうか」

尾高がいう。

本多、伴、須永の三名は、鮫ヶ橋坂に至ると、「では、明後日」といって別れた。

渋沢、天野、尾高の三名とともに、四ツ谷仲町の通りを行き、四ツ谷御門方面へと歩を進めた。一番後方を歩いていた勝美に、

「君、名は？」

と、渋沢がいきなり振り向いて問うてきた。

「小山勝美と申します。川越松平家に仕えております」

「ほう、川越か。私は岡部安部家が治める血洗島村の出だ。百姓の倅よ」

ともに武蔵国ではあるが少々距離があるな、とくつくつ笑った。

「幼き頃、父母とともに深谷宿を訪れたことがあります。とても賑やかな宿場だと思いました」

「深谷宿か。懐かしいなぁ」

渋沢は暗い空を見上げた。今にも雨粒が落ちてきそうだった。

「なあ、小山どの。門前で私を見上げたろう？」

え？　と勝美は口をあんぐり開けた。ほんのわずかな間だった。それを覚えていたとは。しかも顔まで。

「私は、あの料理屋から様子を窺っていたんだよ。この会合に、どのような者が現れるのかと、な」

ふふ、と含むように尾高が笑う。

「成一郎どのには、以前から有志会に誘いをかけていたのだ。しかし、なかなか首を縦に振っ

てくれなかった」

「尾高さん。それは当たり前じゃないか。お上のお命が懸かっているのだ。本音をいわせてもらえば、一橋家の者ならば顔も性質もわかり安心だ。しかし、幕臣まで広げるとなれば、どのような輩が入ってくるかもわからぬ。お上は大坂から逃れた腰抜けと揶揄された。お上の苦渋のご決断であったことも知らずに、だ。それは、お上が水戸の出だからか？　一橋家の出だからか？　誰があの当時の将軍職を諸手を挙げて引き受けようか。無理やり押し付けられたものだ」

渋沢の声が次第に高くなっていった。

勝美も要太郎も思わず眼をしばたたいた。

「ああ、すまん。ついつい、大声を上げてしまった。みっともないな。まずは、浪人者や脱藩者は駄目だと口を酸っぱくしていった」

まあ、最初の会合はわずか十七名だったからな、落胆した、と渋沢が肩を落とした。

「それは致し方ない。当初、本多、伴の両名の出した廻状は、歩兵、砲兵、騎兵、撒兵《さっぺい》でも一橋家出身の者を中心に廻されたということもあろう」

しかし、と天野が呟いた。

「我らは屋敷に籠っている以外、登城も出来ず、訓練も出来ぬままだった。鳥羽伏見の戦に敗れたという絶望感は、江戸に残っていた我らを打ちのめした。その息苦しさの中でお上は恭順を示された。我らは戦わずして負けるのかと思うと、身が震えて止まらなくなった」

その最中に、伴どのに誘われた、と天野はいった。

「これぞ、我らに残された最後の道だと思った。大義を貫くのは、このときしかないとな」

要太郎は、天野、渋沢の話をじっと聞いていた。

「天野どののお考えは、皆を戦に導きそうな気がするのだが」

渋沢が天野を見据える。

「いや、なにも武器を取り、戦うことだけが戦ではないだろう？　渋沢どののいうておる、和平をもって嘆願する。それも厳しい戦であると思うぞ。総攻撃までに間に合うとよいがな」

渋沢から視線を外した天野は、ふっと唇を曲げた。

「さ、もう会合は終わったのだ。楽しゅうやろうではないか。尾高どの、料理屋はまだか？ところで、女将《おかみ》はいい女か？」

天野が声を張ると、

「もう少し辛抱してください。まったく天野さまの女子《おなご》好きは変わらずだ。まあ、花魁の小稲《こいな》には歳も美貌も及びませんが、女将もいい女ですよ」

尾高が応え、ふたりで大笑いした。

「小稲に敵う女子などおらんぞ」

渋沢が、口を閉ざして天野を見つめていた。

すでに四ツ谷御門を過ぎていた。塩町まではあとわずかだ。

「ん？　雨が降ってきたぞ」

天野が羽織を頭に被り、小走りになった。

二日降り続いた雨は止《や》んだが、まだ、空には重く垂れ込めた雲が残っていた。

会合場所が円応寺から浅草本願寺に変わった。

本願寺は、約一万五千坪の寺領を誇る大寺院だ。毎年十一月二十二日から二十八日まで、報恩講が執り行われ、その際には大勢の人々が参拝に訪れる。

勝美は、要太郎とともに、大屋根を眺めつつ、本堂に向かう。

朝の五ツ（午前八時頃）前であることから、まだ参詣に訪れる者はまばらであったが、明らかに尊王恭順有志会の会合に参集するであろう武家の姿があった。

一昨日よりも、明らかに多い。

本堂の出入り口には『尊王恭順有志会』と張り紙がされている。

階段を上り、中に入ると、すでに大勢の者たちがいた。一昨日の六十七名の倍近くいそうだった。中でも渋沢は、三十名ほどを率いてきたという。総勢、百三十名となった。

会合は、朝五ツの鐘が鳴り響く中、始まった。

「さて、尊王恭順有志会はあくまで仮の会名。これより、正式な名乗りを定めたいと思う。よいと思う名称があれば、挙げていただきたい」

伴が促した。

腕組みする者、首を傾げる者、唸る者、幾人かで話し合う者と思い思いに考えを巡らせていた。勝美も懸命に頭を捻っていたが、これといった名称は浮かんでこない。

と、ひとりの者が声を上げた。

「純義隊はどうであろうか？　汚れのない純粋の純と、忠義、大義の義でござる」

すると、別の者がいった。

「昭義隊はいかがであろう。照り輝く、明らかという昭の字と、義」

なるほど、どちらも悪くない、と渋沢が唸った。

すると、本多が口を開いた。

「昭義隊がよいと思う。昭義は、お上のお里である水戸の床几廻《しょうぎまわり》の床几に通じる音。これは余計なことだが、それがし、その床几廻にいたのでな。お上にも耳馴染みがよかろうと」

ほう、と天野が感嘆した。床几廻は、武芸に優れた精鋭を集めた隊である。在京していた慶喜の身辺を守っていたのが、床几廻だった。

「あの、阿部杖策《あべじょうさく》と申します。私も、昭義隊がよいかと思われます。しかし、いささか気になることがあり」

「聞こう」と、渋沢が身を乗り出した。

「昭の字は、文昭院（六代家宣）さま、昭徳院（十四代家茂）さま、と院号に用いられているため、恐れ多いかと思われます」

「なるほど、よう気がつかれたな」

「あきらかにするという意味の彰ではどうでしょうか。義を彰かにする隊と」

すべての者が深く頷いた。異論を唱える者もない。そして百三十名により、入れ札が行われ、
頭取に渋沢成一郎、
副頭取に天野八郎、
幹事に本多敏三郎、伴門五郎、須永於菟之輔が決定した。

渋沢がゆっくりと立ち上がり、高らかにいい放った。

「我ら、本日をもって、彰義隊と名乗る」

三

翌日、昼四ツ（午前十時頃）の鐘を聞き、勝美は、川越藩上屋敷を出て、神谷町へ足を運んだ。途中、持参した大徳利に酒屋で酒を注いでもらい、手土産とした。

訪《おとな》いを入れるやいなや、

「おや、勝美さま、どうしなさったんで？」

端の欠けた飯茶碗を手にした芳近が、薄汚れた障子戸を開け、顔を出した。

「突然、お伺いして申し訳ございません。少々お話があって」

勝美は手に提げた酒徳利を差し出した。芳近は、舌舐めずりをしながら、

「こりゃあ、恐れ入ります。けど、こんな気遣いは無用にしてくださいよ」

そういうと家の中を振り返った。

「おい、小山家の若さまだ。茶の用意をしてくんな」

芳近は勝美に向き直ると、ささ、むさ苦しい処ですがどうぞ、と勝美を招き入れた。

「お食事の最中ならば、外でお待ちしています」

「なあに、あとひと口放り込むだけですから。さあさあ」

それでは、と勝美は土間に足を踏み入れた。版下絵やら反故《ほご》やら、絵の具皿やらが雑然とす

る中で赤子に乳を含ませていた女房が、襟元からこぼれる豊かな胸乳を隠そうともせず、

「うちの宿六がお世話になっております」

と、頭を下げた。

「ああ、い、いえ、師匠に世話になっているのは私のほうですから」

勝美は顔を真っ赤にして俯いた。

「こら、てめえ、勝美さまにみっともねえものをお見せするんじゃねえ」

芳近は箱膳を片付けながら、女房を怒鳴る。

「なにさ、あんただって飯を食うだろう。坊はね、あたしのお乳がご飯なんだから」

「屁理屈こねるんじゃねえよ。さっさと、茶を淹れろ」

勝美が恐縮していると、

「なにも勝美さまが気を遣うことはねえですよ。赤ん坊ってのは二六時中、乳をほしがるんで困っちまいます」

「まったく男も乳が出ればいいのにさ。そうしたら、女も少しは楽出来るのに。なんのために男に乳首があるのやら、ほんと役立たず」

女房はけらけら笑った。

「いい加減にしねえか、勝美さまが呆れていなさるだろうが」

芳近はあらためてひと間の部屋を見回してから、唇を曲げた。

「話っていうなら、やはり外へ行きましょう。そこらの茶屋のほうがようござんす」

芳近は戸惑い気味の勝美を促して、表に押し返した。

「いいじゃないの、上がっていただいても。あたしは構わないよ」

芳近は下駄を突っかけ、

「馬鹿。おめえはよくても、勝美さまが目のやり場に困るんだよ」

「あらやだ」

女房の声を皆まで聞かず、芳近は障子戸をぴしゃりと閉めた。

「申し訳ないことをいたしました」

「いやいや、ウチの奴は酌婦だったんでねぇ、カラッとした性質でいいんですが、どうにも遠慮がないっていうのか」

決まりが悪そうに芳近が盆の窪に手を当てた。

「お子さんはいつ？」

勝美の問いに、昨年の暮れだと芳近が応えた。

「では、まだふた月ほどですか。なぜ、お知らせくださらなかったんですか」

「とんでもねえことでございますよ。四十も間近で騒ぐのもなにやら恥ずかしくてね」

「そんなことは」

いやいやと、芳近は月代《さかやき》を指先で掻いた。

「とはいえね、別れた先の女房との間には子がなかったもんでね、この歳で子を持つと、嬉しいもんですよ。ちっちゃくてね、まだ何も出来ねえくせに、泣き声だけは一人前で。真っ赤な顔して喚《わめ》きやがるんで。赤子とはよくいったもんだ」

溝板の上をばたばたと走る子どもらが、喚声を上げながら、勝美と芳近の脇をすり抜けていった。一番先を行く子どもが何かを掲げている。糸に結びつけた蜂だ。

「おい、こら、蜂に刺されるぞ。放してやれ」

「やなこったぁ」

振り向いた子があかんべえをして、幼い子らを引き連れて裏店の木戸を出て行った。

「つたく可愛げのねえ。ですが、あいつはふた親を亡くして姉ちゃんとふたり暮らしでして。ちょいとこまっしゃくれているが、ああして長屋の子どもの面倒を見ているしっかり者なんでさ。ウチの子もそのうち後をくっついて行くんでしょうなぁ」

芳近が目元を柔らかく細めた。木戸を潜り、路地から表通りに出る。

「お子さんのお名前は？」

勝美が訊ねると、芳近が少し驚いたように眼をしばたたく。

「お名前なんて、そんな洒落たもんじゃねえですよ、喜ぶって字を当てて、喜助《きすけ》ってケチな名で」

「ケチなんかじゃありませんよ、ご夫婦の喜びが伝わるいい名ではないですか」

芳近は眼を見開いて、勝美を見た。

「ああ、そうか。なんにでも喜べる子にと思っただけですが、夫婦の喜びかぁ、そいつはいい。女房にも伝えてやろう。それこそ喜びそうだ」

懐手をした芳近は、ゆっくり歩を進めながら、

「ですがね、こんな騒がしいご時世に生まれちまったのがちっとかわいそうでね。どう育つかわかりませんが、喜助が物心つく頃には、世が落ち着いていればいいと思っておりますよ」

大きく息を吐いた。

「ねえ、勝美さま。浮世はなぜ、浮いた世と書くかご存じで？」

「ええ、本来は、憂える世で、憂き世だと聞きました。世は憂いで満ちているけれど、それではあまりにも辛すぎる。どうせ憂き世に生きているなら、浮かれて生きたほうがよいから浮くという字を当てたと」

そうです、そうです、と芳近は嬉しそうに頷いた。

「浮世絵もそういうことでさ。浮かれる世を描く絵のことです——が。ちゃんとお渡しした絵手本で修練してますか？」

「いえ、この頃はなかなか」

「そうか、お武家も忙しいんだな。まさに、いまは憂える世ですよ。江戸っ子にとっちゃ、将軍のお膝元で暮らしているのが自慢のひとつでした。が、いまじゃそれもねえ。政なんぞわかりません。けどね、薩摩だか長州だか知りませんが、京の天子さまを担ぎ出して、徳川には政は任せられねえ、もう用はねえ、とこうだ。その上、いうことを聞かねえ大名家がありゃ、戦を仕掛けている。酷えと思いませんか」

勝美は黙って頷く。芳近は神谷町の通りを歩き、大養寺の門前へと向かう。

「あすこの茶店でよろしいですかね」

指差した方角に葦簀《よしず》を巡らせた茶店があった。参詣を終えた者が数人茶を飲んでいる。

空いた縁台に腰を落ち着けると、

「姉さん、茶をふたつと、団子をふた串頼むよ」

芳近が茶釜の前にいる茶屋娘に声を掛ける。

盆に載せた茶と団子が運ばれてくると、芳近はすぐに茶碗を手に取った。

「こうしてね、呑気にしておりましても、先日は近くの大店《おおだな》が柄の悪いお武家の一団に金子《きんす》をせびられたそうですよ。なんでも江戸が戦場になるから守るためだってね。政が乱れると、それに乗っかって正義面する輩がわんさか出てくる。食い詰め浪人みたいなのがもっともらしくのたまってます。金持ちや縁戚が余所《よそ》にある者はいいですが、貧乏人は逃げる処がありません。けどね、このまま、江戸をいいようにされるのは至極残念で仕方がねえですよ。あっしらには何もできねえのかと、悔しくてならねえんです」

勝美は芳近と視線を合わせず、茶碗を両手で包み持つ。

至極残念、悔しくてならない。たぶん、これが大勢の者たちの思いなのだと感じた。芳近の言葉は、江戸に暮らす者たちの本音であり、武家であればなおさらであろう。

薩長らの新政府軍が、江戸に総攻撃を仕掛けるまで、ひと月足らず。

昨夜、勝美は父の居室に呼ばれ、万が一、衝突した場合には彰義隊隊士として励むよう命じられた。

なんのための戦であろうか。やはり勝美には得心がいかない。江戸を守るため、慶喜への忠義を尽くすため。そのどちらも、果たし得ないことだってあるのだ。それならば、どうすればよいかと問われれば応えられない。しかし、こうして、流れに巻き込まれている。

お上の助命、冤罪を雪ぐ、それは家臣として必要なのだと思う。しかしながら、新政府軍と戦うことになんの意味があるのかわかり兼ねる。

武力を用いられれば、武力で返すしかない。どちらかが息絶えるまで繰り返されるのだ。人が大勢死ぬ。兵士だけじゃない。普通に暮らしている人々も巻き込む。十三年前、江戸で大地震があった。勝美はまだ七つだった。火が出て、江戸は焼け野原になった。それと同じことが起きる。けれど、地震は自然の力だ。戦は、人の手が起こすのだ。大きな違いがある。新政府軍は刻一刻と江戸に迫っていた。それはもう止められない。

逃げたい。逃げたい。いますぐ、何もかも捨てて逃げ出したい。

だが、どこへ行く？　国許《くにもと》か。それも駄目だ。

自分はただの臆病者か――。

「まあ、結局、困るのはあっしら下々なんですよ。誰も守っちゃくれねえんです。ただねえ、飯が食えて、ガキが健やかに育ってほしいと願っているだけじゃいけねえんですかね。勝美さま、ほんとに江戸で戦が起きるんですかい？」

黙り込む勝美を見て、ははは、と芳近は笑った。

「妙なことを訊いちまいました。どうにもぺらぺら話をしちまって。何かお話があるとおっしゃってましたが、あっしでお役に立てますかね」

「師匠……」

芳近のまだ生まれたばかりの赤子。その赤子に乳を含ませる母親。そして、長屋を走り抜ける子どもたち。ああ、そうだ。紀伊国坂で出会った蕎麦屋一家。ようやく表店を出せると希望に溢れていた。身重の女房、その妹。そで、といったか――。

そうした者たちの未来《さき》を奪うことになる。

勝美は茶碗を持つ手にさらに力を込めた。思わず知らず指先が震える。縁台に立て掛けた大刀へ、勝美は視線を落とした。自分はなんのために、刀を腰に帯びているのか。武士という身分を保つだけか。否。己を守り、他者を守る。忠義をもって、己の誠のためならば死をも厭《いと》わない。そのために帯刀を許されているのではなかったか。

芳近を訪ねたのは、画の稽古の日を減らしたいと伝えると同時に、彰義隊に加わったことをどう思うか訊ねたかったからだ。

だが、それはなんと的外れなことかと勝美は、己の甘さに気づいた。

茶店の前を、若い娘がふたり、色鮮やかな衣装を着て、楽しそうに歩いて行く。参道に並ぶ店からは客引きの声がして、孫に菓子をせがまれる隠居や、担い売りの飴屋が通る。どこから か玄翁《げんのう》の音が聞こえてくる。近くで家の普請があるのだろう。

勝美はふと顎を上げた。天気はすこぶるいい。青く澄んだ空が広がっており、春の陽が地上に降り注いでいた。

と、不意に黒い雲がもくもくと湧き上がり、勝美の視界を閉ざすようにあたりが薄闇に包まれた。逃げ惑う人々の頭上に、冷たい弾雨が落ちてくる。

腹に響くような重い砲弾の音。粉々に砕け散る家屋。

童の泣き喚く声、女たちの悲鳴、男たちの青褪《あおざ》めた顔。荷車を引く者たちが通りを埋め尽くし、親とはぐれた子どもが地面に突っ伏して泣いている――。

「勝美さま？　どうされました？」

はっとして、勝美は横を見る。芳近が心配そうに勝美の顔を覗き込んでいた。私は幻を見ていたのか、それとも未来が見えていたのか。

「顔色がお悪いようだ。よほどのことがありましたかね？」

勝美は首を横に振る。

戦などするべきではないと、勝美は心底思っている。それは、決して間違った思いではないはずだ。けれど、戦の意味を問うたところで、いまさらどうなるものでもない。

動き出した歯車を逆に回すことが不可能ならば、新たな歯車を嵌め込むことは出来ないのか？　そう思う私は、なんと愚かで弱虫なのか。

「仕事先がなくなるか、縮小されるかって瀬戸際だ。つまりは、暮らしが立たなくなる……」

不意に土肥の言葉が甦《よみがえ》ってきた。武家だけじゃない、江戸に生きるすべての人たち、いま生きている人たちすべてに当てはまることじゃないか。

「――芳近師匠。いますぐに江戸を出てください」

勝美は喉を絞るように声を出した。

芳近が、口に含んでいた茶を思わず噴き出す。

「藪から棒になんです。いまの今、貧乏人は江戸から逃げる処がねえとあっしがいったばかりじゃねえですか」

口の周りを拭った芳近は呆れ顔で勝美を窺う。ともかく、と勝美は叫ぶようにいった。向かいに座っていた商家の隠居が何事かと顔を上げ、茶屋娘が振り返った。

「ともかく、早く江戸を出たほうがいい。お子とご妻女を連れて」

勝美は腰を捻って、芳近に迫った。芳近が苦笑する。

「ンなこといわれても、だいたい、どこへ行くってんです」

「考えている余地などありません。江戸を離れるだけでいい」

必死な形相を向ける勝美を芳近が訝る。

「一体、どうしなさった、勝美さま。あっしへの話ってのはそのことですかい？」

勝美は眉をひそめて、立ち上がった。茶を飲み干し、大刀を握ると、

「すぐに荷をまとめてください」

そういって、その場から逃げるように走り出した。芳近の声が聞こえたが、振り返らなかった。

悔しい。ただ悔しくて勝美は歯嚙みをしながら、通りを駆け抜けた。無力な自分をこれほど情けなく思ったことはなかった。

けれど、守りたいと強く感じた。

非力であろうと、臆病であろうと——。

守るべきは、武士の一分でも、忠でも義でもない。そう、かつての将軍でもない。

私が守らなければならないのは、この江戸ではないか。この町に住む人々ではないか。なにより私の周りで暮らす人々だ。

そのための刀を私は帯びているのだと、勝美はひたすらに自分にいい聞かせ、身を奮い立たせた。

四

始動した彰義隊の噂はたちまちのうちに武家の間に広がり、詰所となった浅草本願寺には、加入希望者が続々と集まっていた。しかし、本願寺側は当然いい顔をしていない。

いつの間にやら、詰所にされ、幕府の家臣たちが集まるとなれば、警戒するのは当然だ。無理に追い立てる真似をするのも気が引けるのか、無理やりねじ込まれたふうを僧たちは装い、遠巻きに眺めている。

頭取の渋沢は、増え続ける隊士と、江戸総攻撃を見据えて、意を決して城に赴き、幕府に彰義隊の認可と、武器と兵糧の供与を願い出た。あくまでも武備恭順を貫き、決して打って出る真似はしないと訴えたが、やはり認められなかった。

父が味噌汁をすすり、膳に戻すと口を開いた。

「陸軍から離れた者が、私兵を募っているという風聞が流れているらしい」

その上、と父は声を低くした。

「旗本、御家人、浪人が持論をもって、勝手に徒党を組んでいるという話だ。軍資金を得ようと商家などを脅しているという話もある。彰義隊もそうした輩と同じに見られているため、許されなかったのだろうな」

「幕府に、そのような者らと同じに思われているということですか？」

要太郎が不快な声を出したが、すぐに、「申し訳ございません」と父に謝罪した。

「いや構わん。しかし、そう思われても致し方ないのであろうな。何をもって信用するか、幕府も頭を抱えているのだろう」

そうなのか。勝美は飯を口に運びながら、考え込んだ。

父が続けた。

「いま、陸海軍ともに動かすことの出来る勝安房守さまも慶喜公と同様に憎まれているはずだ。主戦派を抑えたが、なにも状況は変わらない。ただの腰抜けとな。ともかく新政府に対し、恭順の立場を示そうと奔走している。内部の分裂はむろんのこと、市中で騒ぎが起きることもいまは避けたいだろう」

頭取の渋沢も、勝と同じ思いであろう。だからこそ、志どころか混乱に便乗し、いたずらに集い騒ぎを起こす者たちと区別するために城に赴いたのだ。

「まったく、渋沢というお方もやり方が手緩い。お側近くに仕えていたのであれば、直に慶喜公にお伝えすればよいことではないか。きっとお喜びになると思うがな。家臣がそのように動いてくれていることを誇りに思うに違いない」

それは、と要太郎は箸を置く。

「本来なら、お上と同様に家臣も恭順の立場を示さねばならないからです。お上自身が我々を認可することがあっては矛盾を生じます」

父は得心したように一旦は頷いたが、すぐに顔を歪ませた。

「しかし、その渋沢は、まことに信用に足る者なのか？　耳にしたのだが、かつては尊攘の士として、横浜や高崎城の襲撃を企んでいたそうではないか。一橋家の当主であった頃の慶喜公に拾われた恩義があるのだろうが、助命を望むにあたり、新政府と繋がっているようなことはないのか？　元は百姓だろう？　武士の忠義とは偽り。自分の保身を考えての行動ではないのか」

「まさか！　そのようなことは決してございません」

思わず勝美は声高に叫んでいた。父と要太郎が驚いて、勝美を見る。

「どうした、珍しいな」

要太郎が口角を上げ、皮肉っぽい笑みを向けてきた。

あ、その、と勝美は口籠る。

「渋沢さまは――ご立派、な方だと」

「なんだ？　はっきりといってみろ、勝美」

要太郎がにやにや顔を向けてくる。

「父上。勝美は、会合後の酒席で渋沢さまと副頭取の天野さまの似顔を描いて、大いに気に入られたようでしてね」

まったく、恥ずかしい思いをしました、と要太郎は顎を上げ、勝美を見下し、吐き捨てた。

父は苦笑しながら、

「許してやれ。彰義隊で揉まれ、少しは気骨のある者になろう」

と、勝美を見た。勝美がそっと窺うと、父は眼を逸らし、ため息を吐いていた。

「父上、いずれ渋沢さまが渋沢平九郎《へいくろう》どのと一席持とうと、私にいってくださいました。歳も近いので話が合うだろうと」

「ほう、その平九郎どのとは？」

「尾高惇忠さまのご実弟ですが、渋沢さまの従弟の篤太夫《とくだゆう》さまの見立養子です」

平九郎は、篤太夫が慶喜の弟昭武《あきたけ》のパリ留学に随行する際、家名存続のため、養子となったのだという。平九郎は、役者と見紛うほど端整な顔立ちで、剣の腕も優れている、いずれ彰義隊に加わるであろうと、尾高は話した。

「そうかそうか。頭取からそのように声掛けされるということは、彰義隊でもお主の働きが期待されておるのだな」

父が相好を崩し、ときに、と口元を綻ばせた。

「仲人から、秋の祝言を早めてはどうかという話があってな。先方もそれを望んでいる。お前も身を固めれば、彰義隊でもさらに身が入ろう」

要太郎は顔を険しくして、箸を揃えて、膳に置いた。

「その儀につきましては――いえ、先日、先方に伺い、この縁談そのものをなかったことといたしました。お聞き及びではなかったのでしょうか」

勝美も思わず箸を止めた。父の顔は驚きと怒りで赤黒く変わっている。

「なんとなんと。馬鹿を申すな。破談などわしが許さん」

「このような時世にあって、何を祝えましょうか。すでに、お相手の方とは話が済んでおりますゆえ。どこかで行き違いがあったのかと」

愕然とする父親を後目《しりめ》に、要太郎は立ち上がり、「ごちそうさまでした」と、一礼して座敷を出て行った。父はただ呆然と息子の背を眼で追っていた。

勝美は急ぎ飯を食い終え、要太郎の部屋へ向かった。その気配に気づいたのだろう、

「勝美。おれは後悔しておらん。おれの身になにかあったら、どうなるか想像がつくからな」

要太郎の声が障子越しに聞こえてきた。勝美は廊下に膝をつく。

「なんだ。父上に頼まれたのか？」

いいえ、と勝美は小さく答えた。

「お前が気にしてくれるとは思わなかったな。実はな、あちらも思うところがあったようだ。このまま戦になると考えれば、無駄な気苦労もする。あちらは奉行職の娘御だ。この先、縁談などいくらでもあろう」

本来、兄はこうした細やかな気遣いのできる男なのだ。私に辛く当たるのは、不甲斐ないからかもしれない、と勝美は息を吐いた。

「これは、人伝の話だが」

渋沢は、打ちひしがれ、主の遁走に憤り、落胆する兵士たちを懸命になだめ、説得し、江戸へと帰還させるために走り回ったという。

「出自にこだわる御仁もいる。おれもそのひとりではあったが、その話を聞き、泰平に驕《おご》り、武士の本分も忘れ、堕落しきった旗本御家人よりも、渋沢さまは武士だと思うた。なによりも働きであろう。それは身分ではかるものではない」

「兄上」

「お前は足手まといになるなよ。さ、もう行け」

勝美は立ち上がり、隣の自室へと入った。灯りをつけると、気持ちを鎮めるために絵筆を執

る。絵手本を開き、紙を床に敷く。桜、でも描こうか。

筆を動かしていると無心になれる。が、今日は進みが悪い。ふと、芳近はどうしているかと思った。赤子は健やかだろうか。江戸から離れただろうか。

あのとき、勝美は思ったのだ。

暮らしを守るのが武士に与えられた役目なのだと――。彰義隊に参加したのは兄に引きずられたわけじゃない。たとえ無力でも盾ぐらいにはなれるのではないか、と。

けれど、縁談まで反故にした兄は――覚悟が違う。やはり私は……。

墨壺に浸した穂から墨が一滴、落ちた。

「しまった」

墨を含ませすぎた。描いた桜の花びらに黒い染みが広がっていくのを勝美はただ眺めた。

二十一の子院と三十五の塔頭《たっちゅう》がある本願寺の広大な境内のあちらこちらで、木刀を交える音が響いていた。車座になって、威勢のいい声を上げている若者たちもいる。

勝美と要太郎が、本堂に赴くと、豊かな頰に人懐っこそうな笑みをたたえた天野が、ふたりをみとめて近寄って来た。開口一番、

「まったく、呑気だな。寛永寺の警護にも出なかっただろう？」

そういわれ、思わず要太郎と顔を見合わせた。

「しかし、寛永寺は。ご指示がなかったので、勝手に動いては、と思いまして」と、要太郎がしどろもどろに言い訳する。

いかんなぁ、と天野はさも困ったふうに首を横に振り、すぐさま表情を険しくした。

「よいか。今は不逞の輩が江戸をふらついているのだぞ。その中には、我らのように主家が大事と忠義を掲げながら、市中でも乱暴狼藉を働いている奴らもいるというから始末に負えん」

西洋式の軍事訓練を受けた御家人、浪人、自ら志願した町人、百姓などが徒党を組んでいる。その数、大小合わせて三百もあるらしい。父がいっていた通りだ。

「さらに鳥羽伏見の戦から戻った者たちの中には、お上を不甲斐なし、と恨む者もある。お上のお命を狙う危うい企てをするやもしれん。それでは我ら彰義隊の存在する意義がなくなってしまう」

天野は、しれっといいのける。

「敵は薩長ばかりではない。町場にもいる。お上を守ることは、江戸を守ることにもなる。今日から、私とともに寛永寺黒門周辺の見廻りをするぞ」

はい、と勝美は返答した。幕府の後ろ盾などない、認可も受けられなかった。それでも、お上を守る、それが彰義隊なのだ。だが、薩長から守るのではなく、徒党を組む不逞の輩を警戒するという妙なことになっていることに気づいた。

「まずは、こちらへ来い。奥の広間に皆集まっている」

天野に促され、廊下を行くと、ざわざわとした人の声が聞こえてきた。

「これからは、この大広間を使うことになった」

勝美は眼をしばたたいた。広い。襖がすべて取り払われた座敷は、ざっと三百畳はありそうだ。本願寺でもっとも広い大広間だった。

そこにも大勢の隊士たちがいた。激論を戦わせ声を荒らげる一団もあれば、談笑している一団もある。

「これは、天野さま、どうしたことですか？」

呆気に取られつつ要太郎が訊ねた。

「なにをぼさっとしておる。皆、彰義隊の隊士だ。そうだな、境内にいる者も合わせまだ三百には満たぬが、これから本堂では手狭になろうというので、こちらに移ったのだ」

天野は大広間を見回し、満足げに頷いた。

わずか一日だぞ。いつの間に——このようなな。

「東海道を江戸へ下っている東海道軍と、中山道《なかせんどう》から江戸へ入る東山道軍が、三月十五日に合わせ進軍しているという情報を得た。それを広めることで、危機を感じた御家人やら浪人者やらが、続々とやって来たというわけだ」

その情報を流したのは誰か。幕府に報《しら》されていたとしても、内部にいる者でなければ細かい情報は知る由もない。

「なにを不審な顔をしている、勝美。あまり深く考えるのも自身にとって益にならんことがある。ただ、我ら彰義隊には大身のお旗本もおられるゆえな。陸海軍との繋がりもある」

詮索はなしだ、と釘を刺された。天野という人は、豪放磊落《らいらく》でありながら、細部に目を配る策士といった一面もある。

それは悪いことではない。渋沢が、沈着冷静で誠意を尽くす人物として、上に立つように、天野もまた、周りを導いていく人物なのだ。

「しかし、よく集まってくれたものだと思う。皆、薩長に一矢報いると気炎を吐いている者ばかりだからな。なんとも心強い。中には、長州征討、鳥羽伏見の戦に赴き、暴れ足りないという奴もいるようだが」

ただ、敗戦の屈辱に総身を震わせ、抜け抜けと生き残った自分を恥じている者もいる、と天野は息を吐いた。

「そうした者たちは、死地を探して彷徨《さまよ》うているのであろうな。江戸が、自分の生まれた地が戦場になるのは食い止めたいと思いながらも、この地で死にたいと願っているとも考えられる」

天野が座敷に入るや、「副頭取だ」「天野さま」と声が上がり、その後は水を打ったように静まり返ると、一同、背筋を正して天野に平伏した。

「よせよせ、気味が悪い。そのままでいいんだ。私に気を遣うことなどない」

天野の後ろから、勝美と要太郎もそっと座敷に足を踏み入れた。

上座にはつかず、天野はその場に腰を下ろす。すると、幾人もの若い隊士にあっという間に取り囲まれた。

「見廻りのための組の人数を増やしてほしい」

「車坂方面を見廻っていたが、精鋭隊の者に咎められた」

「隊士になりたいという商家の者がいるのだが」

と、矢継ぎ早に浴びせられる言葉に、天野は丁寧に返していた。中でも、精鋭隊に咎められたという隊士には、

「彰義隊と堂々と名乗りなさい」

と、きっぱりいい放った。精鋭隊は慶喜の警護に当たっており、かの山岡鉄太郎《てったろう》が率いている隊だ。山岡は、陸軍総裁の勝安房守の気に入りだ。

「隊士になりたいと申し出てくれる方には遠慮なく本願寺に参られよと。歓迎する」

そう応じると、おお、と隊士たちがどよめいた。

「ですが、天野さま。頭取の渋沢さまから伺ったのは、あくまでも武士の身分であることが条件でしたので」

若い隊士がおずおずと身を乗り出した。

「なんの。彰義隊は志を同じくする者ならば、誰でも受け入れる。渋沢どのとて、本音は隊士が増えることを願っているのだ」

天野は、まだ十代であろうその隊士を手招いて、いくらでも連れて来い、と背を叩いた。

「それでは頭取の渋沢さまのおっしゃっていることに反してもよいということになりますが。隊規が乱れてしまうのでは」

その隊士の隣にいたやはり十代と思《おぼ》しき者が口を開いた。

「そういう取り決めがなければ、まことに烏合の衆と成り果てる。そもそもな」

天野は悪戯っぽい眼付きをして、声を一段下げる。

皆が、頭を寄せて、天野の話に聞き入る。

幕府に認められていない彰義隊には、当然銭など出ない。つまり、食い物から武具まですべて自分で賄わなければならない。そのために禄を食《は》んでいる武家に限定しただけのことだと、うそぶいた。

「少しでも幕府を、江戸を戦禍から遠ざけたいと思う心があるなら、ともに名を連ねればよい。風前の灯となった徳川を黙って見てはいられない、薩長どもに奪われてなるものかと思う心、それは武士も町人も変わらぬ。心たぎる仲間はいくらいてもいいではないか。商家ならば銭はたんまりある。支援も大歓迎だ。彰義隊が江戸の盾になるのだ」

いつの間にやら、天野を取り囲む人数は膨れ上がっていた。天野はすっくと立ち上がった。そして、腕を大きく広げて、明るい声で朗々と語る。天野を前にして張り詰めていた隊士たちの顔がみるみる生気に満ち、あたりの空気がたちまち柔らかになる。

「上が動かぬなら、下が動かねばならん。声を上げることが肝要。何も出来ずに鬱憤を溜めていては、江戸は薩長の思うがまま蹂躙《じゅうりん》されてしまう。立ち上がり、声高に叫ばねば、どこにも届かぬだろう。いくら叫んでも聞き入れない幕府も薩長もかき回してやればよいのだ。怒りや悔しさに武士も町人もない」

「その通りです」

「私も近所の者に声掛けをします」

「天野さまにお供いたします」

数十人の若い隊士は、次々と拳を突き上げる。

「我らは彰義隊ぞ！」

そのひとりひとりの肩に手を置き、「互いに頑張ろう」「期待しているぞ」と天野は頷きかける。若い隊士たちの気持ちをわずかの間に駆り立てている。

「私も負けてはいられぬなぁ」

そういった天野が、そうだと、なにかを思い出したのか、ぽんと手を打った。

先日、本願寺の会合に来る途中で、原田左之助《はらださのすけ》と永倉新八《ながくらしんぱち》という者に襲われた、と楽しげに話し出した。

天野は直心影流《じきしんかげ》を修めているが、修業期間はさほどではないと、少々気恥ずかしげにいった。それでも、剛腕の上に幾分太り肉《じし》ながら敏捷であるところから、なんとか斬撃をかわし、大音声《だいおんじょう》で名乗りを上げると、両名が仰天して、刃を引いたという。天野を薩長の間者と勘違いしたらしい。その切っ先の鋭さには肝が冷えたと笑窪を見せた。

「もしや、原田と永倉というのは──新撰組の」

要太郎が呟いた。

「しかも永倉新八といえば、新撰組でも一二を争う剣の遣い手だ」

前髪立ちの少年が憧憬を抱くような瞳をした。

新撰組は京の治安を守るために、攘夷志士たちと死闘を繰り広げた、剣戟集団だ。鳥羽伏見の戦にも出たのであろうが、幕府の敗走を彼らはいかに受け止めたのか。命を賭して剣を振るってきた新撰組の心情はいかばかりであっただろう。

今日死ぬか、明日死ぬか、常にぎりぎりの状況下で死線を潜り抜けてきた兵は、戦いに明け暮れ、なにをもって将来を見るのか。もう未来も見えていないのかもしれない。

原田と永倉に幾重にも詫びられた天野は、

「死んだら詫びも聞けぬので、まずは助かった」

と笑った。

後日、ともに宴席を囲み、原田は事が起きたら、馳せ参じるといってくれたという。

新撰組は、甲陽鎮撫隊《こうようちんぶたい》と名乗り、甲州に布陣していた。ふたりはそちらに合流するため、慌ただしく江戸を発ったそうだ。隊士の顔を確かめるように見た天野が、

「よし、こう皆の士気が上がっては、休んでもいられん。今から寛永寺の見廻りに向かおうではないか。ついて来たい者は、私に続け」

そういって身を翻すと、おうと若い隊士たちが一斉に声を発した。三百畳敷の大広間に響き渡る。

「おれたちも続くぞ、勝美。今日から見廻りをしろとおっしゃったのだ。前に出るぞ。天野さまのお側につくぞ」

要太郎も高揚していた。勝美も慌てて、要太郎とともに天野のすぐ後ろについた。

座敷を出る隊士は三十名ほどだろうか。そのほとんどが、十代、あるいは勝美と同じ歳くらいの者たちだ。

長い廊下を歩いていると、向かいから、渋沢と尾高がやって来た。

渋沢の顔は硬い。

「渋沢どの」

「天野どの」

互いに名を呼び合い、会釈を交わした。

「これから、寛永寺に参る」

「よろしく頼みます」

しかし、渋沢はすれ違いざま、

「逸る行動は慎んでいただきたい」

ぼそりといった。

その瞬間、ぴりりと気が震え、緊張が走った。

背後からでは天野の表情はむろん見て取れない。だが、天野の歩が急に速められた。

浅草本願寺を出て、新寺町通りを進む。このあたりは通りの両側に寺院が並び、そのまま行けば寛永寺に突き当たる。道のりは十一町（約千二百メートル）といったところだ。抹香臭い通りを抜け、寛永寺までわずかというところで、天野が足を止め、振り返った。

「すぐさま黒門に参りたいところだが、少し待て」

一体、なんだ、と勝美は首を傾げる。他の隊士たちも同様に訝る。

「下谷広小路を歩くぞ」

広小路は、火事の際、延焼を防ぐために設けられた広場のようなところだ。下谷以外にも両国、浅草、神田川沿いなどにある。広小路では、すぐに撤去出来る床店《とこみせ》商売が許されている。菓子や軽食、小間物、子どもの玩具、ありとあらゆる物が売られ、また小屋掛け芝居などの興行もあり、いつも人々で賑わいを見せている。

その人波をぬって、天野を先頭に歩く。数十名の武士がぞろぞろ歩いてくれば、驚かぬ者はない。道を譲る振り売り、身を縮める娘、いろいろだ。徳川存続を叫び、徒党を組み、軍資金と称して、銭をせびる輩が多いのだろう。それを恐れているのがありありと見て取れる。

「よいか、数人ずつ組になって茶店や床店で食い物を買うもいい、冷やかすのもいい。その際、問われれば、江戸を守る彰義隊と名乗れ。問われなくとも、名乗れ」

我らの存在を示すのだ、と天野は振り向きざま、口角を上げた。

「決して怖がらせてはいかんぞ。あくまでも丁寧にな。無頼の徒と我らとは違うことを伝えなければならん。そして難儀はないかと訊ねろ」

と、後方から、

「お任せください」

爽やかな声がした。皆が一斉に振り返ると、俯いていた声の主が顔を上げた。

ほう、と勝美の口から思わず知らずため息が洩れた。気づかなかったが、役者と見紛うばかりの美男だ。つい写してみたいと思ってしまった。

天野も眼をしばたたく。

「これはまた、いい男だな。名はなんと?」

「上原仙之助《うえはらせんのすけ》と申します。柳河立花家より——脱藩して参りました」

涼やかな目元を細め、清々しい口調でいった。

「これは面白い。脱藩者とはなぁ」

「自分でいうのもなんですが、婦女子を怖がらせずに彰義隊について説いて聞かせるのは、容易いことです」

「なるほど。今度吉原に一緒に行かぬか。いやお主がいては、私が霞むか」

ははは、と天野は機嫌よく笑う。

「よしよし、本日は、黒門近くの雁鍋に行こうではないか。代金は私が持つ。冬の雁ではないが、そこは許せ」

おお、と皆が笑顔になる。

「さ、皆、散れ。広小路を巡ったら、雁鍋に集合だ。警護の前の腹ごしらえだ」

三月に入ると、江戸はこれまで以上に緊迫した。寛永寺の座主輪王寺宮が慶喜を救うべく、駿府《すんぷ》に身を置く東征軍の大総督、有栖川宮熾仁親王《ありすがわのみやたるひとしんのう》のもとへ出立するという異例の事態が起きたのだ。輪王寺宮は天皇の義理の叔父という立場を利用し、親王家である東征軍大総督との面会に一縷《いちる》の望みを抱いたのだろう。

他方、幕府では勝総裁を中心に、三月十五日の江戸総攻撃を回避しようと、水面下で動き始めた。勝は、精鋭隊の山岡鉄太郎に益満休之助《ますみつきゅうのすけ》という薩摩兵を同道させ、西郷隆盛のもとへ送り出したという。いずれの結果も、江戸にはまだ届いていない。

勝美は、本願寺の広間の一角で、土肥、上原、小島、大谷内、まだ月代の剃り跡も清々しい若い杉田茂左衛門《すぎたもざえもん》ら数名とともに、近くの仕出し屋から取った弁当をつかっていた。見廻りなどで顔を合わせる同士でまとまることが増えている。が、この輪に要太郎はいない。武術に長けた者たちと一緒にいるのだ。勝美は正直、ほっとしている。土肥が煮物を口に放り込みながら、いった。

「噂だと、その薩摩の益満某《なにがし》は勝総裁に心酔し、江戸を守りたいと吐《ぬ》かしたそうだぞ」

勝美は、入隊したてで、まだ十四歳の山崎正太郎《やまざきしょうたろう》と十六歳の村上光実《むらかみてるちか》のふたりと、茶を淹れながら、耳を傾ける。

「そもそも益満休之助は、薩摩の西郷隆盛の命を受けて、御用盗と称して江戸を荒らした者でしょう?」

杉田は憎々しげだ。

商家を襲い、狼藉を働き、攪乱《かくらん》した咎で捕らえられたのだ。死罪が妥当と、牢に繋がれていたが、頭目として賊を率いていたこと、西郷に信頼されていたことなどから、勝が牢から引き出したのだという。年長の大谷内が唇を歪めた。

「倒幕のきっかけを作った奴が、そのような大役を。勝総裁もなにゆえその者を信じる気になったのか。使者の山岡さまを無事にお連れすればよいが」

山岡は勝の書状を携え、駿府に駐屯している西郷との対面を果たすべくすでに江戸を発ったと聞かされた。

「まあ、益満という薩摩者はこのままでは死罪だ。が、役目を引き受ければ、西郷のもとに戻ることが可能になる。それが勝総裁から与えられた条件だったそうだ。死罪目前の者が、そのような好機を逃すはずがない。いくらでも勝総裁に尻尾を振る真似もしよう。だが、この方策が、吉と出ればよいが。江戸総攻撃まで時がない。益満に裏切られれば、どうなることか。勝総裁の書状の中身がどのようなものであろうと危うい賭けではある」

大谷内が唸る。

なんとしても勝は西郷との会談に持ち込みたいのだろう、盆に載せた茶を山崎とともに配りながら思った。

そのためにもまず使者を送り込むことを考えたのだろう。しかし、幕府からの使者であれば、どこで命を狙われるかわからない。そのために薩摩の者を同行させる。

それには、西郷と直にかかわりのあった益満はうってつけの人物だったのだ。

「勝総裁と西郷が対面の場を持てたとしても、果たして戦は避けられるのか。もしも抗戦するとすれば、兵を募らねば間に合わん、武器も足らんのではないか」

「大谷内どの、まあ、おれらが考えても仕方がない。おいおい、勝美さん、茶など若い者に任せて、さっさと弁当食えよ。市中の見廻りに行くのだろう？」

土肥が、明るく声を張り上げた。


攻撃か、中止か――。

その決定がいつ届くのか、詰所である本願寺でじりじりとしながらも、彰義隊の志願者はますます増え続けた。彰義隊こそが、正義の士、忠義の士。江戸を守る義兵であると庶民の口から伝播していったのだ。天野の思惑通りだったといっていい。

隊士は、あれよあれよという間に千名を超えた。

頭取の渋沢はこの現状を苦々しく感じていたようだ。変に目立てば、慶喜の耳に入りかねず、薩長を刺激し、恭順の意志を台無しにしかねない。しかも、直参だけでなく、脱藩者、浪人、町人構わず隊士として受け入れているからだ。

本願寺の別室で渋沢と天野がいい争っているのを、隊士の幾人もが耳にしている。

彰義隊は戦うために結成したのではないという渋沢に対し、万が一戦になったら、尻尾を巻いて逃げるのが彰義隊かと天野は反駁《はんばく》している。

そんな折、幸と不幸が重なった。

朝から降り出した雨が本堂の屋根を叩いていた。

数日、本願寺に顔を見せずにいた幹部の本多敏三郎だったが、実は落馬した際に脚の骨を折り、療養を余儀なくされたという。隊士たちは一様に残念な面持ちで報告を聞いた。

が、対して幸は——。

大広間に集った隊士の眼は期待に満ち、渋沢の言葉を待っていた。勝美も固唾《かたず》を呑んで様子を見守る。

渋沢が千名を超えた彰義隊隊士の前に幾分張り詰めた表情で立った。

「三月十日、幕府より召し出しを受け、幹部及び百名の隊士とともに登城を果たした。前津山藩主松平確堂《かくどう》さまより、あらためて彰義隊の頭取と若年寄支配の使番格に任じられた」

松平確堂は、慶喜が謹慎する際に事後を任せた、十一代将軍家斉の子だ。

「彰義隊は幕府の部隊として正式に認められた」

おお、とどよめきが起きた。肩を叩き合う者、立ち上がって、雄叫びを上げる者、三百畳の大広間がびりびり音を立てるほどの歓声に包まれた。勝美の全身にもそれが伝わってくる。不意に左手の薬指が疼《うず》いた。血判を押すとき、小柄で傷つけた指の先端だ。針で突いた程度の傷だ。とうに痕さえないのに、小さな痛みが甦った。

千の歓喜が座敷に波のように広がった。雨の湿気と隊士の熱気で汗が噴き出す。

「静粛に、静粛に。渋沢頭取の話を聞け」

天野が大音声で、興奮する者たちを抑えた。

「幕府は東征軍が迫り来るこの危急の時に、いたずらに徒党を組む輩は、いかなる理由があろうとも排除しておくべきだと考えていた。一戦目論む者たちがいると風聞が流れれば、薩長にとって、武力で叩く格好の理由が出来るからだ」

当初は、渋沢の召し出しも、彰義隊解散の通達だったらしい。しかし、元一橋家家臣らが立ち上げた有志会であり、なによりも慶喜の助命と名誉の挽回を願っているとかき口説いた結果、一転、承認されることになったのだという。

ただ、有志という宙ぶらりんの立場ではなにも出来ないことを、痛感していたと渋沢は語った。

「今一度、皆を奮い立たせたいと思った。我らが賊軍と謗られるいわれはどこにもない。主に着せられた汚名は、臣の汚名でもある。それを雪ぐことは、すなわち臣の名誉の回復でもある。鳥羽伏見から始まった戊辰の戦で命を落とした者たちへの餞《はなむけ》でもある。我らが、下を向く必要はない」

渋沢の言葉に咽《むせ》び泣く者もいた。

「これは、一橋の者から聞いたのだが」と、隣の土肥が声を落としていった。

従弟の篤太夫とともに故郷を出た渋沢は一時、攘夷運動に身を投じた。当時の幕府にとっては、いわばお尋ね者の反乱分子だ。だが、当時一橋家当主であった慶喜は家臣として取り立てた。長州と手を組み、倒幕まで考えていたふたりを、だ。その度量の広さに驚き、そして慶喜自身が先を見据える開明的な考えを持っていたことを知ったらしい。中でも驚いたのは、亜米利加国からもたらされた鉄道の敷設計画だった。計画が実現すれば、旅客輸送、物流が恐ろしく速く行われるようになる。「馬など、蒸気車に比べれば亀のような物だ」と、慶喜が楽しそうにいっていた。その計画は頓挫したが。

諸外国の先進する産業、制度に着目し、世界の動向を知ったことで、幕藩体制の限界を慶喜が敏感に感じ取っていたのを、渋沢はそのすぐ傍らで見ていた。だからこそ、慶喜は、実弟の昭武を仏蘭西国留学に送り出したのだ。その供をするのは、渋沢の従弟である篤太夫だった。

「渋沢頭取は、攘夷ではなく、日本国のために、むしろ異国から学ぶことが、結果的に異国に負けない国体を作り上げることになると知ったんだそうだ」

国を憂えるのは、薩長だけではない！

渋沢は、薩長に対し、今にも叫び出したい思いに駆られていたに違いない。

彰義隊が幕府公認の部隊となったことを告げた渋沢は、息を大きく吸ってから宣言した。

「徳川家の恩顧に報いるため、その大義を貫く」

土肥が再び話し掛けてきた。

「なにを張り詰めた顔をしているんだ。お前さんの兄さんは嬉しそうだな。まあ、おれもほっとしたよ。このままのただの有志会では、烏合の衆の扱いで終わってしまう。命を張るのも馬鹿馬鹿しい。幕府のお墨付きを得れば、寛永寺にも大手を振って入れる。大慈院を警護する遊撃隊や京都見廻組、精鋭隊らに、邪魔者扱いされずに済むのはありがたい。なにより銭が出る」

勝美は、眼をしばたたく。それを見た土肥が呆れたようにいった。

「武器弾薬を自腹で揃えられるものか。事が起きたときに、刀や槍で応戦するわけにもいかぬだろうが。新政府軍じゃ、小銃は七連発のスペンサー銃を使っているって話だ。七連発だぞ。火砲にも、アームストロング砲ってのがある。砲弾の最大射程距離は三十三町（約三千六百メートル）もあるそうだ。そんなのと戦になってみろ。逃げ隠れる暇もない。あっという間にお陀仏だ」

「それは嫌ですが。土肥さん、詳しいんですね」

「おれ、座敷芸も得意だが、武芸もいける口なんでな。勝美は、四斤山砲《よんきんさんぽう》は使えるか？」

このようなときになにを、と勝美は首を傾げつつも、「藩の砲術訓練で扱いました」と応えた。四斤山砲は仏蘭西国で作られた火砲だ。幕府陸軍や薩摩藩が使用している。慶応二年（一八六六）の第二次長州征伐にも用いられたらしい。射程距離は二十四町（約二千六百メートル）ほどだ。

土肥は、ふうんと頷きながら、「おれはない」ときっぱりいった。

「ここには、おれのようにそうした訓練をしていない者もたくさんいるだろうな。庶民でも志願して幕府歩兵隊に入った者もいるだろうが。中には、小銃を手にして、ただ暴れたいだけの無法者もいたようだ。ま、なんにせよ、幕府が後ろ盾になれば、本当に恩賞のひとつも出るかもしれんぞ。これでお上を守る意味がますます出てくるというものだ。楽しみだ」

土肥が笑みを浮かべた瞬間、いきなり兄の要太郎が土肥を睨めつけた。

「まことにくだらない。恩賞を求めるなど下品極まりない。少しは口を慎んだらいかがですか。

渋沢頭取がお話をしていらっしゃるのだ」

　はあ、と土肥がため息を吐き、堅物め、と勝美には聞こえるように呟いてから口を閉じた。

するると、副頭取の天野が突然声を上げた。

「それで、頭取。幕府公認となれば、当然、寛永寺内に入って我らもお上の身辺警護が出来るのであろうな」

　いや、と渋沢は即座に否定した。え？　と土肥が、口元を歪めた。

「知っての通り、お上のおわす大慈院は、遊撃隊、京都見廻組、精鋭隊が守っている」

　渋沢が応えると、天野が小さく舌を鳴らした。

「それでは、なにも変わらぬのでは？　せめて、それらの部隊と交代で警護するということには出来んのか。それに精鋭隊を束ねる山岡鉄太郎どのは幕府の命を受け、不在のはず。江戸総攻撃の中止を要請するために駿府に遣わされたというが、未だ戻らぬ。山岡どのがいないのならば、何か起きたとき責任を取れる者がいないということだ。その間だけでも彰義隊が守りにつくのはいかがだろうな」

　そうであろう？　と天野が皆を見回し、さらに声を張り上げた。

「それについては、遊撃隊と見廻組がおるゆえ、さほど深刻な状態ではない」

　渋沢が頑然といい放った。

　なるほど、と応じつつも天野は納得がいかないようだった。この様子を幹部たちはただ静観していた。もしもここに本多がいれば、間に入ってとりなしたかもしれない。だが、その本多は療養中だ。

まったく、と天野は呆れた声を出した。

「なるほど、総攻撃が目前に迫っている。有志の我らに好き勝手されるより、幕府の部隊として認め、その指揮下に入れということか。だが、寛永寺の周辺を見廻るのではこれまでとなにも変わらんではないか。お上の側でお守り出来ねば我ら彰義隊は意味をなさぬ。総攻撃は目前なのだ。ご自身は、御使番格などのお役を賜り、舞い上がって戻って来たのではあるまいな。なんとも歯痒いことだ」

まるで自らが招いた不甲斐なさだというように嘆き、首を横に振った。渋沢が、唇を引き締め、眉間に皺を寄せる。

「その上、幕府の監視役までつけてきた。徳川の恩顧に報いるため有志で立ち上がった我らの純粋な思いが踏みにじられた気分がする」

天野が、さらに追い討ちをかけるように皮肉を吐いた。

公認に当たり幕府側から、小田井《おだい》という者が送り込まれ、彰義隊頭取として、渋沢と二人体制を取ることになったのだ。

「しかし、寛永寺に入れぬとはな。お偉い方々は、千もの隊士がいる我らが余計なことをせぬよう、慌てて認めたとしか思えん。まったくもってみくびられたものだな」

天野がぼやくと、渋沢が、笑みをこぼした。

「いつもの天野節のようであるが、私を煽り、怒らせたところでなにも変わりはせぬ。最後まで聞いていただきたいのだが、我ら彰義隊は正式に江戸市中の見廻りの任に就くよう命じられた」

「江戸市中の見廻り？」と、隊士が口々に呟いた。大広間がざわつく。

勝美は、ごくりと生唾を呑み込んだ。

「今、江戸は不安の真っ只中にある。町場では押し込みや盗みが横行し、東征軍の総攻撃に怯え、日々の安心が損なわれている。そこで、彰義隊には江戸の治安を守ってほしいということだ。捕縛しても構わない。まず庶民の暮らしを守ってくれ」

渋沢が天野を睨めつけると、「承知した」と、天野は打って変わって至極機嫌のいい声を出した。

「では、頭取さま。早速ではありますが、急ぎ、隊旗と見廻りの際に使用する提灯を誂《あつら》えていただこう。そのくらいの金子は得ているのであろう？ それから、刀や小銃なども早急に揃えるがいいと思うが。総攻撃は目の前なのだ」

なあ、皆の衆、やはり彰義隊である印が必要だろう、と大声を出した。

「かつて、京を守っていた新撰組のように、羽織も揃えたらよいのではないか」

どうにも人相の悪い男が、笑いながらいった。

「それはよい、それはよい」

男の周囲の者が同調して騒ぎ出す。

「天野さまは、さしずめ鬼の副長か？」

笑いが巻き起こる中、

「比べられても困るな。土方《ひじかた》どのには、容貌も剣の腕も劣るが、私も女にはもてる。まあ、しかし我らは彰義隊だ」

天野が笑窪を作る。

「すぐに用意しよう。伴どの、一橋家で懇意にしていた職人に頼むことにするか。天野どのも手伝ってくだされ」

渋沢が苦々しい顔をしながら、横に座る幹部の伴をちらりと見た。

この日を境に、渋沢と天野は、少しずつすれ違っていくように勝美の眼には映った。いや、確執はその前から徐々に見えてはいたのだが。

「さて、頭取はお上に彰義隊のことは告げたのかね。どう思うかだな」

土肥が珍しく考え込んだ。

確かにその懸念はある。慶喜は家臣にも恭順を求めていたのだ。渋沢もそれについては幾度も述べていた。

ただ、時はない。もはや慶喜の思いなど聞いている場合ではないのではなかろうか。

だが、それでも。烏合の衆となることだけは避けられた。

開け放たれた障子の向こう。丹精された寺院の庭木に雨が当たっている。

晩春の、恵雨であればよいと、勝美は願った。

第二章　江戸決戦

一

上野、東叡山寛永寺の鐘が、夕七ツ（午後四時頃）を告げた。勝美は、上原と山崎とともに、寛永寺の黒門から離れた。別の隊士との交代のためだ。

約三十万坪という広大な敷地を持つ寛永寺には八つの門がある。谷中、池之端、下谷方面に三つ、不忍池側、そして広小路側にふたつ。そのうち、広小路に面した黒門が正門だ。

「変わったことはなかったか？」

現れたのは、土肥と小島のふたりだ。夜は年長の者、または武に秀でた者が見廻りの任に当たっている。昼は年長の者が若年者と組になっていた。

小島が手に丸形の提灯を提げている。それには朱文字で「彰」と記されている。副頭取の天野八郎が音頭をとって、急遽、誂えさせたのだ。「彰」以外に「義」の文字もあった。隊士たちは、その丸形の提灯を提げ、寛永寺周辺、江戸市中の見廻りをしている。

「幕府公認ともなると、こうした提灯も堂々と持ち歩ける。町場の者たちが、皆、頭《こうべ》を垂れてくれるのはなんとも心地よいものだ」

土肥が笑った。

「土肥さん、別段なにもございませんでした。けど――」

勝美が口籠るのを、土肥が訝る。

「どうした？　なにもなかったのではないのか？」

ずいと上原が一歩前に進み出た。

「おや、これは美男の仙さま」

副業の幇間口調で土肥が茶化すと、上原は眉ひとつ動かさず「知っています」と生真面目に返した。

「口止めされたわけではないから、構わんでしょう。昼間、渋沢頭取がおいでになった」

「供も連れず、おひとりでか？」

驚く土肥に上原が続けて口を開いた。

「足早に我らの前を通って行かれた。おそらく、彰義隊が幕府の公認部隊になったことをお上に知らせに来たのでしょう。お上の信頼が厚いお方ですから」

土肥と小島のふたりが顔を見合わせた。

「まさか、お上のお怒りを買って、こう」

土肥が首に手刀を当てた。

「いいえ。お喜びになられたのではありませんか？」

山崎がなんの疑問もなく口にした。

「渋沢頭取は、上さまの信頼が厚く、すごくご立派なお方だと、私は父から聞いて、彰義隊に加入しました。徳川の恩顧に報いる。今、この時世にあって、美しい忠義のお心をお持ちであることに感動しています」

「なるほどねぇ」

土肥が呆れた声を出す。

「おい、正太郎。渋沢さまに心酔するのはいいことだが、真似をして命を懸けてまで忠義なんぞ貫くなよ。死んじまったら元も子もない」

むっと山崎が唇を尖らせた。

「土肥さんも彰義隊の隊士ではありませんか。義を彰かにする、という隊名をどう思われているのですか？」

「あ？　おれは、隊名などどうでもいいさ。武士として武功があげられればそれでいいって考えなんでね。そういう奴は彰義隊に多いはずさ。おれは、地位だのなんだのには興味はない。恩賞は銭に限る」

「およしなさいよ、若い子をがっかりさせるものじゃありません。さ、正太郎さん、本願寺に戻りましょう」

上原が土肥をたしなめると、眉を寄せ怒り顔の山崎の背を押した。

土肥が肩をすぼめ、勝美を見ると、舌をぺろりと出した。まったく童のような人だと勝美は背を向けた。

三人で浅草まで戻る道すがら、勝美はふと、絵草紙屋の店先に眼を留めた。山崎は土肥の態度が意に染まなかったのか、いまだ仏頂面をして歩いている。

何かいってやったほうがいいかとも思ったが、今は受け付けなそうだ。土肥も子ども相手に人が悪いと、勝美はため息を吐く。

紐に吊るされていたのは、血が飛び散る、残酷な錦絵だった。この頃、殺伐とした世相を反映しているのか、血袋を衣装に納め、斬られると血糊が流れるような芝居や、残忍な画が人々に受け入れられていた。

隣を歩く上原が錦絵を見て顔をしかめた。

「吊るされているということは売れているのでしょうか。どうにも私はこうした画が苦手でしてね。血だらけで気味が悪い。絵師は誰ですか」

「――一魁斎《いっかいさい》芳年と一恵斎《いっけいさい》芳幾です。ふたりとも歌川国芳の弟子ですよ」

ほっと眼を見開いて、上原が勝美を見た。

「お詳しいですね、勝美さん」

「ええ、まあ」

『英名二十八衆句』と題された揃物の錦絵だった。兄弟弟子の芳年、芳幾の競作で十四枚ずつ版行された。そのほとんどが芝居に題材を取ったものだ。人の顔の皮を剝ぐ男、女を鮟鱇《あんこう》の吊るし切りにする男など、血の生臭さが漂ってくるような凄惨な場面が描かれている。血の色は赤に膠を混ぜて、光沢を出しているという。

「無惨絵」「血みどろ絵」などと呼ばれているようだ。

不安な時世でありながら、さらに不安を煽るような、芝居、錦絵が求められるのはどうした傾向なのだろう。

大勢の人が犠牲になった安政二年（一八五五）の大地震、その数年後にはコロリ。いつ襲いかかってくるかしれない災害、流行り病に人々は慄《おのの》いている。そして、江戸が戦場となり焦土となるかもしれない不安。己の身に降りかかる死の恐怖から逃れるために、わざと怖いものを見る、擬似体験する。それか、自分とはまったく離れた世界であると思い込み、安心感を得るため、とも考えられる。

いずれにしても、世情の乱れが残酷な画を生み出しているのだ。だが、このような画には心がえぐられるような気がする。人々の不安を増幅させる画が心地よいものでないことは確かだ。近頃、まったく絵筆を執っていないが、こうした残虐非道な、胸が悪くなるようなものは描きたくない。

そういえば、芳近はどうしただろう。江戸を出ただろうか。いや、もし江戸を出るなら、屋敷を訪ねてきてくれるはずだ。きっとまだ長屋にいるのだろう。

「どうかなさいましたか？」

上原に急に顔を覗き込まれ、勝美は我に返った。

「いえ、たいしたことでは」

勝美が応えると、上原が爽やかな笑みを浮かべた。

「そうですか。しかし黒門の前で立ち通しというのも、なかなか疲れる。市中を巡っているほうが楽かもしれませんね。早く詰所に戻って休みましょうか。正太郎さん、少しは落ち着きましたか？」

ええ、と山崎が小さく応える。

「ですが、上原さん」

山崎が上原を見上げた。

「土肥さんはお金目当てとはっきりいいました。隊士としてふさわしくないかと」

「まあ、千名を超す彰義隊です。加入の理由も様々でしょう。お金が目的ならば正直でよろしいですよ。ただ戦がしたいだけの方もいるかもしれない。それぞれの理由にいちいち目くじらを立てていては身が持ちません。もっとも、彰義隊の名を利用し、金品を巻き上げたりする者は容赦しませんが」

上原は左手ですっと大刀の柄頭を撫でた。

「きゃあ」

若い娘の悲鳴が先に見える茶店から聞こえてきた。間髪を容れずに、今度は初老の男が通りに転がり出て来た。娘が初老の男を助け起こす。

「なにかあった――」

と、勝美の言葉を皆まで聞かず上原が地を蹴った。山崎はその速さに眼をしばたたきつつも後を追いかけた。勝美もふたりを追いかける。

すでに茶店の前には野次馬が集まり始めていた。

「なんの騒ぎだ」

上原が、走りながら声を張り上げて、問う。

「お助けください。お父っつぁんが粗相をしたと、お侍さま方が」

無頼浪人か。いつだったかの見廻りでもこんないざこざがあった。

彰義隊が認められていなかったときだ。天野が一喝して、すぐに騒ぎは収まった。浪人同士のつまらぬ喧嘩騒ぎだった。

ゆらりと、茶店の奥からひとりの中年男が出て来た。中にはまだ仲間がいるようだ。

「乱暴はよさないか。迷惑だ」

上原が低い声を出した。

「割れた茶碗で茶を出したと。口を切ったから銭を出せと」と、父親を抱き抱えた娘が声を震わせながら、叫んだ。

「なんともくだらぬ真似をする」

「これはまた、芝居小屋から出て来たような色男だな。お前にはかかわりない」

上原に蔑むような視線を放つ。上原は、ほうと息を洩らすと、腰を落として、いきなり鯉口を切り、刀を掬いあげ、すぐさま刃を返すと袈裟懸けに斬り下ろした。

勝美は声も出せなかった。一瞬の出来事だ。

中年の浪人者は苦悶の表情を浮かべ、前にのめって倒れた。地面に血が広がっていく。

さらにふたりが飛んで出て来た。事切れた仲間を眼にして、驚愕する。

上原は刀を鞘に納めると、己の懐を探って人相書きを取り出し、かざした。

「こいつは先日、神田の菓子屋で押し込みを働いた。腕に残っている古傷が証だ。お主らも、この男の仲間であるなら、この場で斬り捨てる」

上原がじりと足先に力を込めた。

「我らは彰義隊。市中で狼藉を働く者に容赦はせん」

彰義隊だとよ、あの彰義隊か、と野次馬から声が洩れ聞こえてくる。

「いや、おれたちは昨日、この男と会ったばかりだ。なにも悪事はしておらん」

浪人のひとりがだらだらと汗を流しながら、しどろもどろにいうや、一目散に駆け出した。もうひとりも悲鳴を上げ、逃げて行く。

「この盗人の骸《むくろ》は番屋に運んでくれると助かる」

上原は野次馬にいうと、身を翻した。なんの躊躇もなく斬り捨てた。しかも刃筋がよく見えなかった。その上、一瞬で男の人相を確かめ、その特徴である腕の古傷をみとめたというのか。

山崎は血の気が失せた白い顔をしていた。おそらく自分も同じだろう。

「驚かせました。人相書きは詰所に集められている。それを携帯するか、頭に叩き込む。市中見廻りの任に就いているのですから、悪い奴の顔は覚えておいたほうがいいですよ」

「あの」

勝美は目の前の光景がまだ信じられずにいた。

「ああ、私のいた家中で用いられていた流派です。景流という。修業には三尺以上もある長い刀を使うのですが、初めのうちは抜くことも叶いません。あはは」

誰も流派のことは訊いていない。しかし、人を斬った後とは思えぬほど、爽やかだ。

それが怖い。無惨絵を眺め、血だらけで気味が悪いといっていたが、上原は易々と人を斬り、あたりを血まみれにする。画ではない。本物だ。

やはり彰義隊には様々な者がいるのだ。

「おう、そういえば、詰所を移すらしい。寛永寺になるという話ですよ。総攻撃に備えて、お上をお守りするのでしょう」

上原の言葉など、聞こえていなかった。勝美は浪人の亡骸を懸命に頭の中から追い出していた。骸など散々見ているとはいえ、さすがに眼の前で斬殺されるさまを見たのは初めてだった。

突然、山崎が歩を緩めて、立ち止まった。路地に飛び込むと、いきなり吐いた。

山崎は「情けない、情けない」と、嘔吐の合間に呟いていた。

上原は、山崎を追い、その背を撫でながら、いった。

「情けなくはない。慣れなくてもいい。ただ、戦場では弱気になったら死ぬ。仲間が血だらけで倒れているかもしれない。脚や腕や頭が砲弾ですっ飛んでいるかもしれない。でもね、正太郎さん。吐きながらでも、刀を振るいましょう、銃を撃ち続けましょう。自分が生きるためですよ」

山崎は眼に涙を浮かべ、幾度も頷く。

上原は口元に笑みをたたえていた。


雲がどんよりと垂れ込め、ぐずぐずしていた。このところ晴れ間がない。勝美は、本願寺に行く前に神谷町へと向かった。

長屋の木戸を潜り、勝美は芳近の家に訪いを入れ、障子戸を開けた。

「勝美さま、いらっしゃい」

芳近は筆を止めて、顔を上げた。

「やはり、まだいらしたのですね。江戸から出てほしいと、荷をまとめてくださいとお願いしたのに」

苛立《いらだ》ちを含んだ声で勝美はいった。

芳近が筆立てに絵筆を戻すと、くつくつと肩を揺らした。

「なんです怖い顔して。いったはずですよ。あっしは行く処もねえってね」

勝美は、はっとして家の中を見る。女房と赤子はいなかった。

「近所に買い物に出ていますよ、ああ、そうか」

もしかしたら、こいつのことですかい？　と芳近は瓦版を手繰《たぐ》り寄せた。

勝美は身を強張らせる。

「薩長が押し寄せて来て、江戸が焦土になるって話でしょ？　弥生の十五日だ。あと二日だ。それが本当なら、もう川崎か、玉川も越えているかもしれませんね」

あ、ああ、と勝美は言葉を呑み込んだ。

「いまさら、ジタバタしたところで、詮ないことですよ。あっしら町人にはなぁーんも出来やしないんですから。お偉い方々があっしらが知らないうちにどんどんいいように事を進めていく。嫌だといっても聞く耳持つお方はいやしませんよ」

芳近は、諦め顔で肩をすぼめた。

「命があれば儲け物かもしれません。新政府軍の総攻撃の前に、幕府が江戸に火を放つって風聞も流れておりますよ」

まさか。幕府が江戸を焼く？

「意気揚々と錦の御旗を振りかざして新政府軍が乗り込んできたときには、江戸が焼け野原じゃ、きっとがっかりするでしょうねぇ」

芳近は、ははははと笑った。

「笑っている場合じゃありません！　そんな無謀な真似を誰が考えているというのです」

勝美は思わず拳を握って、声を張った。

ん？　と芳近は顎の無精髭を撫でながら、

「勝安房守さまだと聞きましたがね。勝美さまのお耳には入っておりませんですか？」

呑気にいう。

勝総裁が江戸に火を？　それでなにを解決しようというのだろう。薩長に蹂躙されるなら、いっそ江戸を無くしてしまおうというのか？

馬鹿な、馬鹿な、馬鹿な。あり得ない。自暴自棄になってどうするのだ。

「どうも、千住あたりまで逃げろって、この界隈では囁かれておりますよ。けどねえ、一日二日で、江戸中の人が逃げられると思いますか？　勝美さま」

違います、違います、と勝美は大声を出し、首を激しく横に振る。

と、なんの騒ぎかと長屋の住人がわらわら寄り集まって来た。

「師匠、どうかしたのかい？」

「なんだえ、お武家さん。師匠にいいがかりつけてんのか」

そういいつつ、勝美に長屋の住人が胡乱《うろん》な眼を向ける。中には明らかに敵視している者もいた。無頼の浪人があちらこちらで狼藉を働いていることも影響しているのだろう。

「ああ、すまねえ、すまねえ」

芳近は裸足で表に出てくると、勝美の背に回り、家の中に押し込んだ。

「なんでもねえよ。この若いお侍はあっしが世話になっているお武家の息子さんでね」

芳近は、振り返る勝美に目配せするると、自分も家の中に入って障子戸を急いで閉めた。

「すいやせんね、勝美さま。ここの連中とは、十数年一緒だから親戚も同然なんですよ。あっしも気が回らずに失礼いたしました。すぐに入ってもらえばよかった」

頭を下げる芳近に、勝美は慌てていった。

「よしてください。私がついつい大声を出したから、皆さん驚いたのでしょう。ですが——先ほどの件ですが」

芳近は土のついた足裏をぱん、とはたいて、座敷に上がった。

「早いとこ、上がっておくんなさい。前にいらしたときは女房とガキがいましたね、そういや」

「あの、それは」

芳近が描きかけの画を脇に寄せる。

土間に立ったままの勝美の視線に気づいた芳近が照れ笑いをする。

「こいつですか。こんなに騒がしい世の中でもね、ワ印ってのは廃らないようで」

枕絵か。確かに、江戸がどうなるのかわからなくても、需要があるのだ。勝美はなぜかほっとした。絵草紙屋で無惨絵を見たばかりだったからだ。変えられない暮らしといっては大袈裟かもしれないが、こうして何気ない日常が残っているのだ。

だからこそ、勝総裁が、庶民から暮らしを根こそぎ奪うような真似をするなど、あってはならないと思うのだ。

「師匠、その風聞はまことなのでしょうか？　勝総裁は、今、新政府軍の将である西郷隆盛との会談を実現させようと奔走しています。実際に、幕府の人間を西郷のもとに送っていると聞いています」

勝美は差し料を腰から抜いて、座敷に上がり、芳近と向かい合って座る。

「けどねえ、勝美さま。もしもその会談ってのがならなければ、結局、江戸はぼろぼろにされちまうんでしょう？」

総攻撃まであと二日と迫っても、なんの報せもない。

背筋を伸ばして、勝美は芳近をじっと見据えた。

「私は、彰義隊に入隊いたしました」

は？　火鉢に載った鉄瓶に手を掛けていた芳近が眼を見開いた。

「しょ、彰義隊ってのは、近頃威勢のいい幕府の人たちの集まりですかい？」

勝美は深く頷く。

「彰義隊は幕府の許可を受け、正式に江戸の治安を守ることとなったのです」

あ？　ああ？　と芳近はさらに目の玉を剝いた。

「お上の許可を得た？　ああ、いやいや」

芳近はぶるりと頭を振った。

「なんだって、勝美さまが？　あっしは剣術がお得意だなんて聞いたこともねえのだが」

信じられねえ、勝美さまが、と呟いたが、はっとして芳近が勝美の顔をまじまじと見て口を開いた。

「あんとき、もしや彰義隊に入ることをあっしに打ち明けに来られたんですかい？　あっしに江戸から出たほうがいいとおっしゃってくれたときですよ」

芳近の眼が探るように、険しくなる。

勝美は芳近から視線を逸らして、俯いた。

「はい。あのときはまだ迷っていました。兄に無理やり、会合に連れていかれたこともあり……ですが、喜助ちゃんの誕生を喜ぶ師匠を見ていて、思い直したというか、心が決まったんです。です。私も武士の端くれだと。この町を守るひとりになれるのならと」

そこには、慶喜の助命や汚名返上の思いはなかった。それよりなにより、江戸で暮らす人々を守らなければという思いが湧き上がってきたのだ。

「なんですか、そりゃ。あっしのせいで、決めちまったってことですか？　そんな」

「そうではありませんよ。師匠のせいじゃない」

「そんな、あっしや喜助のことなど――ほっときゃいいんだ。駄目ですよぉ、勝美さま」

芳近が膝立ちで近寄って来た。

「絵筆よりも重いんですよ、刀ってのは。おわかりになってますか？　そんなもの振り回しちゃいけねえ。もっと大事なことがあるでしょ。勝美さまには画才がおありだ。そのまんま画の修業を続けてもらいたいんだ。売れねえ絵師がいっても得心なさらないとは思いますがね。だいたい、戦になったら、人を殺めるんですよ、わかっておられますか？」

芳近が勝美の手を取った。

勝美は驚いて、腕を引きそうになった。が、すぐにやめた。芳近の手の温もりが伝わってきた。流れる血潮が混ざり合うような気がした。初めてだった。兄とは幼い頃、手を繋いで歩いたこともあったが、父には、こうして手を包まれることなど一度もなかった。芳近の手はごつごつして、硬かった。しかし、温かい。

「もたもたしていたら、勝美さまが殺されちまう。だから、殺される前に殺さなくちゃいけない。戦なんぞ命がいくつあっても足りねえんですよ」

お願いだ、やめてください、と芳近は懇願しながら、包んだ勝美の手を額に押し当てた。

「師匠、戦になるかどうかはまだわかりませんから」

ぱっと芳近が手を離し、顔を上げた。

「そんなごまかしなんざ、いらねえ。彰義隊なんかやめてください。勝美さまには似合いません。この通りだ」

そういって、背筋を正し、深々と頭を下げた。脚に乗せた拳がぶるぶると震え出した。

勝美は黙って様子を窺っていた。その姿は、これまで見てきた芳近とはまったく違っていた。

もう――と、芳近が洩らした。

「もう、真っ平なんですよ。もう嫌な思いはしたくねえんだ。あっしの義理の弟はね」

芳近は、眉を吊り上げ、厳しい声でいった。

「薩摩の放った大砲の弾で吹っ飛ばされてね。右腕と右脚を失ったんです」

勝美は、はっとして芳近を見つめた。

鳥羽伏見の戦でのことだという。幕府の伝習隊に志願し、出兵した。伝習隊は士分以外の民兵で構成され、仏蘭西軍式の訓練が行われた。

義理の弟は、町火消し「を組」の頭、新門辰五郎《しんもんたつごろう》の子分で、纏《まとい》を屋根の上で掲げる花形だったそうだ。先の女房の弟だが、別れた後でも兄さん兄さんと慕ってくれていたという。

新門辰五郎は、浅草寺伝法院に建てられた新たな門の周辺を守っていたところから、自ら新門と名乗っている親分だ。勇み肌の火消したちをまとめているだけに、義侠心に溢れたその気性が江戸っ子に慕われ、頼られてもいる。

しかも、頼っているのは庶民だけでなく、あろうことか、元将軍の慶喜もそのひとりだった。辰五郎の娘が大奥に上がっていたのだ。側室だという話もある。そうした繋がりが大きいのだろうが、辰五郎は、慶喜上洛の際に子分を連れて随行し、身辺警護をしていた。

そうした辰五郎の子分であれば、幕府のために働きたいと思ったのも頷《うなず》ける。

「お仲間の助けもあって、大坂まで逃げ帰り、船に乗り込むことが出来ましたがね――」

と、芳近の口から思いがけぬ真実が飛び出した。

「ねえ、勝美さま。嘘みてえなことですが、伝習隊の銃に弾が込められていなかったっていうのはご存じですか？　敵がいるのを知っていて。そんな戦がありますかね？　そうなったら、刀や槍や弓で戦うしかねえでしょ。けどそんなものじゃもう敵うはずがねえ。幕府はてめえの兵隊を見殺しにしたも同然でさ。民兵だからですかい？　死んだって構わねえと？　あっしはそれがどうしたって許せねえ。あいつはね、まだ、女房をもらったばっかりだったんですよ」

唾を飛ばして芳近は話し続けた。いつも穏やかな芳近だからだろうか。その悔しさや、悲しみが勝美の胸に響いた。

「なのに、義弟は、そんな身体になったことを申し訳なく思っている。手足をなくしたら、もう戦に出られないってね。お上の役に立てねえ、辰五郎親分の顔に泥を塗ったと。馬鹿野郎だよ。江戸を守るって勝美さまの思いは尊い。ありがたくって涙が出らあ。けどね、戦ってのは、そういうことです。手足をなくそうが、死のうが、てめえが決めて戦に出たんですから、むろん義弟にもその覚悟はあったと思いますがね」

芳近はそういって、身を乗り出すと、勝美の腕を強く摑んで、揺さぶる。

「でもね、互いに譲り合えねえから、喧嘩吹っかけるなんて、とんでもねえことだ。ほんとなら人の命を取れば、死罪のお裁きを受ける。けど、戦は、人殺しをしてもいいってお上が認めているんでさ。いくら殺めても構わねえ。そんな理不尽が戦ならまかり通る。お優しい勝美さまに出来ますか？　ましてや相手は同胞だ」

腕に食い込む芳近の指を、勝美はそっと剝がし、立ち上がった。

「覚悟など、未だ出来ていません。どうして血誓帳に血判を押したのかさえわからない。でも、私は、武士として、民を守る役目があると思ったのです。それはまことです。怖くて怖くてたまらないのに。まだ元服したばかりの隊士もいるのに、情けなく思います。ただ、師匠には、江戸を離れていただきたい。なるべく遠くに」

勝美は背を向け、草履を履く。

「こっちから見りゃ薩長が悪人だ、だが、薩長にしてみりゃ、こっちが悪人だ」

芳近が声を震わせた。返す言葉が見つからなかった。どちらも、己の義を重んじ、振りかざしている。どちらも正しく、どちらも悪い。身をどこに置いているかの差でしかない。

でも、彰義隊に入ったことを芳近は喜んでくれると勝手に思っていた。どうして、そんなふうに考えていたのだろう。

どこかで、認めてもらいたかったからか。描いた画をいつも褒めてくれたように、芳近が励まし、背中を押してくれると思い込んでいたからか。

偉い、といってくれると――。

戸を引いたとき、「勝美さま」と、芳近の声が背に飛んできた。

「覚悟がなくてもお決めになったことなんでしょう。でもね、あっしに弟子入りしたいと訪ねてきたときの勝美さまをあっしは覚えておりますよ。連日、連日、兄上さまの厄介にはなりたくない。画で身を立てたいと、必死でしたな。あっしは、そういう勝美さまを情けないとはちっとも思いません。強いお心をお持ちです。師匠として、何も出来ませんが、これを」

勝美は首をわずかに回した。画帖？

「毎日、絵筆を握ってないと、腕が鈍ります。なんでもいいから描き留め、て――」

芳近の言葉が途切れた。嗚咽が聞こえてくる。勝美は、黙って小さな画帖を手に取り、素早く懐に納めた。

「本音がいえてよかった」

戸を開け、表へ出ると、本願寺へ向けて、ただただ懸命に走った。

「よう、勝美、遅かったな。どうした、眼が腫れぼったいぞ。んん、岡場所で寝過ごしたか？」

息を整えながら大広間に入った勝美に気づいた土肥が声を掛けてきた。

「違いますよ。土肥さんと一緒にしないでください」

「おれが池之端だの吉原だのへ行くのは、商売のためだ」

幇間稼業をしている土肥が、からから笑う。

と、庭で歓声が上がった。木箱を積んだ大八車が音を立てながら幾台も入ってきた。我先にと、隊士たちが殺到する。木箱から小銃を取り出し、高く掲げた。他の木箱には、短筒、弾丸を入れる胴乱、歩兵刀、さらに陣笠、たっつけ袴、ズボン、上着の半マンテルなどの軍服が納められていた。

洋装はしないだの、これでは足軽ではないかだの、文句も飛んでいたが、やはり武器には皆が興奮していた。

「あれは、幕府からの」

ああ、と土肥は裸足で庭に下りると、群がる隊士をかき分け、一挺の銃を手にして、勝美のもとに戻ってきた。土肥は小銃を構えると、「ふうん」と首肯した。

「エンピール銃か。悪くはないが、おれが期待していたのはシャスポー銃だったのだがな」

「シャスポー銃？」

ああ、と土肥は小銃を下ろす。土肥は武具になぜか詳しかった。

「仏蘭西国から贈られたという後装式の銃だ」

聞けば、エンピール銃は前装式で、銃身を立て、銃口から弾を装填する。しかし、後装式は、銃身の尾部から弾込めが出来るため、無駄な動作がなく、うつ伏せの状態でも、装塡が可能だという。

「元込め、後込めというだろう？　その後込め銃のことだ。贈られたシャスポー銃は二千挺ほどもあるというが、どこかの蔵にしまい込んでいるらしい」

「どうしてでしょうか？」

勝美は素直に疑問を口にした。

「さあな、お偉い方々に訊いてくれ。薬莢《やっきょう》が紙で出来ているからか、湿りやすく、不発になるっていう厄介な代物だって噂もある。それに単発銃だ。ただ、銃身が細く、白磨きの美しい姿というからな、手にしてみたかった」

土肥は、ははははと照れ笑いした。

「それにしても、銃器に詳しいですね」

勝美が素直に感心しながらいうと、

「人を殺傷する道具だというのに、不思議に心が惹かれる」

そう前置きして、土肥は銃を構えてはしゃぐ隊士たちの姿を眺めた。

「刀もそうだが、刃文の美しさ、刀身の優美さに眼を奪われる。ため息が出るほどの逸品に出会うと心がざわつく。泰平の世では、柄や鞘、鍔の拵《こしら》えに凝って、武器という本来の意味を失った物がもてはやされたがな。しかし、刀は刃だろう？　薄く打たれた鋼のしなやかさと強さ。目的は斬る、その一点のために、鍛えられている」

たぶん、と土肥は膝を落として、再び銃を構える。

「銃もそうなのだろうな。火薬を破裂させて、弾丸を飛ばす。それだけのために他を削ぎ落として作られている。つまり、与えられた目的だけを果たす道具、その機能を活かすためだけだから姿形に無駄がない。それが美しいと感じさせるのかもしれないな」

土肥が引き金を引く。ばん、と銃声の口真似をして、笑った。

「なんだ、その呆れ顔は。失敬な奴だな。武士より幇間で稼いでいるおれがこんなことをいうのはおこがましいか？　説得力がないという顔をしているぞ」

「そんなことはありませんが」

勝美は慌てて応える。

「まあ、女もそうだ。派手な衣装で、化粧が濃いより、すっきりした品のある衣装で、薄化粧がいい。そのほうが女という生き物の色香が匂い立つ。何百と宴席に出ているおれがいうのだ。それは正しいぞ」

土肥が軽口を叩く。

「とはいえ、銃と刀の違いは大きい」

勝美が首を傾げると、土肥が口角を上げた。

「銃から撃ち出された弾丸が一町ほども飛んでしまえば、誰に当たったかわからんよ。一斉射撃であればなおさらだ。しかし、刀で肉を断てば、その感触が手に残る。相手の苦悶の表情が眼に焼き付く。流れ出る血を目の当たりにする。悲鳴や呻き声も耳にするやもしれん。ああ、おれは人を殺めたのだと、命を奪ったのだと強く思わされる」

つまり、罪悪感を抱くか否か、だと土肥はいった。

この男は、と勝美は土肥へ眼を向ける。他人の機嫌を取る幇間などで身を立てる、武士としてあるまじき者だと思っていた。しかし、まことは武士としての情け――相対する者の命への敬意をしっかりと持っているのだ。

彰義隊に入ったのは、立身だの恩賞だのが目当てだといって憚らないのは、そうした心根の優しさや、真っ直ぐさを隠すためなのかもしれない。

「すまんすまん、真面目に話すと疲れるな。ま、兎にも角にもまずは死なないことだ。けどなぁ、おれを殺す奴は罪悪感を覚えるような男であってほしいと望むよ、あはは」

物騒なことを嬉しそうに語る土肥を見ながら、勝美は笑みを浮かべた。

「そういや、昨日、上原仙之助が浪人を叩っ斬ったって聞いたぞ。あんなきれいな顔して、見かけによらず、豪胆な奴なんだな。ま、あいつは罪悪感などなさそうだ」

「でも、人相書きが回っていた男でしたし、上原さんの処断は正しかったと思います」

「そうか。今、奉行所はくその役にも立たんからなぁ。悪党はその場で処分するに限る。天野さまも褒めていたよ。彰義隊は斯《か》くあるべきだと。ますます我らの存在を知らしめることが出来るとな」

上原のように表情を変えず、躊躇なく悪人を斬り捨てる胆力。命を奪ったと罪悪感を持つであろう土肥。人として、どちらがいいかと問われれば、勝美は土肥のほうを好ましく思った。だが、実際の戦場では、どうなのか。何も考えられなくなるのだろうか。

「自分が生きるためですよ」

上原の言葉がゆらゆらと浮かび上がってきた。

ひとしきり、騒いで満足した隊士たちは、座敷へと木箱を運び上げ始めた。

勝美も手を貸そうと、庭に下りようとしたとき、

「ところで、勝美、女は知っているのか？」

土肥の口から思いがけぬ言葉が飛び出した。

「なにを藪から棒に」

面食らった勝美はその場で固まって、顔を真っ赤にした。

「なんだ、兄さまに浅草田圃《たんぼ》やら岡場所やらには連れて行ってもらっていないのか？　まあ、あの堅物な兄さまでは無理か」

土肥は勝美を仰ぎ見て、気の毒そうな眼を向けた。

「冗談ではなく、総攻撃になったら、死ぬかもしれんぞ。女も知らぬままで逝っては、男子としてあまりに寂しい。よしっ、わかった。ここは、おれがひと肌脱ぐ」

小銃を脇に抱え、こほんと咳払いをひとつすると、

「吉原へ行こう！」

土肥が大声を出した。

「吉原の妓《おんな》たちの間で彰義隊の人気が高まっているんだよ。揚代も多少は安くしてくれるやもしれんぞ」

庭にいた隊士たちにも聞こえたのだろう、急に色めき立つ。

「勘弁してください。その儀はいずれ」

勝美は身を翻して、逃げ出した。

「その儀はいずれって、なんだその返答は、こら待て。今日か明日しかないのだぞ」

土肥の叫ぶ声が聞こえたが、構わず座敷を走り抜け、廊下へと飛び出した。

ふと脳裏に浮かんだ娘がいた。

兄の要太郎に連れられて、初めて会合に参加した日だ。紀伊国坂で大八車を引いていた一家が難儀をしていたので手を貸した。夫婦と、その女房の妹だった。確か、妹はそでという名だった。歳の頃は十六、七といったところか。ふくよかな頬と眦《まなじり》の垂れた愛らしい顔をした娘だった。

勝美は、ぶるぶると首を横に振った。なにを考えているのだ。たった一度、会っただけの女子を急に思い出すなど、どうかしている。

もうこちらのことなど記憶になかろうし、となぜか消沈して呟いた。

と、眼前にいきなりふたつの影が現れ、危うくぶつかりそうになった。慌てて横に避けると、大声が飛んできた。

「小山勝美、前を見ろ」

副頭取の天野八郎と尾高惇忠、そしてその後に兄の要太郎がいた。

「これは、失礼いたしました」

勝美は背筋を正し、すぐさま頭を下げる。

「小銃は手にしたか？」

「いえ。多くの方がいらしたので、遠慮してしまいましたが」

天野の問いに、しどろもどろに応える。

「遠慮などするな。渋沢、小田井の両頭取が幕府に具申して、ようやく下げ渡された。亜米利加国から買い上げた中古品だそうだが、よしとするしかない。一度、試射をしたいものだが、総攻撃まであと二日となっては、訓練も含め出来ようはずもないが」

話し始めはまだしも、後半は天野の独り言のようだった。

「勝美、これから各隊の隊長、副長、伍長をまとめて記すのだが、お前も手伝え」

要太郎が否はいわさぬとばかりの眼を向けてきた。

「すまんが頼むぞ。お主らの実家は右筆を務めているそうだな。なら記名など容易い作業だ。ああ、勝美は文字より、画が得意だったか。お主に描いてもろうた私の似顔がそっくりだと、吉原でも評判だった。次には描いた絵師を連れてくるといっておいた」

恐れ入りますと、再び頭を下げながら、また吉原か、と当惑していた。ふと、勝美は、通っていた剣術道場の仲間と一度だけ、根津の岡場所へ足を運んだことを思い出した。十七のときだ。表向きは料理屋だが、酌婦が春をひさいでいた。二百文ほど払えばいいので、人気があった。相手になったのは、十も上の大年増だった。結句、女に導かれるままに、あっという間に果てた。父無《ててな》しの子を育てていると薄っぺらな夜具の上で寝物語に聞かされ、余分に銭を包んでやった。

が、後日、それが嘘だとわかって、啞然とした。仲間にはしばらくからかわれた。女は怖いが、肌の柔らかさと、身を包まれる心地よさは知った。

天野が先頭に立ち、若い隊士を引き連れて登楼する画が頭に浮かんだ。その中に、自分も加わっていた。土肥もいる。思わず苦笑した。

勝美は、天野と尾高の背後について歩いた。ちょうど、本願寺の僧侶が奥の廊下の角を曲がってこちらに向かって来た。

僧侶は天野の姿をみとめると顔を伏せ、足を速めた。

「これは、御坊。これから大切な書き物をするゆえ、座敷を使わせてもらいたいのだが、よろしいな」

天野の声に立ち止まった僧侶が顔を上げる。さも迷惑だといわんばかりに唇をへの字に曲げていた。出来れば通り過ぎてしまいたかったという顔だ。

「大広間以外にもすでに隊士の方々がおられますし、幹部の皆さまには塔頭をお貸ししておりますが。さらに座敷が必要ですか？」

おずおずと、探るような眼付きをする。

「おお、すまないがその通りだ。雑多な作業をする座敷がほしい」

「いま、院主が他行中であり、私の一存では」

「なに、御坊の手は煩わせせん。こちらで選ぶゆえ」

天野がいうと、僧侶はあからさまに眉間に皺を寄せた。千名からの隊士が朝夕出入りし、座敷もどこも使いたい放題。酒や食い物を持ち込んで、夜通し騒ぐこともあり、寺院はさぞ迷惑だろう。しかし、幕府公認となった彰義隊を、追い出すことも出来ない。

すると、天野がいきなり深々と頭を垂れた。

「御仏の慈悲を受け、我ら一同、まことに感謝いたしております。この御恩は必ずやお返しいたします。万が一、薩長の奸賊が江戸を砲撃した際には、我ら彰義隊が盾となり、本願寺をお守りいたす所存でございます」

天野はよく響く低い声でそういうと、さらに頭を下げた。

「いや、その、彰義隊の皆さまはお上と江戸を守るというお役目がありましょう。ともかく頭を上げてくださいませ。座敷はどうぞ好きなところをお選びください」

天野の態度に僧侶は慌ててそう告げ、そそくさとその場を立ち去った。天野はわずかに顔を上げ、僧侶の背を見送ると、ちろりと舌を出した。頰に笑窪が出来た。

選んだのは、十畳ほどの客間だ。天野は早速、筆や墨、紙を用意させた。天野と尾高が隊長等の姓名を読み上げる。勝美と要太郎がそれを書き記す。

一隊に、隊長、副長、伍長を配し、各隊二十五名の編成だ。青、赤、白、黒、黄の五行の色を冠した隊が十二と他二隊、作られていた。が、まだ正式ではないという。

幕府公認となったことで、幾ばくかの手当が出るのを聞きつけた旗本、御家人が、入隊を希望して来ているため、新たな編成も念頭に置いているらしい。

所詮は銭。大義も忠義もありはしないのだ、と勝美は筆を走らせながら得心出来ない思いを抱いた。

「諸藩からも、彰義隊とともに戦いたいと申し出があった」

天野が力強くいった。関宿、浜田、高崎の他、会津、桑名も加わりたいということだ。

「いまこそ、徳川三百年の恩義に報いるべし、と立ち上がる武士たちは、確かにいる」

忠も義もなくした薩長に目に物見せてくれんと、気炎を吐く武士はいるのだ。

「まだ望みはある」

天野は目蓋をきつく閉じ、苦渋の色を浮かべた。

幾ばくかの銭を求める幕臣、戦いを望む諸藩。

その日の夕刻、日輪に「彰」の字を記した彰義隊旗が届けられた。

二

東海道軍を率いる西郷隆盛は、十二日、高輪の薩摩屋敷にすでに到着していた。さらに翌十三日、東征軍の別働隊で、土佐藩士、板垣退助《いたがきたいすけ》が参謀の東山道軍は、幕府軍である甲陽鎮撫隊を討ち果たし、中山道の板橋宿まで軍を進めている。

もはや、総攻撃は避けられない状況にまで追い込まれているのは、誰もが感じていた。

同日、陸軍総裁勝麟太郎が薩摩屋敷を訪れたという一報が、本願寺に集まった千名の隊士にもたらされた。伝令役が浅草と高輪を行き来していた。

だが、その日の会談は物別れに終わった。すわ決行かと、皆に緊張が走る。

が、会談が翌日に持ち越されたと伝えられると、隊士から一斉にため息が洩れた。

十四日──。

交渉がならねば、江戸は戦場になる。

それがついに現実となる。

刻一刻と、時が過ぎていく。

早朝から座敷に集まった隊士たちは、誰も言葉を発しなかった。しんと静まり返り、重い気が漂っていた。今日ばかりは、誰もが平静でいられなかった。

空には鉛のような色をした雲が居座っている。今にも雨が降り出しそうだった。昼でも光のない座敷の中は薄暗い。隣にいる隊士の顔が暗く沈んで見えるのは、きっとこの天候のせいだ。勝美はそう思い続けていた。

得体の知れない化け物が江戸の町に迫って来る。

身体を巡る血の管で小さな虫が暴れているような痛痒感を覚えた。叫び、跳び上がりたくなる衝動を懸命に抑えつける。

渋沢成一郎と幕府から遣わされた小田井蔵太《くらた》の頭取ふたり、そして副頭取の天野八郎、幹部らと数人の隊士は本願寺に姿を見せていなかった。寛永寺にいるのだ。

各隊ごとに座っていた。勝美は要太郎とともに第二青隊の所属になった。隊長は柳河藩の木《き》下《の》福次郎《したふくじろう》。上原仙之助の実兄だった。上原は別働隊の隊長だ。

交渉決裂の報せがあれば、直ちに寛永寺に向かい布陣する手筈になっていた。わずかな猶予もない。

それでも薩長を迎え討つための軍備を整えるにはあまりにも時間がない。

今は何刻だろうか。腹は減らないが、喉が渇いた。

と、廊下を激しく走る音が響いた。びくりと皆が反応する。

山崎正太郎が息急き切って転ぶように座敷へ入って来た。

「明日の総攻撃が中止されました！　東征軍の攻撃が回避されました！」

ざわり、と空気が一瞬にして変わった。

「まことか！」

「偽りではなかろうな」

隊士が叫びながら、次々立ち上がり山崎を取り囲んだ。膝と手をついて、荒い呼吸を繰り返す山崎は矢継ぎ早に質されても応えることが出来ない。

勝美は、すぐさま台所に走り、手桶を持って座敷に取って返した。山崎を取り囲む者たちをかき分ける。

「正太郎、ほら水だ。ゆっくり飲め」

柄杓《ひしやく》に汲んだ水を差し出すと、山崎は「かたじけのうございます」と、喉をこくこく鳴らして飲み干した。

「さあ、話せ」

「もたもたするな」

「誰から聞いたのだ」

隊士たちは興奮をあらわに、山崎を激しく問い詰める。

「落ち着いてくださいい、そう急いては山崎が話せませぬ」

勝美が怒鳴ると、皆が、気圧《けお》されたように押し黙った。ひとり、上原仙之助が山崎を見下ろし、口元に笑みを浮かべた。山崎は勝美に会釈すると、ひと呼吸つき、背筋を正して座った。

皆が固唾を呑んで山崎の言葉を待つ。

「頭取、渋沢さまからのご伝言です。本日、薩摩屋敷にて、陸軍総裁勝安房守さま、東征大総督府下参謀、西郷隆盛により会談が行われ、江戸総攻撃は回避されたとの事」

山崎は座敷内に響き渡るほどの大声を出した。

本当か。勝美はそっと安堵の息を吐いた。

「先般駿府で行われた精鋭隊頭、山岡鉄太郎さまと西郷との面談時に提示された嘆願書に沿って、新政府軍より出された条件に対し、本日の会談時に勝安房守さまが、変更を加え譲歩を求めました」

山崎は胸元から、紙片を取り出すと、手を震わせ、読み上げた。

「新政府軍からの条件は――」

城明け渡しの事、軍艦、武器を差し出す事、慶喜公を助けた諸侯は取調べ後、謝罪する事、城内居住の家来は城を出て移り住む事、暴挙を起こす者は官軍にて対処する事。

漣《さざなみ》が立つような動揺が座敷内に広がった。

「おい、徳川家はどうなるのだ」

「お上は？　お上の助命は叶ったのか？」

「処分は下されたのか」

座敷の中に緊迫した気が流れる。額に汗を滲ませ、乾いた唇を一旦、舌で舐めてから、山崎は口を開いた。

「お、お上は――備前岡山藩へのお預けでありましたが、勝総裁の懇願により水戸での謹慎となる由」

山崎は、大役を果たし得たと、前のめりに倒れた。

「正太郎」

勝美はとっさに身を抱え起こす。

隊士の中に、安堵するような、憤るような微妙な感情の渦が巻き起こる。

ともかく、お上の命は守られたということではある。

と、若い隊士が戸惑いを隠さずいい放った。

「お上の助命はなったとはいえ、城も武器、軍艦も薩長らに下げ渡すというのか。幕府は丸裸にされるということではないか」

「待て。そう慌てるな。これで、まことに会談はなったのか？　これで、勝総裁はご納得したというのか」

旗本であろう中年の隊士がぐったりする山崎を鋭く見やる。

勝美はむっと唇を噛み締め、その隊士を仰ぐ。

山崎が顔を上げた。

「違います。これは決定事項ではございません。勝安房守さまは、今一度の配慮を求め、軍艦、武器の下げ渡しにつきましても猶予を願いたいと」

当然だ、と誰かが声を上げた。

「従いまして、薩摩の西郷はこれを一旦、持ち帰るということでの中止」

勝美は眼を見開き、訊ねた。

「正太郎、つまり、明日の総攻撃は、あくまで延期ということか？」

「はい。最終的な判断は持ち越されたということです。ただし、お上の助命がなったことは確かです」

では、未だ総攻撃はあり得るということか、と誰かが呟いた。安堵した自分を恥じねば、と勝美は奥歯を食いしばる。

「その通りだ」

そういって座敷に入って来たのは、渋沢、小田井、天野と幹部、そしてもうひとり、洋装の軍服を着た若者だ。初めて見る顔だった。

「山崎、ご苦労だったな。会談に同席していた山岡どのが寛永寺に戻られたので、ねぎらっていたゆえ、一足先に山崎に報せを託して戻らせた」

渋沢は、皆に座するよう促し、天野らとともに並んで腰を下ろした。

「ひとまず総攻撃は取り止めになった。提示された条件については山崎から聞いていると思うが、本日、先の条件に勝さまはさらなる譲歩を求めた」

渋沢は隊士らを見回してから、続けた。

「お上の岡山藩預かりは拒否、軍艦、武器の引き渡しも直ちに応じることは不可能だという、その二点」

「渋沢頭取。軍艦、武器に関して、海軍、陸軍との話し合いが必要でしょう。しかし、それを呑まねば、やはりお上のお命は危うくなりますまいか」

ひとりの隊士が立ち上がり訊ねた。

「いや、だからこその懸念だ。なにがなんでも和睦に持ち込みたいのは、こちら。しかしながら、条件を丸呑みすれば、徳川家存続も怪しくなる」

と、渋沢は顔を歪める。

「勝総裁が引っ掛かったのは、備前岡山藩だ」

備前岡山藩は、慶喜の実弟が藩主を務めている。それを考慮しての新政府側の判断であったと思われる。が、岡山藩は、長州と手を結んでおり、お預けとなった場合、なにが起きてもおかしくない。それこそ慶喜の命を新政府に握られる。それを勝並びに幕閣は危惧したのだという。その上、陸軍海軍もあちらの手に落ちたとあっては、恭順を示した慶喜の意志をまったく無視したことになる。

「ご実家の水戸を謹慎の場に選んだのは当然。いずれは、軍艦、武器を渡すことになったとしても、今すぐではないと拒んだのだ」

「あ、あの。よろしいでしょうか？」

勝美は恐る恐る声を出した。天野がすっと眼を細めて勝美を見た。

「なんだ、勝美」

「総攻撃は延期とはいうものの、すでに、東征軍は江戸に入っております。完全に中止になる可能性はどのくらいあるのでしょうか？」

おい、と聞き慣れた声に振り返ると、兄の要太郎だった。

「恥を知れ。お前、臆しているのか」と、ぼそりと侮るようにいった。だが、勝美は兄の言葉に取り合わず、すぐに前を向き、さらに訊ねた。

「幕府公認部隊となったとはいえ、未だ小銃、弾薬、火砲などの武器は十分ではありません。増やしていただけるのでしょうか」

勝美はぐっと拳を握り締め、

「そして——弾薬の装塡は許可されるのか伺いたく」

思い切っていい放った。座敷内が一瞬、静まり返る。

「どういう意味だ？」

渋沢が静かに質した。はっと、勝美は渋沢を見る。それは、と口籠りながらも、懸命に言葉を繋いだ。

「先の鳥羽伏見の戦でのことです。薩長軍が戦を仕掛けてくることを想定していなかったがため、伝習隊の小銃には弾が装塡されていなかったとの話を耳にいたしました。その上、仏蘭西国から贈られたという新式銃も使用されずどこかにしまい込まれていると——」

渋沢が勝美の言葉に、深いため息を洩らした。

「そう、か。新式銃の行方は私にもわからんが、その話は聞き及んでいる。大坂にいたのだが、幕府はなんと楽観的で太平楽かと呆れたものだ。兵士の数だけでいえば、薩長軍の三倍。進軍は止められると過信していたのだろう。それゆえに多くの命を失った、その責は大きい。しかしながら、此度の総攻撃は違う。幕府と新政府軍との交渉がなれば、戦は回避される。だが、お上の命の保証は未だなされない。私はこれまで、お上が恭順の姿勢を貫いている限り、臣は当然それに従うべきだと皆に説いてきた。彰義隊もそうでなければならぬと——」

実は、と渋沢が声を一段落とした。

「私は、彰義隊が幕府に公認された後、寛永寺大慈院におられるお上にお会いした」

一昨日のことか、と勝美は思い出した。渋沢が供を連れずに寛永寺にやって来たときだ。

「お上は彰義隊の結成をお喜びになられたが、中には武芸達者の者も多かろう、この時勢を不満に思う者もあろう、しかし、血気に逸ることは慎んでほしいとおっしゃった。それに対し、私は、しかと監督することをお約束した」

だが、と渋沢は唇を引き結び、目蓋を強く閉じた。

隊士の視線が、渋沢ひとりに集中する。勝美は身体が小刻みに震えるのを感じた。

渋沢が意を決したように、眼を見開いた。

「このままでは、お上のお命が危うい。だとすれば、我ら彰義隊は結成の主旨をもって、薩長から主を守るため迎え討つ！」

「よしっ、これで決まりだ」

渋沢の言葉を受け、天野が勢いよく立ち上がった。

「直ちに寛永寺に詰所を移す。そこで奸賊どもを討ち果たす」

隊士たちも一斉に雄叫びを上げる。

「よいな、渋沢どの」

天野が渋沢に向かって笑みを向ける。渋沢は、天野を見上げ、静かに、だが強く頷いた。

「決戦の場は、寛永寺だ。なにがなんでも、お上を、そして江戸百万の民の命を守るのだ」

大広間では、一旦、散会となった後も隊士が気炎を上げていた。

徳川家存亡の機に自分たちが立ち向かうことを誇りに思っている者もあれば、鳥羽伏見の雪辱を果たすと息巻いている者もいた。

「勝美」

山崎に小銃の手入れを教えていると、天野が声を掛けてきた。

「お前、ずいぶんと変わったな。あのように皆の前で堂々と物を申すようになるとは思いも寄らなんだ。幾分、顔も引き締まった」

いいえ、と思わず勝美は俯いた。

「初めて会ったときは、おどおどして頼りなかった。要太郎に無理やり連れてこられたと恨みがましい眼付きをしていたからな」

天野は笑みを向けながら、腰を下ろした。

「何がお前を変えたのかわからんが、己自身に託された使命のようなものを見つけたか？」

「そんな大それたものは。ただ暮らしが壊されることが我慢ならないと思ったからです。それに、私も武士の端くれですから。でも正直、怖いです。総攻撃が回避されて、ほっとした自分がいたのも確かです。情けないですが」

天野は、くくっと含み笑いを洩らした。

「それでいい。戦が楽しみでたまらんというのは変わり者だ。ただな、西郷隆盛は江戸総攻撃より、どうしてもお上を殺したいようだな」

勝美は山崎と顔を見合わせた。

「徳川が天下を取った戦国の世であれば、敗軍の将は殺されるか、自ら腹をかっさばくかのどちらかだ。そうでなければ、示しがつかんと西郷は思っているのだろう。かつての武家の棟梁をなき者にすることが、回天を成すことになる」

薩長が目指しているのは、天子を頂点とした新しい国家だ。旧体制の亡霊は滅するに限るということなのだろう。

「ただし、難しい選択ではある。軍艦や武器の引き渡しを要求してきたことを考えても、まだ徳川の力は侮れないと、新政府も西郷も承知している。お上を生かして恩を売り、武力を削ぐ方向を選択するかどうかだな」

「天野さま、総攻撃はあると思いますか？」

勝美が訊ねると、天野は眼を細め、沈思した。勝美と山崎が答えを待っていると、天野がぼそりと呟くようにいった。

「ない」

なぜ、と問いかけようとしたとき、洋装の軍服の若者が「ああ、ここにいらしたんですね、捜しましたよ、天野さん」といいながら、近づいて来た。

あっ、と山崎が会釈をする。

「先ほどは、ありがとうございました」

「やあ、よく馬にしがみついててくれたよ。振り落とされたら一大事だ。僕も天野さんに大目玉を食らうところだったよ」

優しいが、よく通る声質をしていた。

「そちらの方、初めてお目にかかります。丸毛靭負《ゆきえ》です。伝令役を任されましてね」

「小山勝美です」

なるほど。寛永寺から山崎を馬で連れてきたのか。では、昨日も会談の報せを届けていたのが、この若者だったのか。

あ、勝美さんって、天野さんの似顔を描いた方ですね。そっくりでしたよ。僕の似顔も描いてください、と丸毛は屈託ない笑みを向けてくる。

「で、捜していたというが、何用だ？　靭負」

「天野さんから頼まれたことですよ。まもなくおいでになります。まだ正式に入隊していない僕に馬を走らせておいて、無責任だなぁ」

と、丸毛がいい終わらぬうちに、威勢のいい声がして、大広間に面した庭に大八車が次々と入って来た。

「天野さま。ひとまず総攻撃延期の祝いだ。酒と肴をたんまりお持ちしやした」

しわがれ声とともに現れたのは、精悍な顔つきの年寄りだ。半纏《はんてん》に染め抜かれた文字を見て、勝美は仰天した。を組の新門辰五郎だ。手下たちが酒樽と肴を入れた器をどんどん運び入れる。辰五郎の計らいに、隊士たちが歓声を上げた。

酒宴はすぐに始まった。

千名の隊士たちに辰五郎の子分たちも加わり、褌《ふんどし》姿で踊る者や隊旗を翻す者もあり賑やかな宴になった。緊張の糸が切れた瞬間だった。

大広間で騒ぎ、庭で輪になって笑い、酒樽の酒を浴びるように呑み続けた。

皆、安堵の表情をしていたが、中には「今から薩摩屋敷へ突撃だ！」と、足下をふらつかせながら喚く者もいた。いきなり小銃を撃った者が、あっという間に叩きのめされた。

「あー勝美さん、似顔描いてくださいよぉ」と、丸毛が焼きいかをくちゃくちゃ食べながら、千鳥足で近寄って来た。

「天野さんから聞きました。なんと国芳の弟子に稽古をつけてもらっているそうですね」

「あ、ちょっと、あ、それは」

「なんだ、勝美。お前、画が描けるのか？　これまで黙ってたな。画号はなんだ、こら」

顔を赤くした土肥が首に腕を回し、締め上げてきた。

「画号なんてありません。やめてください、苦しいですよ」

勝美が必死で抗《あらが》うと、山崎や杉田が笑い転げた。

「では、ここらで、あちきが一席」

小島が、こほん、と咳をして、落とし噺を始める。

「お、じゃあ、おれは、踊っちゃうかな」

土肥が勝美を突き飛ばして、滑稽な踊りを始める。

夕刻が迫っていた。鈍色《にびいろ》の雲がいつの間にか途切れ、その隙間から、陽が覗く。

彰義隊の隊旗のような朱い色をしていた。


「おい、勝美。お前も付き合え」

四名の若い隊士を引き連れた副頭取の天野が声を掛けてきた。

「これから用事がございまして」

連日の誘いに勝美は顔をしかめた。

陸軍総裁勝安房守と、東征大総督府下参謀、西郷隆盛により三月十四日、会談がもたれ、翌十五日に決定していた総攻撃がひとまず回避されてから、十日が経っていた。

「なんだその面は。私は無茶をいっているわけではないぞ。ときには羽目を外すのも大事だ。

張り詰めているばかりでは、気疲れするばかりだからな」

「天野さま。お言葉ですが、渋沢頭取は、身勝手な行動を慎むようおっしゃっておられます。ましてや遊里に行かれるのでしたら、ここはやはり渋沢さまにひと言お伝えする必要があるのではないでしょうか」

天野が呆れたように勝美を見やる。

「無粋をいうな。渋沢どのにわざわざ吉原《なか》へ遊びに行くと伝えねばならぬのか？」

「副頭取の天野さまの居処ははっきりさせておかれたほうがよいかと」

副頭取に対して偉そうにするな、と勝美を詰る声が聞こえた。天野の背後にすっとひとりが隠れ、この方は頭取派だ、とこそこそと話をしている。勝美は、むっとしながらも相手にはしなかった。

「わかったわかった。とはいえ、頭取はどこにおられるのかな？」

口角を皮肉っぽく上げ、あたりを見回す。まだお姿が見えません、と勝美は口籠る。

渋沢は早朝に、幕府より頭取として派遣された小田井とともに登城している。もうとうに戻ってもいい時刻だった。天野はそれを承知でいったのだ。おそらく、渋沢は下城後、その足で寛永寺に寄っているのだろう。

詰所を寛永寺に移すためだ。

すぐに詰所を移し、軍備を整えねばならない。それは渋沢も強く望み、寛永寺に詰める遊撃隊、精鋭隊と連携すべきであると考えたのだ。だが、精鋭隊の山岡鉄太郎が、難色を示した。すでに二隊合わせて、千五百名。そこに千名を超す彰義隊が移って来れば、合わせて二千五百以上の軍勢となる。いまだ東征軍との交渉の最中であるのに相手を刺激するのは得策ではない、交戦の意志ありとみなされるだろう、といったらしい。さらにこのまま和睦がなり、慶喜が水戸謹慎ということになれば、寛永寺での警備も必要がなくなるとも。

これまで同様、江戸の見廻りに専念してほしいと望まれた。東征軍の進軍は瓦版で知れ渡っている。恐怖は広く波及し、市中はこれまでになく混乱をきたしていた。

山岡のいうことは至極真っ当だ。危険を顧みず駿府に赴き、和睦に向け、事前に交渉の下準備を整え、勝、西郷の会談にも同席した男だ。一触即発の状況であることは肌で感じている。慎重にならざるを得ないのだろう。

だが、渋沢の懊悩はそれだけではない。

慶喜の水戸謹慎、江戸総攻撃の延期、それはそれで安堵すべきではある。が、慶喜の朝敵撤回、徳川家の処遇については先日の会談では言及されなかった。

慶喜謹慎の処遇は薩長にしてみれば、大いなる譲歩、武士の情けとでもいうべきことだろうが、それだけでは足りない。いまだ朝敵のままだ。

慶喜は天朝に弓など引いてはいない。お上が朝敵と詰られる所以《ゆえん》はどこにもない。その一点――。渋沢の譲れない思いだ。

だが、山岡が放ったひと言に渋沢は愕然とした。

「お上は望まれていない」

恭順と謹慎。それが慶喜の意志だったのだ。それに背くことはならない。それが、余計に苦しかった。

しかし、天野の眼から見た渋沢は、山岡に従っているただの腰抜けだった。

三日前のことだ。勝美が厠《かわや》に立ち、廊下を歩いていると、幹部連が使用している座敷から、渋沢と天野の口論が聞こえてきた。

「寛永寺に移ることは、渋沢どのも承知したではないか。いまだ交渉がならんとはどういうことか。山岡どのが理屈を捏《こ》ねようと、急ぎ山内に移るべきだ。我らがなにゆえ蚊帳の外に置かれているのか、わからん。交戦の意志ありとみなされる、だと？　望むところであろうが。こちらは戦う準備があるという、新政府への脅しにもなる」

「それは私も考えた。板橋に東山道軍、池上本門寺に東海道軍が入るという。山岡どのとて我らを拒んでいるわけではない。しばし待てといっている相手を下手に刺激したくはないということだろう」

「そのような悠長な話ではない。備前へのお預けから、水戸謹慎となったとしても、それはどこでの話だ？　すべて薩摩の西郷に一任されていることか？　上の者を西郷が説き伏せられるのか？　よしんば信じるに足る人物だとしても、もしも和睦がならねば、江戸は攻撃される。我ら彰義隊が江戸の盾として立ち塞がるには、常に臨戦態勢でいることだ！」

「いいや、お上の恭順を崩すことになれば、勝総裁の会談も水泡に帰す！」

「またそれか。渋沢どのは寵臣だ。お上のお命さえ無事であればよいのであろう」

「そうではない。主を失うことの大きさを考えろ」

「もう十分だ。徳川は倒れた。あとはその処理だ。我らの意志だ。渋沢どのでは埒《らち》が明かぬ。なにも山岡どのを立てる必要はなかろう。直々に寛永寺にお願いをいたす」

「馬鹿を申すな！　恭順を貫くことがなにより優先されるのだ」

「恭順恭順と、くどいですぞ、渋沢頭取」

天野と渋沢の怒声は障子を揺らすほどだった。

幹部が、ふたりをなだめ始める。勝美は、ようやくはっとして座敷の前から離れた。が、胸の鼓動が高まり激しく脈を打つのを感じていた。

両者が袂を分かてば彰義隊はどうなってしまうのか、不安が過る。そのようなことはあるまい、人が衝突するなどいくらでもある、と自らを納得させた。目的は明確なのだ。それを両頭が崩すような真似はしないはずだ。

だが、焦《じ》れた天野は、当て付けのように若い者を伴って吉原へ出掛けている。とはいえ、揚代が天野の懐から出るとしたら、よく金が続くものだ。

「頭取がいないのでは、仕方がない。そうだ、勝美が付き合えぬのなら、渋沢どのに言伝を頼む。まあ、昼遊びであるから、夕には戻る」

「承知しました」

そう応えると、天野は勝美の脇をすり抜け、歩いて行った。天野の後に続く四人の隊士のうちのひとりが、

「真面目もほどほどに」

と、口元に笑みを浮かべていった。ついさっき、小声で詰ってきた者だ。

四人は皆、十七、八の旗本の子弟だ。まだ入隊して日が浅い。

天野は一体何を考えているのか。少し前から、渋沢や小田井、他の幹部とは交わらず別行動

を取っている。

結成当初から、慎重に事を進める渋沢と、猛然と突き進む天野とは水と油の関係だった。しかし、相反する性質だからこそ、お互いに長所短所を補える。危うい天秤であるからこそ、なんとか均衡を保とうと努める。

確執の始まりは、やはり隊士の募り方だった。

天野は渋沢のいう通りにしていては存在を示せないと、枠を設けず人を集めた。市中の見廻りでも彰義隊と必ず名乗らせるようにし、隊士には知人を入隊させろといった。

結句、大所帯になった彰義隊を幕府も無視出来なかった。それは天野の功績といえるが、渋沢が考えていた一橋家の家臣、幕臣、身分素性の明らかな者で構成する部隊とは程遠い。高禄の旗本や一橋家家臣である隊士の中からも不満の声が上がっているらしい。

参詣に訪れた若い娘に下品な言葉を掛ける、酔いに任せて寺の植木をぶった斬る。目に余る所業に渋沢は頭を抱えていた。各隊の隊長に素行を取り締まるように命じてもなかなか収まらない。一方、天野はたまの息抜きだと笑っていた。

江戸総攻撃という未曽有の事態があったからこそ、家格も身分もかかわりなく、まとまってきたともいえる。

回避の報が伝わった際、侠客、新門辰五郎が酒肴をたっぷり運んできた。

「総攻撃が決まれば、士気高揚の宴となるはずだった。が、此度は、ともかく江戸がまだ無事であることの祝宴だ。薩長の奴らを討つ機会が延びたのだとしたら、残念でならん」

天野は煽るようにいうと、丼鉢に注がれた酒を一息に呑み干し、隊士たちから喝采を浴びた。

渋沢や幹部は、いささか苦い顔をして床の間の周辺に集まり静かに呑んでいた。

このとき、渋沢と天野のあり方がくっきりと分かれていたように見えた。

渋沢ら幹部たちと異なるのは、天野は常に平隊士たちと交わっていることだ。明らかに天野を慕い、敬う隊士が増えるのも当然だった。鮫ヶ橋の円応寺での会合後、料理屋にともに行ったことを思い出す。あのときも、天野は萎縮する勝美を気遣い、似顔を描かせてくれた。しかも、あの似顔を天野は自慢げに丸毛にまで見せている。

まさか肌身離さず持っているなどということはないにしろ――と勝美は苦笑した。

渋沢は、似顔をどうしただろう。もう捨ててしまっただろうか。

勝美が大広間に足を踏み入れると、兄の要太郎が幾人かの者たちと車座になって、談笑していた。気づいた要太郎が手招く。見ると、天ぷらを肴に酒を酌み交わしていた。

勝美が近寄ると、精悍な顔つきの男が勝美に会釈をした。

「渋沢頭取の親戚だ。平九郎どのだ」

これは、と勝美も慌てて頭を下げる。

渋沢篤太夫の見立養子で、実兄は彰義隊結成に携わった尾高惇忠だ。

要太郎と平九郎は互いに神道無念流を修めていることで気が合ったのか、他の隊士も交え、剣術談義を始めた。酒が入っているせいか、皆声が高い。

「どうだ、勝美も交ざらぬか」

「いえ、結構です兄上。これから上原どのの手伝いで、小銃の扱いを教えねばならぬので」

「ほう、嫌々ながらも藩の修練を続けていたのが役に立ったな。射撃は下手でも手入れは出来るものなぁ」

相変わらず刺のある物言いだ。

「では、皆さま、失礼いたします」

勝美は一礼して兄のもとを離れた。笑い声が聞こえてきたが、自分を嘲笑っているようで気分が悪かった。兄はなにゆえ、いつも私を貶《おとし》めるのか。

あれは性格なのだ、と気を取り直し、上原を捜していると、

「あ、勝美さん」

大広間に面した庭から丸毛が呼び掛けてきた。変わらず西洋の軍服を着ている。その近くには、山崎正太郎と土肥庄次郎、小島弥三兵衛の三人がいた。丸毛は、正式な隊士ではないが、詰所への出入りを勝手にしている上に、先日の宴で土肥や小島と仲良くなったようだ。

「勝美、丸毛くんを誘って、皆で飯を食いに行くのだが」

「土肥さんがご馳走してくれるのですか？」

「いや、勘定は隊費で賄う。見廻り時に渡された銭がたんまり残っているのでな。どうせ、寛永寺まで行くので、雁鍋か松源かで悩んでいる」

土肥が笑顔を向けてきた。

「遠慮しておきます。腹は空いていないので。ところで上原さんを見ませんでしたか？」

「上原さんなら、本堂裏手で町人の歩兵相手に小銃の教授をしておられましたよ」

丸毛が歯を見せて応えた。

「かたじけのうございます」

勝美が身を翻そうとすると、丸毛に止められた。

「あ、僕もついていっていいですか？　上原さんにはきちんと挨拶をしていないので」

「隊士でもないのに必要ないだろう。飯は食わんのか、丸毛くん」

土肥があからさまに不満げに口にした。

「ええ、また今度誘ってください。勝美さん、ご一緒します」

ちっ、と土肥は舌打ちし、「次は連れて行くからな」と、声が飛んできた。

「ずいぶん、土肥さんに気に入られているのですね」

土肥の声を聞きながら、勝美は丸毛に話しかけた。

「ははは、気に入られているというか、実は僕、土肥さんを料理屋でお見かけしたんですよ。まあ、お偉い方に連れられて行ったんですけど、武士とは思えない幇間ぶりで、ゲラゲラ笑っていた僕を見覚えていたようです」

「はあ、そんな出会いもあるのですね」

勝美と丸毛は本堂の横を並んで歩く。陽が明るく境内を照らしていた。お参りに訪れる人々の姿もある。彰義隊が詰所をここに置いてからというもの、参詣人も門前の床店もめっきり減ったと、坊主が溢《こぼ》していた。

「彰義隊の話は、僕が属する幕府の奥詰銃隊の間でもよく上っています」

「奥詰銃隊にいらっしゃるのですか？」

「ええ、いまはとんと役に立っておりませんがね。武装解除に憤り、隊を脱走して、東山道軍と一戦交えた者もいます。徳川の軍隊は決して諦めたわけではありません。新政府軍だの官軍だのと名乗る薩長を心底憎んでいる人たちも多い。この進軍はただの謀反だと。陸軍がそうですから、海軍も言わずもがなです。新政府に軍艦八隻を下げ渡すなど得心するわけがない。さすがの勝総裁も頭を抱えているでしょう。身内の説得は、薩摩の西郷より厳しいかもしれません。でも、薩長にしてみれば、海上からの攻撃は恐ろしい。幕府の軍艦を押さえたいと思うのは当然のことです」

丸毛はそういって、笑みを見せた。まだ少年のあどけなさを残した顔をしている。

「失礼ながら、お歳は」

訊ねると、丸毛は「十八です」と答えた。

彰義隊の隊士にも十六、十七といった年若の者が多い。山崎正太郎のように十四の元服したばかりの者もいるだけに珍しいわけではない。ただ、丸毛はどこか老成した落ち着きを持っているように見えるのが不思議だった。

「僕はお上の警護役を務めておりました。西洋の馬術を学んでいたので抜擢されたようです。京に上がった際には、お上の打毬《だきゅう》のお相手をしたこともありますよ。渋沢さんと出会ったのは大坂城でした。鳥羽伏見の戦の敗走の報せが届いたときだったかなぁ。蜂の巣を突いたようというのは、ああいう光景をいうのでしょうね、城内は大混乱でしたよ。あのときの驚愕と落胆が混ざったお上の青白いお顔はいまも忘れられません」

慶喜にごく近いところにいたのだ、と勝美は丸毛を見やる。

丸毛は境内に敷き詰められた小石の上をざくざくと音を立てながら歩いた。革靴は履きやすいのか、西洋の軍服は動きやすいのか、と勝美は詮無いことを考える。

「敗走した兵士が続々と大坂城に集まって来る。さらしで身体中をぐるぐる巻きにした者、砲弾で顔の一部が吹き飛んだ者、血が噴き出して止まらぬ者。僕は怪我人の中を走り回った。ろくな治療も出来ないから、無駄と知りつつ、元気づけて。辛かったなぁ。地獄絵図ってまことにあるのだと思いましたよ」

丸毛は顎を上げ、空を見上げた。その脳裏に浮かぶ光景はどれほど残酷であったのか、勝美には想像することも叶わない。

芳近の義弟もその中にいたに違いない。勝美は、先日の宴に加わっていた辰五郎に恐る恐る話しかけた。年相応に垂れた目蓋の下から覗いた眼が猛禽のようで、震えが走った。浅草を牛耳る俠客の気迫に圧倒された。が、芳近の話をするや、たちまち眼を潤ませ、を組で懇《ねんご》ろに世話をしている、芳近にそう伝えてくれといった。そして「あいつも少しはお役に立ててよかった」と、洟をすすった。

役に立ててよかった――。本人は、もう戦えないと泣いていたというが。為政者たちは戦での負傷者の将来まで背負うことはない。大義を掲げ、正義を植え付ける。あまりに無責任で非情にも思える。勝美は深く礼をして、辰五郎のもとを離れた。

「泣き声や呻き声を聞きながら、絶望を感じ取りました。徳川が築いた三百年の泰平が無残に崩れていく音を僕はあの場所で確かに聞きました。あれは空耳なんかじゃなかったと今も思っています。渋沢さんは傷ついた兵士たちに懸命に声を掛けていました」

命の灯を絶やすな、江戸に戻るぞ――。

「まだふた月ほど前のことですからね。渋沢さんの姿もあの有様も鮮明にこの眼に焼き付いています。忘れようたって勝手にあの情景が浮かんでくる。ねえ、勝美さんは戦には？」

丸毛が首を回した。その瞳の奥は奇妙なほど澄んでいた。

「私は、長州征伐も鳥羽伏見も経験していません」

両腕を差し上げた丸毛は、「そうですか」と、伸びをした。

勝美の中でふと疑念が湧いた。丸毛はとうに渋沢と出会っている。だが、そんな素振りをまったく見せなかった。伝令役として高輪と浅草、浅草と上野を馬で走り抜けていたのも天野の頼みだ。

まさか。いや、渋沢がそのような真似をするか？　勝美は困惑した。

「勝美さん、どうしました。額に汗が浮いておりますよ」

丸毛に顔を覗き込まれ、勝美は額を拭う。

はあ、なぜ気づかれたのかなぁ、渋沢さんに叱られる、と丸毛は顎に手を当てて呟くと、

「僕は天野副頭取の見張り役ですよ」

あっさり白状した。

「まことに？　では、天野さまの行動を逐一報告しているというのですか？」

勝美は驚きをあらわにした。

「そこまで大袈裟ではないですが。万が一逸るような行動に出ようとしたらです。僕自身が彰義隊に興味がありますからね。でも、どこで気づかれたのですか？」

「いまの大坂でのお話を伺って確信しました。渋沢さまを知っていながら、宴席で近寄るどころか、ひと言も話をしなかった。顔さえ見ていない」

「勘がいいですねぇ。やはり絵師だから、見るところが鋭いのかな」

丸毛は心底、感心するような声を出した。勝美は首を横に振る。

「悲惨な状況の中で出会った相手なら、顔も名も必ず記憶に刻まれる。それゆえに宴席での丸毛さんの態度はしっくりこなかった。それだけです。ですが、渋沢さまがまことに天野さまを」

「声が大きいですよ。どこかで誰かに聞かれでもしたら困ります」

勝美はぐっと口元を引き結んでから、声を落とした。

「天野さまに不穏な動きがあるということなのですか？」

丸毛を責めるように、さらに勝美は問う。

「このままでは、彰義隊が分裂すると渋沢さまは危惧なさっておられるのか？」

渋沢も天野も人を導く資質が備わっていると、勝美は強く思っている。渋沢はたぎる思いを内で燃やし冷静に物事を運び、片や天野は人を食ったような言動をしながらも、熱い思いを隠さない。どちらも人を惹きつける。けれど、どちらを選ぶか、といったらどうなるのだろう。万が一にも、そのような選択を迫られる事態にならないことを祈った。

「渋沢さんは卑怯なお方ではない。彰義隊をどう活かすか苦慮されている。天野さんには若い隊士を率いてほしいと望まれているのでしょうしね。内部から崩れることはあってはならないと互いに思っているのは確かですよ。ですが、目的が変われば、はて、どうなるか」

持って回った物言いに勝美は少々苛立ちを感じた。

「目的が変わるはずはありません。お上を、ひいては徳川、そして江戸を守ること」

「そうですかねぇ。新政府側と和睦となれば、江戸城は落ち、武装は完全解除となる。江戸の町は守れましょうが――」

今、西郷は京へ上っています、と丸毛が唐突にいった。思わず勝美は足を止める。

西郷は勝との会談後、すぐさま駿府に赴き、東征軍の大総督、有栖川宮熾仁親王へ総攻撃の延期を伝えると、京へ向かったというのだ。慶喜の処遇の他、十四代将軍家茂の御台所静寛院宮（和宮）、薩摩から嫁した十三代家定の御台所天璋院《てんしょういん》（篤姫《あつひめ》）の処遇もいまだ決まっていないこともある。それらを京での三職（総裁、議定、参与）会議にかけ、最終決定を下すのだろう、と丸毛も立ち止まり、勝美の顔を見た。

「すでに勝総裁は譲歩を求め、西郷は受諾した。会談で提示された七つの条件を踏まえての三職会議の結果は、呑む呑まないではなく、無条件の受け入れ、です。おそらく最後通牒となります」

丸毛は淡々とした口調で続けた。

「それを拒んだら」

勝美が声を押し殺して訊ねた。

「駐留する板橋、池上から、進軍して来るでしょうね。皆さんが決死の思いで応戦しようが、江戸は弾雨にさらされ、火の海になる。お上のおわす寛永寺を跡形もなく潰しにかかってくる。大勢が死にます。それを避けるためには、勝総裁は陸海軍を説得し、お上を無事に水戸へ出立させねばならない」

だったら、受け入れざるを得ないということか。だが――。

丸毛が勝美の表情を窺い、ふっと笑った。

「そういうことですよ、勝美さん」

「つまり、受け入れ難いと思う者が少なからずいるということですね。和睦がなれば新政府軍は我が物顔で江戸に入ってくる。薩摩憎し、長州許すまじと思いながらも、従わねばならない。手出しは無用。その恥辱に耐えられるか。和睦というのはいかにも口あたりのよい言葉です。要するに、お上の命は助かったが、徳川は武力も奪われ、薩長と戦わずして敗れたということになる」

争ってはならない、耐え忍べということだ。勝美はひどく残念でならなかった。江戸の町が無事で、多くの命が救われることになんら反発もない。江戸を守るという気持ちに駆られ彰義隊に入った。己の名を記し、血判を押した。

しかし、この気持ち悪さはなんだ。この当惑はなんだ。じん、と指先が痛む。

天野の顔が浮かんだ。慶喜助命のため恭順路線を強いられ、ついには江戸城を明け渡し、さらに薩長のいいなりになる。天野の性格では、おそらく耐えきれない。勝美は思わず口にした。

「――天野さまは詰所を移します。寛永寺側に直談判に行くようです」

え？　丸毛が眼を見開いた。

「過日、渋沢さまと天野さまがいい争っているのを耳にしてしまい――その際におっしゃっていました」

輪王寺宮かそれとも、側近か、と丸毛は呟いた。

「渋沢さまとて本願寺が辟易していることも、千の隊士を置くには手狭になっているのも承知しています。ですが、渋沢さまを差し置き、寛永寺と直接交渉に当たるのは、おふたりの状況から考えるとどうなのでしょう。まだ攻撃もあるかもしれない、としても」

取り越し苦労であればよいとは思うが、さらに内部は揺れるだろう。

「四月初旬でしょうね。新政府からの諸々の決定が下されるのは」

「なぜ、それがわかるのですか？」

驚く勝美に丸毛は、山岡さまから伺ったのですよ、という。

「益満休之助という者から文があったそうで。益満は、駿府に駐屯していた西郷のもとに山岡さまを案内した薩摩藩士です」

薩摩から寝返って間者に？　勝美は眼を見開く。

「道中をともにしているうち、山岡さまに心酔したらしく。山岡さまは命懸けの駿府行でしたからね。西郷との面談も叶うかどうかわからない状況でした。ただ、間者になったわけではなく、ご機嫌伺いのように文を寄越すのだそうです。ま、西郷が京へ上っているのも、それで知ったくらいです。まったく不思議な男です——ああ、おしゃべりがすぎましたねぇ。渋沢さんに口が軽いといわれてしまう」

と、丸毛が人差し指を立て、自分の唇に当てた。

「ともかく今は僕のことを口外なさらないでください。僕は彰義隊を面白いと思っているんです。その動向が気にかかっています」

面白いとは、嫌ないい方だ。勝美はむっとする。

「徳川最後の光かもしれないから」

丸毛は、まことにそう思っているのですよ、と付け加えた。

再び、ふたりは歩き出した。

本堂裏手に、多くの隊士が集まっていた。隊列訓練と小銃の扱いを教えている。境内であることから実弾訓練は遠慮している。そこに不満を感じている隊士も多い。が、本願寺も詰所にされていることは本意ではない。機嫌を損ねては、と上原は笑っていっていた。

上原がふと首を回す。

「勝美さん、遅かったですね。おや、丸毛どのも。そこもとは小銃の扱いはいかがかな？」

「いささか、ですけどね」

丸毛はしれっといった。奥詰銃隊の者がいささかのはずはない。勝美はやはり信用ならないものを丸毛から感じ取った。

渋沢と天野の間を泳ぎながら、なにを考えているのか。

幕府直属の銃隊の若者が、彰義隊の行方を嘲笑っているように思えてならない。ああ、天野の直談判のことはいうべきではなかったか。

丸毛のことを天野に告げるべきか。勝美は悔恨とともに唇を嚙み締めた。

三

三月の末。いまだに新政府の動きはなく、本願寺にも報せはなかった。

しかし、江戸が薩長の手に落ちる。その不安は留まることなく、市中に蔓延していた。町中では、食い物や小間物を求めて、小競り合いがあり、小金持ちと見れば、構わず襲う。商家は略奪、強奪を恐れ、自衛のために炊き出しを行っていた。陽が落ちる頃には、表店は大戸を下ろし、夜が明けるまで震えて眠った。それでも盗人は、江戸近郊の百姓家まで狙った。徳川崩壊によって秩序は乱れ、江戸の治安は悪化の一途を辿っている。江戸は宙ぶらりん、政を敷く余裕などもはやなく、奉行所はほぼ機能を失い、町役人、地主などの自治組織だけでは到底悪人どもの捕縛など出来ない。

町中が無法者で溢れるのも無理はなかったのだ。

それゆえか、渋沢と天野の不仲をよそに、市中では彰義隊人気がさらに高まった。

昼夜を分かたず、見廻りを強化し、無頼の者を次々と取り押さえた。

麻の平織りで水色のぶっ裂き羽織に裾の締まった義経袴を着け、月代は当世風に幅を狭くし、手には「彰」「義」のどちらか一文字が入った提灯を提げる。それが、彰義隊のいでたちとなった。天野や若い隊士らの声で誂えられた揃いの羽織と袴によって、さらに彰義隊として認識されやすくなり、打ち揃って見廻りに出れば、悪人どもには恐れられ、庶民からは尊敬と憧憬の眼差しを向けられた。

揃いの衣装で見廻りをする、特に若い隊士の姿は、まるで錦絵のような華やかさだ。

幕府のお偉方が作った部隊ではない。身分も家格も様々でありながら、徳川の危機に立ち上がり、奸賊から江戸を守る大義と正義を掲げた武士の一団。その印象が、不平、不安に満ちた江戸の庶民の心に清涼の一滴を与えた。

泰平の世でのんべんぐらりとした武士を見慣れた庶民にとって、彰義隊は颯爽として頼もしく映った。かつての武士の姿を見ているのだろう。

中でも上原の活躍は眼を瞠るものがあった。刃向かう者には容赦無く、一刀を浴びせた。

「あまり町中で血を流すな」と、天野がたしなめたが、

「吟味などしている暇はありませぬよ。腕の一本、脚の腱ひとつを斬ってしまえば、もう悪さは出来ませぬので」

上原は、端整な顔に微笑みを浮かべた。

その微笑がまた町中で評判になった。もともと目が覚めるような美男子である。上原が見廻りに出ると、その袂には若い娘からの結び文がいくつも投げ込まれた。

上原だけではなく、色里でも彰義隊はもてはやされた。銭など足りなくても、彰義隊の提灯を提げて行けば、酒食が出来た。女も抱けた。

幕府公認から二十日足らずで、その名を江戸中に轟かせたのだ。

人気にあやかり、さらに旗本、御家人の入隊希望者が増えた。もう武士の世はお終いだと、自堕落な暮らしをしていた御家人も、いまは張り切って見廻りに出ている。

銭も与えられ、女遊びも出来、しかも人々からは称賛される。これで総攻撃がなければ万々歳とでも夢想しているのかもしれない。

本願寺の詰所で、土肥がぼやきながら、煎餅をかじった。食べ物や身の回りの品は辰五郎の子分が折に触れて運んで来る。辰五郎は「江戸一番の彰義隊贔屓」といって憚らない。

「こんなに隊士が増えちまったら、恩賞がもらえねえぞ。目立つような働きをしなければならんな。もっとも上原みたいに刃を振るうのはちょいとためらっちまうが」

「まだ、そのようなことをいっているのですか？　国家存亡の機なのですよ。我らは徳川三百年の恩顧に報いるためにここにいるのです。銭金、立身が目的ではありませんよ」

山崎が、饅頭を頬張った。

「正太郎、お前はまだ甘い菓子がお似合いだなぁ」と、まだ剃り跡も青々として、きれいに手入れされている月代を土肥が撫ぜた。

「子ども扱いはやめてください」

山崎は口をへの字に曲げて、頭上の手を振り払う。

「どこから流れたかしれないが、働きがよければ次男三男でも幕臣に取り立てられるとの噂があるらしい。勝美は聞いたことがあるか？」

え？　と勝美は振り返った。この頃は訓練以外の時間には、縁側に座り、筆を走らせていた。もう仲のよい者たちには知れてしまったので、堂々と画が描けるようになった。芳近が渡してくれた小さな画帖に、庭の樹木、花はもとより、時には隊士の姿もこっそり描いていた。

「幕臣というのがそもそも怪しいですね。新たに家臣を取り立てるなど眉唾だと、考えずともわかりそうなものですが」

勝美ははっきりといった。土肥の隣で茶をすすっていた小島がふっと笑う。

「とはいえ、目先の小金に目の色を変えて入隊する幕臣が多いがねぇ。けど、勝美さんはいい。彰義隊が解散しても川越藩に戻ればいいだけのこと。しかし、我らは徳川の禄を食んでいるからな。部屋住みの厄介者たちにすれば、一家を立てられるとなれば目の色が変わるのも致し方ない。たとえ、出処が怪しくても、信じたくなるかもな。生きるのに必死なんだ」

あっと勝美は俯いた。それでなくても武家の厄介者は進退を決めることが難しい。養子になるか婿として迎えられるか、はたまた自ら得意なことで身を立てるか。

「生意気を申しました。でも、私も次男です。しかも兄は文武に秀で、両親から期待を寄せられています。彰義隊に入ったことも誉れに感じているようです」

私は、兄について行けばよいと、それだけいわれました、と唇の端を上げた。

この頃、要太郎は渋沢平九郎と行動をともにしている。家にもあまり戻っていない。会えばすぐさま皮肉や嫌味が飛んでくるが、以前よりは減っているのにほっとする。

「ああ、あの兄さまじゃなぁ、比べられるのは辛いだろうよ」

土肥が同情するようにいうと、ゴロリと寝転がる。

「そうか、おれのほうこそすまなかったな」

いえ、と勝美は小島に笑みを返した。猪口《ちょこ》の水に穂先をちょんと浸し、花びらの陰影をつける。

「へえ、見事だね。墨の濃淡で花びらを描き分けるのか？」

いつの間にか小島が背後から覗き込んでいた。

「墨は黒ですが、水を含ませれば、いくらでも濃淡が出せますし、穂の使い方でも変わります。力を入れたり、抜いたりして」

へええ、と小島が感嘆する。こうして認められるのは気分がいいのと同時に、やはり画を描いているときは心地よい。いっときでも現《うつつ》から逃げ出すことが出来る。

「でも、師匠にはとても敵いませんよ」

「しかし、絵師として十分食っていけるさ。おれは噺家で食って行くつもりさ。土肥さんは幇間。彰義隊がいらない世になったならな」

そうですね、と勝美は笑った。そんな日が早く来ればいい。だが、彰義隊が解散するときは――。


「なあ、正太郎はどうするんだ?」と、小島が訊ねた。

「私は長男ですから、当然、家を継ぎます」

「そうだな」と、土肥が笑いかけた。

と、山崎が饅頭を頬張りながら、首を捻る。

「あの、彰義隊が皆に安心を与えていると思うと、ますます頑張らねばと思うのですが、このところ、あちらこちらからの届け物が多くなりましたよね。その上、お小遣いもいただけますし、助かります。公認となって手当が出るからでしょうか」

山崎がいうと、確かにと皆が頷いた。

土肥が口を挟んだ。

「正太郎のいうことはもっともだ。幕府は捨て扶持をおれたちに与えているのだろうけどなぁ。ここまで気前がいいと気味が悪い」

「捨て扶持とは卑屈な物言いだ。彰義隊は期待されているのだぞ」

皆が、びくりとして顔を上げた。土肥は慌てて身を起こした。天野だ。その後ろにはいつか見た若い隊士もいた。常に天野について回っているのだろう。

「楽にしろ、楽に。お、饅頭か」

天野は口元を綻ばせ、腰を折ると饅頭をひとつ手にし、懐紙で包むと懐に入れた。

「見廻りは夜か？」

「はい、私とこの三人。それから上原が加わります」

土肥が応えると、天野は満足そうに頷いた。

「上原がいればまず安心だが、夜陰に紛れ悪さをする者どもは後を絶たん。気をつけろよ」

それから、待たせたな、と天野はおもむろに座敷を見回した。百名ほどの隊士の眼が天野に向けられた。

「四月三日に寛永寺に移ることになった。渋沢どのから正式な通達があろうが、取り急ぎ、ここにおらぬ隊士にも伝えてくれ」

天野はそういうと、太い眉をいきなりひそめ、身を翻した。

「正太郎、天野さまは少し、厳しいお顔をしていなかったか？」

勝美は、山崎に訊ねた。

「うーん、いつもとお変わりないように思えましたけど」

「そうか、気のせいか」

勝美は天野の広い背を見送った。若い隊士たちも天野を追って、座敷を後にした。


四月三日。各自の荷物などはわずかだが、武器や隊旗、隊服などを載せた大八車が数十台、幾往復もした。各隊ごとに決められた子院に荷を運び込む。夜までには滞りなく移ることが出来たが、その日は疲れがどっと出て、知らぬ間に眠ってしまった。

翌日。上原の声で飛び起きた。

「動いたぞ」

東征大総督府と徳川家との間で、すべての条件を受諾、合意に至り、丸毛が予想した通り、総攻撃は中止され、西郷ら新政府軍は江戸城に入った。

軍艦引き渡しについて海軍は、拒否の姿勢を貫くという事態が起きたが、それ以外は粛々と進められた。

九日には静寛院宮が清水屋敷へ、その翌日に天璋院が一橋屋敷に、そして、十一日。

慶喜は寛永寺を出て、水戸へ退去となった。

早朝、遊撃隊ら幕臣二百名を護衛につけ、渋沢と彰義隊隊士、そして新門辰五郎がそれに付き従う。慶喜は小倉袴に黒木綿の羽織姿で、二ヶ月間の謹慎の地となった寛永寺大慈院を振り仰ぎ、無言で別れを告げた。

日光街道を行き、千住大橋に至る。

徳川家康が入府して以降、大川に最初に架けられた橋だった。ここを徳川最後の将軍が渡ることになった。

元将軍を見送る江戸の庶民は、地に伏して咽び泣いた。

おいたわしや、と老婆が呟く。

静かに行列は進んだ。

朝敵の汚名を着せられたまま、最後の徳川将軍は江戸を去る。

慶喜が立ち退いた寛永寺に彰義隊が残る意味はないのではないかと、勝美は久しぶりに赤坂溜池の川越藩上屋敷内の実家の夜具に潜り込みながら考えていた。

渋沢は松戸まで供をし、寛永寺に戻って来た。以降、ひどく消沈する様子が見て取れた。その胸には、おそらく無念の二字が刻まれているものと、彰義隊の誰もが感じていた。

しかも渋沢は、寛永寺でなく、数名の隊士とともに谷中の天王寺に身を置いていた。

洩れ聞こえてきたのは、渋沢が別隊結成と、軍資金集めに奔走していたという風評があり、その真偽が明らかになるまで幹部により、天王寺に留め置かれたという話だ。

どこから湧いた話か、にわかに信じられなかった。

ただ、慶喜が水戸へ発ってから、渋沢の中の揺らぎが見え隠れし始めたのは確かだ。

寛永寺を詰所に望んでいたのは、慶喜が謹慎していたからであり、その主が退去した今となっては、彰義隊存続の意義は失われたと、渋沢は考えているという噂もあった。

夜半、雨が降り出した。屋根を静かに叩く音を聞きながら、ようやくまどろみかけたとき、ガタリ、と、大きな音がして、飛び起きた。裏だ。勝美は大刀を手にして、寝間から出た。まさか、大名屋敷に忍び込む賊はいまいと思いつつ、勝美は暗闇に慣れた眼で、台所へと足音を忍ばせた。足先がわずかに震えているのを感じた。

カタン、と再び音がした。勝美の総身がぞわりと粟立つ。

「誰か」

勝美が声を張ると、闇の中から「いたのか」と探るような声がした。眼を凝らすと、確かに要太郎だ。が、その姿を見て、再び震え上がった。

雨に当たり乱れたいく筋もの髪の間から白目が浮いて見えた。要太郎の荒い息が聞こえ、両肩が激しく上下していた。なにより、暗闇に抜身の白刃が光を放っている。

「兄上」

「見廻りから戻ったのだ」

「お怪我は、お怪我はありませんか」

「おれをなんだと思っているのだ。腰抜けに心配されたくはないわ、どけ」

要太郎は履き物を脱ぎ捨て、ぜいぜい、と苦しげな呼吸を繰り返しながら、勝美を押し退け自室へと向かう。

どこかから走って来たのは明白だ。見廻りで賊と刃を交えたのか。彰義隊の仲間は一緒ではないのか。

翌朝になっても兄は起きてこなかった。

母に訊ねると、「お役目で疲れているといっておりましたよ」と、さして心配するほどでもないという口調だった。

勝美は朝餉《あさげ》を取ると、要太郎に声は掛けず、寛永寺へと向かった。

黒門に至るところで、土肥に呼び止められた。

「昨夜、渋沢さまが襲われたぞ。詰所は大騒ぎだ」

え？　勝美は呆然として、その場に佇んだ。

聞けば、渋沢は、平九郎とともに夜の見廻りから戻る道すがら、寺の門前に潜んでいた者にいきなり斬りかかられたという。賊は四名。渋沢も平九郎も神道無念流の遣い手だ。斬り合いは壮絶を極めただろう。

その騒ぎに気づいた天王寺に詰めていた隊士が加勢して、事なきを得たというが、渋沢も平九郎も浅手を負ったらしい。

ふたりの所在は知れないという。詰所ではすぐさま賊の探索に当たるため隊士を募っているという。

「実はな、少し前に、平九郎どのの住まいにも賊が押し入ったらしい。その折、頭取も一緒にいたそうだが、ふたり揃って逃げたという。町家での斬り合いは避けたのだろうな。その一件は、幹部しか知らないが、水面下での探索はしていたらしい。が、此度は傷を負わされたことと数名の隊士が助けに入ったことで、隠し通すのは無理と判断したのだろう」

「それは同じ賊だったのでしょうか」

勝美はそう訊ねながらも、懸念していたことが最悪の形になって表れたのではないか、と感じた。

「わからん。頭取に加勢した隊士たちの話では、灯りもなかった上に、皆、覆面をしていたため、面貌は確かめられなかったという。ただ四名の侍であることだけは間違いない。今、詰所では賊捜しに躍起になっている。むろん、隊士も含めてだ。昨夜、どこにいたか聞き取りが行われている」

勝美はぶるりと身を震わせた。

「隊士の中に賊がいると、土肥さんもお思いですか？」

土肥が呆れたような顔をした。

「間抜けなことを訊くな。ただの食い詰め浪人が、平九郎どのの住まいに押し入るか？　わざわざ頭取がいる日を狙って、だ。それは偶然ではなかろう。それとて、頭取が平九郎どのの家にいることをなぜ知り得たのか」

「渋沢さまへの襲撃はやはりあの噂のせいでしょうか？」

「天王寺におられる理由か。真偽は別にして、裏切り者だと過激な行動に走る者はおるだろうな」

丸毛の顔が浮かぶ。副頭取の天野の見張り役だといっていたが、その賊のことも知っているのだろうか。

「丸毛さんは？」

勝美は思わずその名を口走っていた。

「丸毛くん？　確かに、副頭取と仲がよさそうではあるが。今日は姿を見せていないな」

土肥は一旦、言葉を切ってから、再び口を開いた。

「これはあくまでも噂の域を出ぬが、天野さまが命じたのではないかと。実際、詰所内は渋沢派、天野派で真っ二つになっている。が、隊士ではない丸毛くんなら、渋沢頭取もあまり警戒せぬかもしれんな」

それは違います、と勝美は慌てて否定した。

「丸毛さんは、大坂城で渋沢さまと会っています――天野さまに会う前にです。ですから、渋沢さまを襲うようなことは断じてありません」

「へえ、そうなのか。まあ冗談だよ。丸毛くんが頭取を斬る理由はどこにもない」

「だとしても酷すぎますよ、土肥さん」

そうはいったが、丸毛が天野の見張り役だと、土肥にはいえなかった。

天野の取り巻きの若い隊士たちが、天野の命令で動くことは十分考えられる。いや、命じられるまでもなく渋沢を排除しようと行動を起こしても不思議はない。

丸毛なら、そうした一団がいることを把握しているかもしれない。

「丸毛さんは隊士ではないので、渋沢さまも天野さまも気を許して話すことがあるやもしれません。我々には伝わって来ない心情など」

「なるほど。それはあり得るな。丸毛くんが来るかはわからんが、各隊の隊長にもそれとなく伝えておこう。で、お前は昨夜、どこにいた？」

土肥がじろりと眼を向ける。

「私を疑うんですか？」

「隊ごとに、隊長、副長、伍長が聞き取りをしているから、嫌でも訊かれる。念のためだ。なにもなければ、素直に応えればいい」

土肥は真顔だった。

「昨夜は家に帰りました。父母と食事をともにしておりますし、早めに休んで――」

勝美はそこで言葉を呑み込んだ。なぜ、思い出さなかったのか。

あれは何刻であったろう。雨が降り出してからまもなくだ。兄の要太郎が外から戻って来た。

乱れた髪、荒い息。暗闇に光った白刃――。

雨に濡れた兄の全身からぴりぴりとした気が放たれていた。

抑えきれないまま、殺気の残りが洩れ出していたのか。

いや、あり得ぬ、と勝美は心の内で叫んだ。

要太郎は、詰所で平九郎と酒を酌み交わし、談笑していたではないか。剣術談義に花を咲かせ、笑い声を上げていたではないか……。兄が、頭取を、平九郎を狙うはずがない。

「どうした、勝美」

土肥が訝しむ。

「い、いいえ、なんでもありません。土肥さんは、これからどちらに？」

「おっと、もう行かねば。上原が昨日からこちらに姿を見せていないんでな。呼びに行くところだ」

「上原さんに嫌疑がかかっているのですか？」

「なに、上原が刺客であれば、頭取は確実に殺されているよ」

身を翻した土肥が振り向き、歯を覗かせた。

土肥の姿が小さくなるのを見計らって、勝美は踵を返した。屋敷に戻り、要太郎を質さねば、と思った。まことに兄が渋沢を襲った賊だとしたら、彰義隊から追われるのは必至だ。

しかし、短慮な兄ではない。彰義隊の前身である尊王恭順有志会に勝美を引き入れたのも要太郎だ。朝敵の汚名を着せられた徳川の危急を救う、その一念をもって入隊した。

勝美には、苦手な兄ではあるが、もともとの性質が真っ直ぐすぎるのだ。自らを律し、義を貫く、武士とはかくあるべきという思いを持っている男だ。彰義隊頭取を襲うなどという愚行に加担するとは思えない。

そのような真似をすれば、彰義隊は分裂する。

けれど。

平九郎とともにいたのは渋沢の行動を探るためだったとしたら。

勝美は、背に冷たいものが流れるのを感じた。

上野、下谷広小路は変わらず往来が激しい。が、かつてのようなゆったりとした華やかさはなく、どこか殺伐とした忙しなさを感じる。不安が拭い切れない。

江戸の庶民の自慢は、富士山と日本橋、そして将軍がおわす江戸城だ。その城が薩長の手に落ち、元将軍は江戸を去った。その落胆と薩長への怒りは、行き場のない憂慮となっているに違いない。戦禍を免れたといっても、薩長率いる東征軍に囲まれているという恐怖からも逃れられない。

勝美は足を速めた。初夏の強い陽射しに、思わず眼を細める。

天王寺に戻っていないとなると、負傷した渋沢はどこに身を隠しているのだろうか。

彰義隊が内部から崩れて行く。

渋沢成一郎、天野八郎という両頭が並び立つのは不可能だったのか。

もし、このままふたつに分かれたとしたら、どちらに従う？　どちらにつく？　勝美の胸中は乱れた。

歩を進めながら、三日前の会合を思い返した。

渋沢は、

「今後、東征軍と衝突した場合、寛永寺は小高い地で広さはあっても、包囲されれば身動きが取れなくなるという不利な地であり、さらに江戸市中を巻き込むことになれば、多大な犠牲が出る。別の地に移ることを考えるべきだ」

と、強く発言した。慶喜の身を守る必要がなくなった今、寛永寺にこだわる必要がないということだ。

当然、天野はそれに反論した。

天野に追従する隊士たちも同様だった。

「寛永寺に彰義隊がいるからこそ、薩長も下手に手出しが出来ない」

と、天野が彼らの意を汲んで発言した。

ここ数日、白金に駐屯している薩摩藩士らと彰義隊とで、小競り合いが起きていた。たまたま町場に遊興に出ていた隊士との睨み合いから、どちらが先に罵ったか、柄に手をかけたか、まるで童の喧嘩騒ぎのようなものだが、勝者、敗者の明暗がくっきりと出ているため、これみよがしに錦切《きんぎ》れを着けた肩をいからす薩摩兵に、彰義隊隊士のほうがいきり立つ。すわ、斬り合いかという場面がいくつもあった。

「上原は白金へは行くなよ」

天野は軽口をいって、ぴりぴりした座を和ませる。確かに上原であれば、いとも容易く相手を斬り伏せる。とはいえ、それが火種となって、戦となることもあり得るのだ。

「薩長の田舎者らが、色里に繰り出して勝手をしているという話も聞く。庶民が難儀をすれば、市中取締を命じられている我らが、それを収めに出張るのは当然であろう？　それでも頭取は江戸を出ると申されるのか？　江戸の守りを任された我らがここを離れるわけには参らんではないか。なあ、皆もそう思うであろう」

天野の言葉にほとんどの隊士が賛同する。

「天野どの。此度の開城に得心していない幕臣も多い。新政府側とて徳川の処分が手緩いと考える軍部の者もいる。我らは砦となるべきであって、徳川を叩くための理由になってはならぬのだ」

渋沢が、横に座す天野を睨めつけた。これまでに見せたことのない荒々しい眼だった。

「貴殿は、徳川を灰にするつもりか」

その低い声に、誰もが息を呑んだ。

天野は押し黙り、渋沢と視線を交えた。

大広間は静まり、衣擦れひとつ聞こえない。張り詰めたその気に当てられたのか、斜め前に座っていた山崎が一瞬、気を失った。

「おい、正太郎。しっかりしろ」

土肥の声で、皆の緊張が解けた。

「隊士諸君、拙速に進めることではないゆえ、幹部、各隊隊長とで熟慮した上で、あらためて諸君に問う。それまでは、見廻りを怠りなく務めてくれ。ただ、新政府軍との接触は出来るだけ避けるよう、お願いする」

尾高惇忠が頭を下げ、散会した。

あの折、確かに、要太郎の姿は平九郎の隣にあった。隊士たちが大広間を出て行く際にも何事か話をしながら連れ立って行った。時折笑みも見せていた。

屋敷に戻ったが、兄の姿はなかった。

玄関先で、行先を母に訊ねるも、お役があるからとそれだけいって出て行ったと応えた。

これは行き違いになったか、と勝美は踵を返したが、

「お待ちなさい、勝美」

と、母に止められた。

訝しむ勝美に向かって、母が眉をひそめて、口を開いた。

「この頃の情勢はわたくしの耳にも入ってきております。父上も母もあなたたち兄弟が彰義隊にいることを誇りに思っております。いいですか、勝美。要太郎は小山家の嫡男。非力なあなたには荷がかちましょうが、兄を助けるのは弟の役目ですからね」

それほど、嫡男が大事ならば縛り上げて屋敷に留め置けばいいものを、と母に対して苛立ちを覚えた。いまさら、念押しのようにいわれても困る。いつもの嫡男贔屓《びいき》だと聞き流そうと思った。が、母の視線に落ち着きがない。兄からなにかしら感じ取ったのではないかと思い直した。

「母上、今朝の兄上は変わりなかったですか？　それとも違っておりましたか？　昨夜は雨に濡れて戻ったようですし」

勝美は探るように母を見つめた。

「いいえ。ですが、見廻りの際、小袖の袖を斬られたと。市中には乱暴者が多く出没しているという話でしたので、わたくしたちにも陽が落ちたら外出は控えるよう、いい置いて出て行き

ました――」

「それ以外には何もなかったと？　お教えください。母上なら兄上の様子に感づいたはずです。母親ならば、子の変化を感じ取れるはずだ」

勝美が語尾を荒らげ、母に詰め寄ったときだ。

廊下を踏み鳴らし、父が現れた。

「何を騒いでおる。お前は寛永寺に行ったのではなかったのか。なぜまた戻った。要太郎はおらん。さっさと詰所へ行け」

父の顔には血が上っていた。

何かあったのだ。勝美は険しい顔で自分を見下ろす父を仰ぎ見た。

「なんだ、その眼は。武芸も学問も出来ぬ厄介者の役立たずなのだ。兄の立場を悪くするな、いいか。お前の意志などどうでもよい。要太郎を守れ」

母が背を向けた。肩が震えている。泣いているのか。

勝美は小さく息を吐き、ひとまずこの状況を把握するよう努めた。父と母はきっと何かを知っている。気づいている。

「寛永寺に向かいましたら隊士の方より、渋沢頭取が昨夜賊に襲われたと聞かされまして。兄上にこのことを告げに急ぎ戻ったのですが」

むっと父が眼をすがめ、顎を引いた。

「それは大事ではないか。しかし、渋沢という御仁はお上の信任が厚い人物ではあるが、いささか覇気に欠けるようだな」

「それは、兄上がおっしゃったのですか？」

「いや、巷《ちまた》での風評だ。それに比べ天野副頭取は行動が素早く、隊士集めにも奔走し、此度の寛永寺詰所の一件も、直談判で取り付けたそうではないか」

勝美は父を見据えた。

「そこまで詳細に話が流れているとは知りませなんだ。おっしゃる通り、渋沢頭取は旧一橋家からの幕臣――」

慶喜が将軍職に就いてからは徳川のために尽くしてきた。慶喜への恩義は言葉に尽くせないほど感じているだろう。片や天野には、慶喜に対し、そうした深い恩義はない。

ああ、と勝美は得心した。

徳川幕府瓦解に際し、武士としての意義と一分を見出した天野。

家臣として慶喜と徳川を守るという意志を貫こうとした渋沢。

ふたりの違いはそこにある。

それは似ているようだが、異なる。

どちらの思いが強いかではない。どちらが正しいかではない。どちらの思いも強く、正しい。

しかし、どちらが彰義隊を率いるにふさわしいかと、隊士に問えば、今はおそらく多数が天野を選ぶに違いない。

「父上。兄上は、渋沢頭取を襲った賊のひとりですね」

父の顔色がにわかに変わった。三和土《たたき》に下り立つやいなや、握った拳が飛んできた。勝美は不意を突かれ、その衝撃に身を仰《の》け反《ぞ》らせ、倒れ込んだ。

「お前さま！　なにをなさいます」

母が叫んで、勝美の身を庇う。口中が錆臭い。切れたか。

「要太郎は武士として己の考えのままに動いた。それだけだ。お前のような腑抜けに出来ることではない。彰義隊のためだ」

頰が痛みで痺れる。ゆっくりと上体を起こした勝美は頰を押さえる。うまく口が開かないが、気を振り絞った。

「私は確かに兄上に連れられ、彰義隊に入りました。なんのためであるのかまったくわからずにおりました。命を懸けるなど、この泰平の世においてあり得ないと」

「世迷言を吐かすな！　町絵師に画など習っておるから、世の動きがわからぬのだ」

父が怒声を上げた。

「江戸は火の海にはならなかった。代わりに江戸城は薩長の手に落ち、お上は水戸へお発ちになった。その上、薩長率いる新政府軍はすでに江戸にいる。これは、異常な事態なのです」

「それが戦であろうが。勝った者に支配され、監視されても致し方ない」

「私は、絵筆を取り戻すために彰義隊におります。小銃も刀も持てない人々が再び安心出来るように。生まれたばかりの赤ん坊が健やかに育つように。我ら武士は、己の意地を通すだけのものではないと私は思っておりますゆえ」

「生意気な」

ともかく、お前は兄を守れ、といい放つと父は廊下を戻って行った。

「大事ないですか？　冷やしますか」

母が心配げに覗き込んできた。勝美はのろのろと立ち上がる。乱れた袴を直しながら、口を開いた。鈍い痛みがある。

「少し痛みますが大丈夫です。母上、兄上はやはり」

勝美が問うと、母はつっと唇を噛み締めた。

「あの要太郎がひどく怯えていたので、問い質したのです。それで……」

「誰かに命じられたとはいっていませんでしたか?」

母は静かに首を横に振る。

「要太郎は浅はかではありません。あくまでも自分の一存であったといっていました。母はそれを信じます。でもその相手が、まさか」

途切れ途切れに、言葉を継いだ。父も母も兄を溺愛している。両親の歳がいってから誕生した男児ということと、赤子の頃、麻疹《はしか》で死にかけたことが、過剰な愛情を注ぐ原因になったのだろうと勝美は感じている。

二年後に生まれた勝美など、まさに嫡男の控えだった。小山家の中心は要太郎であって勝美は常に付属品のように扱われた。食事も衣装も、寝具まで差をつけられた。そんな両親を見ていれば、当然、要太郎も勝美を見下すようになる。もともとの資質か努力かはわからないが、感心するのは、両親の思い描く、理想通りの息子に要太郎が育ったことだ。

その兄が怯えを母に見せたというのは驚きだった。

渋沢の名を出さないまでも、彰義隊の重要な人物を襲ったことを匂わせたのだろう。

おそらく真剣を人に向けることなど、ついぞなかったであろうし、ましてや頭取襲撃などという大罪を犯したのだから、慄き身が凍えてしまったに違いない。

結句、討ち果たすことが出来なかった。追及は厳しくなる。

勝美は屋敷を出て、再び寛永寺に向かった。

歩きながら、なぜか笑みがこぼれた。頭取を襲ったことを愚かな真似だと、思っていても。

あの兄が、怯えていたとは。

初めて、兄の弱さに触れた。それが、なぜか嬉しかった。

渋沢は寛永寺にも、天王寺にも姿を見せなかった。平九郎も同様だ。賊の探索はいまも引き続き進められていたが、どこかおざなりだった。渋沢と縁戚である尾高も行方は知らないという。

数日、渋沢の加勢に入った隊士が不満を唱え、「頭取暗殺を企てた者らを捜し出し、粛清すべし」と息巻いていたが、

「襲われた当人が雲隠れしている。傷が癒えれば姿を見せるだろうて」

と、天野に黙らされた。

勝美の心配は要太郎だった。屋敷にも寛永寺にも顔を出さない。両親にはそれを告げてはいないが、このまま彰義隊を脱走するのではないかと危惧していた。一体、どこにいるのか。勝美は見廻りの合間をぬって、川越藩士はむろんのこと、剣術道場時代の仲間を訪ねて、それとなく兄のことを訊ねた。皆、ご活躍で、ご息災でという返答ばかりで、匿《かくま》っているふうではなかった。

ただ、見廻りにいないのであるから、隊長には不審がられる。少々、体調が思わしくなく、

と誤魔化していたが、それもいつまで通用するか不安だった。

兄弟であることで信用されているのだろうが、後ろめたさがあった。一刻も早く、捜し出さねば、そう思っていた。その身がどうなろうとも、罪を犯した事実は変わりようがないのだ。隠れおおせるはずがない。

江戸はかろうじて戦禍を免れたが、開城に不満を持つ幕府軍のうち、陸軍は下総へ、海軍は房州へ向かった。さらに宇都宮でも火蓋が切られようとしていた。

聞こえてくる話では、会津松平家と江戸市中取締役を担っていた出羽庄内酒井家が同盟を結び、新政府軍と徹底抗戦する構えだという。奥羽列藩の動静も気にかかる。このままでは大きな戦になるかもしれない。

彰義隊とて、転戦する可能性だってある。

渋沢は、寛永寺を出て、各地に散らばった幕府軍と合流して、新政府軍と一戦交えることを考えているように思えた。だとすれば、なおさら江戸にこだわることはない。徳川の臣として、いまだ新政府を受け入れ難い諸藩の援軍に立とうとしているような気がした。

恭順を貫く慶喜の臣として矛盾を抱えながら、渋沢は苦悩の真っ只中にいる。

渋沢が見誤ったのは、異常なほど増えた隊士だ。

食い詰めた旗本、御家人、その次男三男といった武功目当て、取り立て目当ての者たちが彰義隊人気にあやかろうと参集し、果ては、力自慢、腕自慢、血気に逸る町人までがわらわら集って来た。悪くいえば、有象無象。もはや隊の統率など取れるはずもない。

寛永寺の境内を見ればそれがよくわかる。勝美のような尊王恭順有志会から参加している者と、真面目に訓練に励む一団は、元一橋家や幕臣、若い隊士。昼から酒を呑み、博打に興じるのは、幕府歩兵として志願した町人らや浪人。あとは小藩からの脱藩者らの集まり。

むろん、徳川の恩義に報いるため、という思いを持った者もいるが、彰義隊が江戸で認知され、もてはやされるのをいいことに、町場でみかじめ料を取り、呑み食いも勝手放題の輩がいることは確かだ。いまは行く末に不安を覚える庶民から苦情が出ずとも、いずれはその振る舞いが仇となるかもしれない。

彰義隊が市中の悪党を取締まり、薩長の横暴を食い止めているという功績があるが、度を越せば、やがて徳川への悪評となり得る。

彰義隊結成の折、大慈院で謹慎中の慶喜と対面した渋沢は、自分が必ず隊を監督すると約定を交わした。

それが渋沢ひとりではもはや叶わなくなっているほど、彰義隊は膨れ上がってしまったのだ。戦になるかもわからない今、隊は弛緩している。

彰義隊の意義を渋沢が疑い、見失っているように、勝美には思えた。

その心の迷いが、一部の隊士には許し難かったとしても、暗殺未遂などという形にまでなるとは、思いも寄らなかった。

四月の半ばに入り、夜も単衣《ひとえ》で十分なほど陽気がよくなった。

寛永寺の境内では、入隊したての庶民たちが、剣術と小銃の稽古をする威勢のよい声が聞こえてくる。渋沢を襲撃した賊の手掛かりは一向に摑めずにいた。というより、天野の指示で捜索はほとんどなされていないという話もあった。それに反発している渋沢派の者たちは、密かに渋沢の行方と賊を捜し回っている。

勝美は勝美で、天野と顔を合わせることを極力避けていた。

庭に面した大広間の縁側に明るい陽が注がれている。

「砲術の稽古には行かんのか？　正太郎と上原は行ったようだが」

さる大店から届けられた菓子を口に運びながら、土肥がいった。

「土肥さんこそ、行かないのですか？」

勝美は広間にいる隊士の似顔をこっそりと画帖に描き留めている。土肥や山崎はむろん、名も知らぬ隊士たちだ。様々な表情を素早く描くのは、動かぬ草木よりもやはり難しい。以前、芳近から、見たものを一旦頭に焼き付け、眼に飛び込んできた一番印象に残った部分を大袈裟に描けばいい、と教えられたが、いうは易しだ。

「東の間の休息だ。東征軍の動きも特段ないしなぁ。ただ、ふたりの和解はなさそうだな」

天野と渋沢のことだ。

「それがもっとも難題でしょう。彰義隊がなくなるかもしれない」

勝美は筆を止めて、土肥に顔を向けた。

「もはや、修復は不可能だろうよ。けど、おれは困る。こんな時世だからな、幇間の仕事も減った。東征軍の奴らの宴になんぞ、死んでも出たくないしな。なにより、おれにとって、ここが居場所になっちまってるからなぁ、ははは」

土肥が屈託なく笑った。

居場所か。土肥のさりげない言葉が勝美の胸に刺さる。自分も同様だと思った。土肥や小島、上原、山崎らと知り合い、見廻りに出て、詰所で雑談することが日常になっている。たったひと月半ほどの付き合いであるのに、ともにいることが当たり前になろうとしている。知らぬうちに、自藩より彰義隊が自分のいるべき場所になった。

けれど、このまま、うららかな陽射しを浴びていられるはずもないのは、わかっている。それは、たぶん土肥も同じだろう。

「そういや、最近、絵師が入隊したって話があるぜ。勝美のように、しょっちゅう皆を描いてるそうだ。会ってみたらどうだい？」

「私などほんの手慰みですからね、名乗りを上げるのは気恥ずかしいです」

「そんなもんかねえ」

土肥は笑って、菓子を口に放り込んだ。

絵師か。まさか芳近師匠ではないだろう。あれだけ、戦を憎んでいるのだ。

「そういや、この頃、下谷の写真館がなかなか人気らしいぞ。上原が行ったという話だ」

「上原さんは美丈夫ですから、お姿を残すのもいいでしょうねえ」

「なんだよ、おれみたいなご面相じゃ写真に残すなってことか？」

土肥が唇を火男のように突き出し、菓子を投げつけてきた。

「そういう意味じゃありませんよ。菓子がもったいない。やめてください」

「うるせえや」

その夜、いつものように、土肥、上原、山崎と、下谷広小路から神田周辺の見廻りに出た。すでに町木戸は閉じられていたが、彰義隊の提灯を掲げれば、木戸番の親爺がすぐさま飛んできて開けてくれる。

人通りはほとんどない。時折、痩せた野良犬とすれ違うだけだ。山崎が、「義」と記された提灯を提げていた。

昌平橋の袂で左に折れ、火除け地を進む。

空には雲がかかり、月明かりは望めない。星々も隠れている。

和泉橋に差し掛かる手前で、不意に人影が現れた。

上原が身構え、鍔に指を掛けた。

相手は、ひとりだ。「照らせ」と、土肥が囁くと、山崎が提灯を掲げた。

「上原、よしてくれ。私だ私だ」

天野だ。ぼんやりとした灯りに笑窪が浮いて見えた。上原が、鍔から指を離す。

「脅かさないでくださいよ。こんな夜更けにどこにいらっしゃるおつもりですか？」

土肥が肩から力を抜いた。

「すまぬ。寛永寺に戻るつもりであった。そのな、ちょいと仲のいい芸妓がこのあたりにいるのだが、帰れと追い出されてな」

天野は酒が入っているのか、上機嫌だった。

「ああ、そいつはお気の毒に。それでは、一緒に見廻りと洒落込みますか？　副頭取」

「そりゃ乙なもんだな。色気がねえ、野郎どもばかりだが」

「それは、こっちも同じでござんすよ。副頭取と一緒じゃ怠けることが出来ません」

そりゃ違いねえな、と天野は土肥の軽妙な語りに乗せられるように、おどけて額を打った。

天野とともに見廻りをするのは、二度目だ。

山崎は緊張で、提灯を提げる手が震えている。

「なにも取って食うわけじゃない。気楽に気楽に。お前のような若者が大勢、この隊にはいる。まだまだ武士も捨てたもんじゃないと、私は嬉しく思っているよ」

山崎は天野から声を掛けられ、一層萎縮して、ぎこちなく頷くだけだった。

「多くの武士が働く場所を失った。誇りも気概もすべてだ。だが危急のときこそ、我らが立ち上がらねばならん。私はな」

と、天野が大刀を腰から浮かせて、鍔を山崎に向けた。

「何が彫られていると思う？　灯りを近づけてみろ」

山崎が提灯とともに顔を寄せた。

「将棋の駒ですか？　香車、とありますが」

うん、と大きく天野が首肯した。

「将棋は知っておるだろう？　香車はどう指す？　勝美」

突然、問われ、口籠りながらも「前へ進める駒です」と答えた。

「そうだ。香車は前へ前へと進む。将棋の駒の中でもっとも好きなのが香車だ。ただ一直線、前だけを見て進む。私もそうありたいと思っている。この先、彰義隊がどうなるか、徳川がどうなるか、誰にもその行方はわからん。しかし、己の意志だけは曲げげん。ただひとりの力ではたかが知れようが、私には千の力があると思えば、さらに突き進もうと身を奮い立たせることが出来る」

千の力というのは、隊士のことを指しているのだろう。

「そう、お前もだ。徳川を支え、担う若い力だ」

天野は山崎に向けて、微笑んだ。山崎は、ぼうっと天野を見上げる。

すっと、土肥が勝美に身を寄せ、

「正太郎が、天野節に取り込まれたぞ」

小声でいった。

「土肥さん、天野さまは直心影流を修めておりますよ」

上原がぼそりといって、にっと歯を見せた。土肥が、ふんと鼻を鳴らした。

路地に深酒した男がひとり、寝汚《いぎたな》くいたのを叩き起こしたくらいで、物騒なこともなく見廻りを終えた。すでに丑三つ時近いだろうが、星も月もない夜だと、わかりにくい。

あとは寛永寺に戻り、夜食を食べ、休むだけだ。

勝美は天野と眼を合わせず、ただ黙して歩いた。兄を導いたのは、天野だと思っている。怒りはある。だが、副頭取に何がいえようか。

再び、下谷広小路に戻って来たとき、天野に呼ばれた。ぎゅっと心の臓をわしづかみされたような恐怖があった。

天野はゆっくりと歩を進める。勝美もその歩調に合わせた。前を行く三人と、三間ほど距離が出来たとき、

「要太郎に悪いようにはせん、と伝えろ」

天野の冷ややかな声に、肝が冷えた。生温かいはずの初夏の風が寒風に変わった。

「――しかし、兄は」

ようやくそれだけを口にした。

「私が調べさせた。お前の兄は、麴町の蕎麦屋に匿われている」

耳を疑った。坂道で荷を引くのに難儀していた、あの一家のもとにいるというのか。

「迎えに行ってやれ。私が出向くのは差し障りがあるからな。何も心配することはない。戻って来いと」

やはり、天野が命じたのだ。

そのとき、地面を蹴る足音とともに、

「天野さま！」

上原が叫んだ。

どこぞに潜んでいたのか、黒装束の一団が駆け寄って来た。

むっと、天野が身構え、鯉口を切った。勝美も遅れて、鍔を押し上げる。

山崎の弱々しい声がして、提灯が地面に落ち、あっという間に燃え上がる。キン、と甲高い音がしたと同時に、悲鳴が上がった。

「ああ」

勝美は刀を正眼に構えた。震えが止まらない。

止まれ、止まれ。力を込めれば込めるほど、ぶるぶると刃先が小刻みに揺れる。

暗闇の中での斬り合いなど無理だ。相手は闇に潜んで眼を慣らしていたに違いない。

「勝美、後ろだ」

天野の声に、はっと我に返った勝美は身を翻して、賊の一刀を受け止めた。相手の息が顔にかかる。荒い。きっと斬り合いなどしたことがない者たちだろう。

それは、私も同じだ。

白刃が闇の中で交差し、火花が散るのが見えた。

横一閃。天野の太刀か。剣気が満ちる。場の空気が一変する。

怖い。怖い。

ぎりぎりと相手は刀身に体重をかけてくる。力負けして諦めれば、真っ二つだ。

む、ふ、と唇から洩れる息と、地面を蹴る音がする。斬り合いというのは、静かなものなのか。そんなはずはない。ああ、身体が仰け反る。耐え切れない。

「ぐ」と、奇妙な声がして、相手の力が急に緩んだ。

どしゃりと音を立てて、相手が地面に突っ伏す。

「よく耐えた。背を切り裂くのは本意ではありませんでしたが、助けるためです。仕方がない」

血飛沫を浴びた上原が立っていた。勝美は急激に力が抜けて、座り込んだ。

その刹那、別の者が天野に斬りかかる。上原は舌打ちをして、天野の前に飛び出した。

「助太刀無用」

天野が声を張ったが、上原は、上段から振り下ろされる太刀を、腰を落としてかわした。

「殺すな！」

上原は、天野の命に素早く刃を返し、腿の間に突き入れた。

絶叫が広小路に響き渡った。

「退くぞ」

残った二名が抜身のまま、走り去る。

地面に転がっているのは三人。ふたりは絶命しているが、腿を突かれた者は痛みに転げ回っている。

土肥が荒い息を吐きながら刀を納め、骸を探り始める。勝美は柄を握った指が固まっていた。

「これでは、鞘に戻せぬな。暫し待て」

上原は、転げ回る者の傍らに膝を落とした。

「暴れると、血が大量に流れて死ぬぞ。内腿には太い血の管が通っているからな」

ひっと、怯えた眼で上原を仰ぎ見ると、静かになった。

「すぐに血止めをすれば、助かるやもしれんが。天野さま、どういたしますか？」

勝美はようやく指を剝がし、刀を打ち捨てると、斬られた者に駆け寄った。懐紙を取り出し、腿の内側に当て、強く押さえた。

「勝美さん、天野さまは血止めをしろとはいっておりませんよ」

上原が呆れたような口調でいった。人の命が懸かっているのに呆れ口調か。上原の底なしの怖さを感じた。

「放っておけば死ぬのでしょう？　何か聞き出すのならば生かして、話を聞くべきです」

勝美がいうや、

「渋沢さまと天王寺にいた者だ。先日の襲撃のときに加勢した隊士だろう。顔に見覚えがある」

亡骸の面体を確かめた土肥が勝美に手拭いを差し出した。

「副頭取、二体の骸はもうしょうがねえけど、じわじわ死んで行くのを眺めているのは、寝覚めが悪いですよ。助けてやっちゃくれませんかね。こいつまだ若そうだし。それに、広小路で、彰義隊同士の斬り合いがあったなんて知られるのもよくないと思いますよ」

天野は、息を吐き、

「正太郎はどこだ」

と、首を回した。山崎が、天水桶の陰から、ここにおります、と這うように出て来た。

「隠れておったか。無事でよかった。今すぐ、寛永寺に走って、十人ほど叩き起こして連れて来い。それから、医者を呼べ」

「承知しました」

山崎は懸命に身を立て直し、駆け出した。

「渋沢さまを亡き者にし、頭取に収まろうとしているのであろうが！　彰義隊を己のものとして、江戸で戦をしようと企んでおるのだろう！　どのような利がある？　お前の好き勝手にさせれば、彰義隊も江戸も全滅だ」

若い隊士が喚き、暴れ出した。

勝美が傷を手拭いで縛り上げたが、鮮血が溢れ出てくる。

「もう、黙ってください。このまま血が流れ続ければ命を落とします」

「構うものか。貴様は、彰義隊を地獄に導く者だ！　百姓の小倅が、武士を気取りおって。旗本だと？　笑わせるな」

暗闇の中で、天野の眼が光った。

「それは渋沢どのも同じ。だが、その武士が何をした。何が出来たというのだ。徳川の危急に際し、旗本も御家人も、あたふたと騒ぐだけだったではないか。彰義隊も同じだ。我ら百姓の出のふたりが動かなければ、貴様らは薩長に震え、ひれ伏すだけだった。ただ悔しい、残念と嘆くばかりだったのではないか？　薩長同様、忠も義も忘れ、武士の誇りすらなくした貴様らにいわれたくはないわ！　我らふたりは、お主らよりも国を憂え、徳川の存続を願っている。亡国の士は、薩長だけか？　貴様ら徳川の家臣も腑抜けた者どもだ」

天野は腰を上げ、

「渋沢の心情に、貴様ら直参が及ぶものではない。勝美、上原、土肥、あとは任せた」

寛永寺に向かって歩き出した。

渋沢のことを庇った？　いや庇ったというのはふさわしくない。ただ、天野も渋沢も、まことは手を携えたいと思っているのではないか。

天野は、徳川の武士であることが絶対で、渋沢は主と徳川が絶対なのだ。

たぶん、ふたりはその違いにすでに気づいているのだ。それでも譲れないのだ。

刹那、若い隊士が身を起こし、脇差を抜いた。止める間もなかった。生温い飛沫が顔に飛んだ。勝美は目蓋をとっさに閉じる。

「喉をかっさばきやがった」

土肥がいった。


翌日、渋沢不在のまま会合が開かれた。

天野がすっくと立ち上がり、

「渋沢頭取は、近隣の百姓家、商家より、金品を得ていたという事実が発覚した。しめて六百両。彰義隊の軍用金として、取り立てたと報告が入っている」

集まった隊士は五百ほどだったが、誰もが驚きの表情を隠せず、動揺している。幕府からの手当だと思っていたのは実は、渋沢がそうして集めた金だったのか。

「さらに、その金子の一部は渋沢どのの懐に入っている。幕府公認部隊の彰義隊頭取が御用盗まがいの真似をして、金子を集めるなど言語道断。この所業は断罪されて然るべきものであるが、当の渋沢頭取が一向に姿を見せぬ状況では、如何《いかん》ともし難い」

天野は苦悩の表情を浮かべた。

と、廊下を走る音がして、隊士のひとりが駆け込んできた。

「どうした？　お前は、見廻りに出たばかりではないか。何かあったのか？」

幹部のひとりが問う。

「それが」

息も絶え絶えに、ごくりと生唾を呑むと、

「と、頭取が、渋沢頭取が騎馬で黒門前にいらっしゃいました。丸毛という者も一緒です」

そういい放った。

渋沢と丸毛のふたり――。

「天野さまに、ご伝言がございます。頭取を辞して、彰義隊を離脱し、新たに振武軍を結成する、と」

衝撃が走る。

すると、尾高が腰を上げ、

「では、私も、脱隊する。渋沢を口説いたのは私だ。渋沢につく」

と、大広間を出て行った。

天野はこの事態を予見していたように、大きく幾度も頷くと、いきなり笑い出した。

「そうか、振武軍というのか。そうか」

笑い続ける天野の姿は、なぜか寂しそうだった。

「おい、勝美、どうした、待て」

土肥に呼び止められたが、勝美は思わず大広間を飛び出していた。

第三章　雨と露

一

「渋沢さま！　渋沢さま！」

勝美は叫びながら、寛永寺の境内を駆け抜けた。

黒門の外に、騎馬の渋沢と、丸毛がいた。

渋沢が、「おう、小山勝美か」と、視線を下げた。

勝美は、馬の脚下に、平伏した。

「我が兄、要太郎の所業、まことにまことに申し訳ありませぬ。要太郎になりかわりまして、お詫び申し上げます」

渋沢がふっと口角を上げた。

「そうか。神道無念流の遣い手と聞いてはいたが、では、私の腕を斬り裂いたのは、お前の兄か。凄まじい斬撃ではあったが迷いがあった。人を斬ったことがないからだろうな」

ああ、と勝美は顔を上げた。

渋沢は右腕を懐に納めたまま、左手で手綱を握っていた。勝美は、声にもならない声を出した。

「なに、浅手だ、力を入れると痛むくらいだ。気にするな」

「そうですよ、勝美さん。気にすることはありません。片手でも馬を走らせることは出来ますよ。でなければ、槍は使えませんからね。矢を射るときは手綱も使いません」

馬上の丸毛がくすりと笑った。

「丸毛、ふざけたことを」

「ふざけてなどいませんよ、まことのことでしょう？　仏蘭西軍には、サーベルと短筒を用いる騎兵もおりますよ」

と、丸毛が急に真顔になる。

「とはいえ、勝美さんの兄上は渋沢さんと平九郎さんを襲った賊です。頭取に刃を向けるなど、本来ならばあってはならぬこと。どのような理由があろうと、申し開きは出来ませんが、それが天野さんの命であったなら、これはまたややこしくなります」

丸毛が淀みなくいった。

「もうよせ、丸毛。いま、我らが争ったところで益はない。どちらかが引けば済むことだ。兄に伝えておけ。一瞬でもためらえば、自分が死ぬことになる。此度は運がよかっただけだ」

渋沢が勝美を見下ろした。厳しい眼の中にも優しさがある。勝美はかしこまったままで、感極まり、目元を腕で拭う。

「兄の心配などしていただかずとも結構です。兄はしでかしたことの重さに耐えかね、怯え、慄き、身を隠しております」

「仕留め損ねたのだ。そうでなくとも、我らからの報復があるやもしれんと考えるのは当然のことだ。我らは追うつもりはない」

「それは、お許しと思うても」

「許すもなにも、私は彰義隊の頭取を辞した」

「では、新たに振武軍を結成するというのは――」

勝美は声を震わせた。

「まことだ。慶喜公がおられぬいま、私がここにいる必要はない。それより、強引な軍資金集めをしたと、天野は、私を糾弾するため手ぐすね引いて待っているかもしれんが。いずれにしろ、私は頭取ではない」

「そんなことは、決して。天野さまは、渋沢さまのことを」

昨夜、渋沢派であろう者に襲われた際、

「我らふたりは、お主らよりも国を憂え、徳川の存続を願っている」

と、天野はそういったのだ。決して渋沢を敵とみなし、邪魔者と見ているのではないと勝美は思っている。

「――まだ彰義隊という名さえなかったときだ」

天野とふたりきりで酒を呑んだと、渋沢が口を開いた。

「ともに、慶喜公をお救いしよう、朝敵の汚名を雪ごう、と義兄弟の契りを交わした。あれからもう数年を経ているような気がするが、三月にも満たぬとはな」

初夏の空を渋沢が仰ぐ。

それほどまで深く繫がっていたのだとしたら。なにゆえ、と勝美は悔しかった。たとえ命を落とそうとも立ち向かう、と互いに誓いあったのではなかったか。その糸は容易く断ち切れるものだったのか。ならば、ふたりにとって彰義隊は、なんであったのか。

至極残念だ。そう思っているのは、当人たちかもしれない。

「渋沢さま、もう一度、天野さまと手を携えることは」

愚問と知りつつ、勝美は思わず口走り、立ち上がった。

「あり得ぬな。それは無理だ」

「ですが、慶喜公のお命は救われた、徳川も改易はございませんでしょう。江戸城もいまは新政府軍の手にあるとはいえ、情勢が落ち着けば、城が返されることもあろうかと。それではいけませぬか？」

勝美がいうや、渋沢は眼を瞠った。

「なるほど、面白いことをいう。江戸城の明け渡しはあくまでも、戦意がないことの表明か。さもありなん。勝総裁なら考えそうなことだな」

「そうです。江戸は徳川の地です。まだ徳川の処分は出されておりません。移封もないかもしれない。そうなれば慶喜公が戻られることもなくはないのですよ」

丸毛が眼を見開き、呆れていった。

「江戸城が徳川に返され、再び慶喜公が江戸に戻ると？　なんともぬるい。優しい勝美さんらしい考え方だな」

丸毛が馬上で笑う。

「笑うな。小山のいうことはあながち間違ってはおらん」

渋沢がたしなめた。

「まさか、そんな都合のいいことがありますかね。僕は信じられませんよ」

実は、山岡どのから伺ったのだが、と渋沢が話し始めた。

「東征軍は江戸を手中に収めたが、市中の状況を考えてみろ」

江戸の庶民は、大人はおろか子どもに至るまで、東征軍を嫌っている。江戸っ子は、将軍さまのお膝元に住んでいるのが自慢のひとつだ。その象徴である江戸城を奪い、将軍を追い出した。京の天子さまの官軍だと名乗っていても、見ず知らずの者たちが我が物顔で入ってくれば、憤りを感じるのが人情だろう。

江戸詰めや定府の藩士であればまだしも、下級の兵士たちのほとんどが江戸の地理に暗い。従って、出歩けるのは、駐屯している界隈か、日本橋浅草、あるいは遊郭や岡場所だ。兵士が歩いているだけで、いい顔はしない。多少腕に覚えがある者などは、東征軍の兵士が肩に着けた錦切れを毟《むし》り取ったりして溜飲を下げていた。錦切れは官軍の印だ。

「庶民を力ずくで抑えることには東征軍も慎重になっている。力ずくで抑えれば、民とて暴発する可能性もある。それでなくとも、いまの江戸は悪党が我が物顔で悪さをしている。訴訟はおろか、暮らしの不便、不満さえ訴えることが出来ない。その上、東征軍の兵士がうろうろしている。恐怖に慄き、先も見えない」

勝美は呆然とする。単純な図式だ。徳川が倒れると、仕える武士は仕事を失い、禄を失う。

行政が機能しなければ、その膝元で暮らしを営む者にも苦難が強いられる。

「脱藩者や幕府陸軍、海軍の脱走兵が方々に散っていることを考えれば、東征軍が江戸の町を監視し続けるわけにもいかん。そこで、治安維持を幕府に任すという話も出ている。たぶん、その役目は引き続き彰義隊が担うことになるだろう。勝安房守さまは、それを踏まえて新政府の綻びを突くつもりのようだ」

つまり、幕臣は慶喜の恭順に従ったからこそ、抵抗せず江戸城を明け渡した。これで、水戸謹慎中の慶喜を江戸に戻したならば、幕臣はもちろん、江戸の庶民も落ち着きを取り戻すだろうと――。

「新政府が思うよりも、江戸は庶民も含め、将軍のお膝元の自負が強かったということだ。それは誤算だったかもしれんな」

「いやいや、驚きました。勝美さんは勝さまと同じことを考えているってことですか」

茶化すようにいう丸毛を勝美は軽く睨めつけた。

「冗談ですよ」

丸毛が笑いかけてくる。

ただな、渋沢が憂いの表情を見せる。

「天野が彰義隊をどう動かすかだ。隊士をいたずらに増やせば新政府も警戒する。抵抗勢力とみなす恐れもある。それがたとえ烏合の衆だとしてもな」

「江戸総攻撃が再燃するということですか？」

勝美は身を震わせたが、それならなぜ渋沢は離れるのだ、と怒りに似た感情を抱いた。

「だったら、渋沢さまが止めてください」

「いや、私は私のやり方で、徳川を守る」

それになぁ、と渋沢は意外にも軽やかな声を出した。

「私は、約定を交わしたのだ。いま、昭武さまと仏蘭西国にいる篤太夫とな」

従弟の渋沢篤太夫か。

「あいつが戻ったときに、徳川がなくなっておったら、どう顔向けをすればよいかわからん。恩義を仇で返したと詰られる」

渋沢が含み笑いを洩らした。

「新政府には、慶喜公のお心は伝わらなかった。私はそれが口惜しく心残りだ」

渋沢は、その思いを押し込めるようにいった。

「しかし、篤太夫が仏蘭西国で学んだことは、後の世に必ず活かされなければならん。西欧の知識を遺憾無く日本で発揮出来なくば、申し訳が立たん。朝敵のまま徳川が生きながらえたとしても、あいつの努力が――新政府に正当に評価されなければ、あまりに虚しい。私は、篤太夫が、この国のために力を尽くせるようにしたい。その舞台を失わせるわけにはいかない」

「渋沢さま。なおさら、江戸に、彰義隊にいるべきです。せめて、徳川家の処分が出されるまで」

勝美はなおも食い下がった。

「東征軍は、北陸、奥羽に向かう。まだ徳川のために戦う藩もある。朝敵とされた会津、庄内の二藩もある。脱走した幕臣たちをほうっておくことも出来まい。なあ、主家を失うとき、仕える者にはなにが出来るのか。義をもって華々しく散るか？　懸命に立て直そうと努めるか？　それとも、新たな者を主と仰いで、従うか？　お前はなにを選ぶ？」

その問いに考えあぐねていると、渋沢の乗った馬が、ブルッと首を振った。

渋沢が視線を境内に移す。

天野を先頭にした一団が、こちらに向かって歩いて来た。

やはり落ち着きをなくす馬に優しく声掛けした丸毛が、

「どうやらお出迎えのようですね」

と、口元に笑みを浮かべた。

「まあ、取って食おうとまでは思っていないだろう。丸毛、お前も楽しんでいないで陸軍へ帰れ」

「楽しんでいるとは、心外だなぁ。渋沢さんに頼まれたから、天野さんに近づいたのに」

丸毛が拗《す》ねたように唇を尖らせた。

ふっと渋沢が笑って、手綱を引いた。

渋沢は、
・新政府軍に寝返らない事
・新政府軍に降伏しない事
の二項を示して彰義隊を離れた。

彰義隊からは隊士百名ほどが渋沢を追って離脱。尾高惇忠、渋沢平九郎の顔もあった。振武軍はその後、江戸より四、五里離れた多摩郡田無村へ向かった。

渋沢が去った後、幹部の変更が行われた。

頭は、小田井蔵太、そして渋沢に代わって大身旗本の池田大隅守長裕《いけだおおすみのかみながひろ》が就き、天野は他三名とともに次席である頭並《かしらなみ》となった。その下が頭取となり、彰義隊を立ち上げた伴門五郎、本多敏三郎らが就任した。

天野は早速動き始めた。寛永寺とますます結びつきを強め、軍用金をも得るようになった。寛永寺は、芝増上寺と同様に徳川将軍家の庇護を受け、菩提寺として四代家綱をはじめとして、十三代家定まで六名の将軍が眠っている。その寺領は大名並の一万二千石を誇っている。その豊かな財を用いて、さらに隊士を募り始めた。

武士はもとより、町人にまで支度金を渡し、入隊させた。

膨張する彰義隊を新政府はどう見ているのか、まるでわからない。

兄の要太郎が寛永寺に戻って来た。

勝美は、渋沢が離脱したその日の夕刻、麴町の蕎麦屋へ出向いて唖然とした。要太郎は、蕎麦屋の女房の妹と夫婦《めおと》約束を交わしたというのだ。あの、そでという娘だ。

青天の霹靂《へきれき》とはこのことだ。

「むろん、娶るのはこの騒乱が終わった後だ」と、いう。それ以外は一切口にしなかった。

要太郎になにが起きたのか、さっぱりわからなかった。

もともと気性が真っ直ぐな男だ。真っ直ぐすぎて皮肉はいうが、嘘や偽りはいわない。だとすれば本気なのだ。

蕎麦屋の主人も女房も、おそでも要太郎を頼りにしている様子が見て取れた。弟である勝美のことも歓迎してくれた。

蕎麦を一枚食べた。喉越しのいい、美味い蕎麦だった。

帰りしな、表に出て来て「父上と母上には決していうな」と、厳しい口調でいった。

が、心配そうにこちらを窺うおそでに気づくと、兄は優しい笑みを向けた。

勝美はひどく脱力した。これを天野にいうべきか悩んだ。

が、戻って来た要太郎に天野はなにも問わずに、笑みを向け、両肩を摑んだ。

結局、渋沢襲撃の探索はされなかった。渋沢が去った今となっては、無用ということなのだ。

天野は要太郎に若い隊士をつけて、見廻りに出すようになった。不思議と以前よりも自信が漲《みなぎ》っているように見えた。町人の隊士たちに剣術稽古をつけているところもしばしば見かけた。

渋沢襲撃の翌日、ひどく怯えていたという母の言葉が嘘であるかのようだ。

兄を変えたのは、なんであろうか。おそでという娘のせいかとも思ったが、それだけではないように思えた。

四月二十一日、東征大総督が江戸城に入った。

慶応四年は、閏《うるう》四月がある。季節と日付を合わせるために約三年に一度巡ってくる閏年だ。

その年は十三ヶ月ある。

入城後の閏四月初旬、大総督府は江戸市中取締を、勝麟太郎に託した。

渋沢がいっていた通り、その役目が彰義隊に任されたのだ。

それによって、彰義隊への入隊希望者はますます増えた。寛永寺の金をふんだんに使えるようになり、以前から彰義隊贔屓の新門辰五郎や、商家などが炊き出しを行い、食事にも事欠かない。

実際のところ、新しく入隊した者たちがどれだけ徳川に恩義を感じているか、入隊理由は何か、今更、誰も問うことなどなかった。

頭の小田井が、勝安房守からあらためて市中取締の任を受け、隊士は以前にも増して、意気が上がる。

見廻りの際、隊士らは、水色の羽織に、白い義経袴という隊服で、手に「彰」か「義」の文字が記された提灯を提げた。加えて額に鉢巻をする者もあった。

梅雨間近の空には鈍色の雲が垂れ込めていた。

寛永寺の子院で、勝美は土肥や山崎と武具の手入れをしていた。

「やはり、スペンサー銃もほしいな」

土肥がエンピール銃を磨きながらいう。山崎が眼を輝かせる。

「そうですね。前装式の単発銃など足下にも及びませんから」

「ただなぁ、撃ち尽くしたときの弾の再装塡が面倒だと聞いた。歩兵の統率が取れていれば、単発連発ともにうまく作用するかもしれないが、なあ」

と、土肥が座敷を見回す。

あちらこちらで、酒を呑み、菓子を食って談笑している隊士の姿にわざとらしくため息を洩らした。

「先日、寄合旗本の両親が息子を連れて天野さまを訪ねてきた」

ひとり息子を入隊させるために来たという。

「こうして皆が徳川のために戦っているのに、駆けつけないのは武士として恥だとさ。でも自分はもう歳だから、息子を代わりに役立たせてほしいと涙ながらにいったそうだよ」

土肥は口角を上げた。

「息子もいい迷惑だったろうなぁ」

「土肥さん、なんてことをいうんですか。その方はご立派ではないですか。従ったご嫡男も」

山崎が眉をひそめて、声を張った。

「怒るなよ。その息子が本当に彰義隊に入りたかったか、その心情は知らんがな。ふた親と同道してくるというのが、まず情けない」

「ですから、お父上はご自分のお気持ちも伝えたかったのでしょうし」

土肥は、まあまあ、と山崎をなだめる。

「なんというか、そういう奴が増えているんだよ。この間、贔屓にしてもらっていた浅草の料理屋に久しぶりに顔を出したんだ」

土肥の副業の幇間だ。

「この頃、新政府軍の奴らがよく来ると女将がこぼしていた。芸者を揚げるらしいんだが、身体を撫で回したり、下劣な言葉を吐いたり、意に染まないと暴言を吐く。遊び方も知らない芋侍だと怒っていてな」

芸で飯を食っているんだと、啖呵を切って座敷を飛び出す芸者も多いという。

「ま、それはいいんだ。町場では、彰義隊に入らない武士は武士じゃないといわれているって話でな。水色の羽織を着ていないと、扱いが違うらしいぞ」

「それだけ、彰義隊が期待されているということの証ですよ」

山崎は誇らしげな表情をする。勝美は考え込んだ。その庶民の期待が、彰義隊を煽り立てているのではなかろうか。

「勝美。暗い顔をするなよ。そうか、お前も兄さんに無理やり連れてこられた口だものな」

土肥が笑う。

「当初はそうでしたが、今は違います。私は——」

徳川のためでも慶喜のためでもない。暮らしを取り戻したいだけだ。とはいえ、ここにいてなにが出来るのかは未だにわからない。

「悪かった。無理に話さんでいい。ま、だからな、幕臣たちの中には隣近所の手前、彰義隊に入るっていう奴もいるんだよ」

「隣近所の手前、ですか？」

山崎が呆れたように口を開いた。

「武士は恥をかきたくないからなぁ。そういう自尊心が二百六十年の長きに亘り培われてきた。つまらん一分だ。そこへいくと、おれは金と立身が目当てだったからな。潔いだろう？」

そうでしょうか、と山崎が唇を尖らせた。

「おれは前からいっている。主家が潰れたら飯が食えなくなる。潰れかけた主家のために働けば、万が一、減封されても眼をかけてもらえるかもしれない。つまりは生きるためだ」

「やはり、私には土肥さんのお考えは理解出来ません」

すると、土肥がいきなり真顔になった。

「お前は、まだ十四だ。おれの考えなどわからずともいいさ。ただな、生きろ。生き残れ。お前のような若者が、この騒乱の果てを背負うことになるんだからな」

どんな結果になろうとも、だ、と土肥は声を低くした。

山崎は一瞬、眼を見開いたが、黙って頷いた。

「あ、勝美さん。銃の手入れですか。素晴らしい」

と、背後から声が降ってきた。振り仰ぐと、果たして丸毛が立っていた。

天野と一緒だ。

「すでに顔馴染みの者も多いが、丸毛が正式に彰義隊に入った。よろしく頼むぞ」

まさか、と勝美は丸毛を見つめる。では陸軍を出たということか。

「若輩者ではありますがね、お役に立てれば」

「早速どうだ。飯でも食いに行こう。お前、以前、おれの誘いを断ったからな」

「覚えていたんですか？　さすがですね、お客商売をやっていると、覚えがいいんですね」

「そうだよ。客の顔も口約束も、な」

天野はふたりのやり取りを眺めつつ、笑みを浮かべた。

「そろそろ九ツ（正午）の鐘もなる頃だ。見廻りも兼ねて、これで、飯を食ってこい」

懐を探った天野は、一朱銀を土肥に渡した。

「頭並、これは多すぎますよ」と、土肥が首を横に振る。

「構わん。丸毛の歓迎の宴でもしてやれ。宴には足らんか。それとも、浅草田圃にでも行くか？」

天野が機嫌よくいう。

「私の行きつけがある。いい妓が揃っているぞ。昼見世で遊んでこい」

「よしてくださいよ。勝美はまだしも、十代の隊士を引き連れて遊びたくはありませんよ」

土肥が顔をしかめた。

「なんだ、土肥。今吉原や岡場所の妓たちは、情人《いろ》に持つなら彰義隊というほどだぞ。いまならどんな男でも至れり尽くせりだ。上原のような色男は取り合いだ。あの冷たい顔の男があたふたしておった。少々妬ましかったが、愉快だったな」

天野は楽しそうに笑った。

「ですから」

と、土肥が山崎を見つつ、言葉を継ごうとしたときだ。

外が騒がしい。飛び交う声が聞こえてくる。

なんだ。

天野が険しい表情で、身を翻した。丸毛も続く。勝美たちも立ち上がった。

「頭並！　日本橋の袂で、東征軍の兵士と諍《いさか》いになり」

若い隊士が駆け寄ってくるなり、膝をついた。その隊士の白い袴が血にまみれていた。手にした槍の先も赤く染まっている。

「それで」

天野が静かに問う。

「兵士三名が向かって来ましたが、三名とも斃し、隊士一名が深手を負わされました」

「すぐに医者を呼び、手当をせよ。お前もな。よくやった」

天野は腰を屈めると、若い隊士の肩を叩いた。

東征軍の兵士を殺めたのか。

立ち上がり、一礼し踵を返した隊士を天野は引き留めた。

「兵士の骸はどうした？」

「番屋の者に託して参りました」

「それでよし。兵士はその三名だけだったのだな」

「はい。あたりには他の者はおりませんでした。見廻りをしていた我らを、腰抜けと侮辱したため——」

天野が手をかざした。口を閉じろということだ。

「理由などどうでもよい。江戸を歩いていることがそもそも許せぬことゆえな。さ、行け」

隊士は、会釈して走り去った。

天野が向き直り、

「いいか、奴らといざこざを起こしたなら、必ずや殺せ。東征軍に何をいわれようと、死人に口なしだ。敵わぬと見たら逃げろ。江戸の町人らも我らが不利益を被るような発言はせぬ」

そう冷徹にいい放った。

その日を境にしてかどうか、彰義隊と東征軍の小競り合いがあちらこちらで起きていた。

幸いというべきか、勝美はそうした場面には遭遇しなかったが、興奮気味に戻って来る隊士の中には抜身に血を滴らせている者もいた。

その度に、歓喜の声が上がる。

江戸の庶民はそうした彰義隊をますます頼りにするようになった。


土肥と上原、丸毛、山崎と見廻りに出た。浅草本願寺近くに差し掛かり、四人は飯屋に入ったが、勝美はその日、腹の具合が悪く、遠慮した。

飯屋の向かいにある茶店に入り休んでいると、茶屋娘が頼みもしないのに団子を置いた。

頼んではいないというと、その茶屋娘は、

「食べてくださいな。あたしたちはこれくらいしか出来ませんから。だって、薩長は図々しいんだもの。官軍だかなんだか知らないけど、弱い者を虐《いじ》めて喜んでいるようで腹が立つのよ。上さまだって、天子さまを敬っているのに。おかしいわよ。異人みたいな格好に、黒い毛のついた変な被り物して、偉そうに馬に乗ってるのを見ると、石を投げたくなるわ」

だから、頑張って、と熱い視線を向けてきた。

その被り物はきっと、黒熊《こぐま》のことだろう。それ以外にも赤熊《しやぐま》、白熊《はぐま》があり、薩摩、長州、土佐の将校が着けている。

庶民の眼から見れば、江戸に入り込んで来た悪人。その者たちに抗う彰義隊は自分たちの願いを代わりに果たしてくれる存在なのだろう。

情人に持つなら彰義隊、を思い出し、勝美は苦笑しながら、団子を口にした。少し腹が痛むが、せっかくの厚意を無下にするのも気が引けた。

人が引きもきらない。まだ日常がこうしてあることが奇跡のようにも思える。団扇《うちわ》売りが地面に置いた台の上に腰掛け、所在なげに煙草を服《の》んでいる。

団子を皿に戻し、矢立と画帖を取り出した。

無精髭が目立つ、しゃくれ顎の親爺だ。勝美はふっと笑みをこぼして、親爺を写し始めた。腹の痛みも忘れて、筆を運ぶ。

と、手元に黒い影が落ちた。顔を上げると、洋装の軍服を身に着けた男が立っていた。

勝美は、思わず眼を見開いた。

「すごいな。あの親爺を描いていたのか？　うまいもんだ。なあ、そのいでたちからすると彰義隊だが、絵師なのか？」

勝美は背に汗を滲ませながら、あたりに眼を配る。兵士はひとり。近くに他の者の姿は見えなかった。

「ずいぶんと派手にやっておるな。もう幾人が殺されたか。怪我を負わされた者も多い。さほどに我らが憎いか？」

男から殺気は感じなかった。それどころか、勝美の隣に腰を下ろした。

「おい、娘。茶をくれ」

茶屋娘は、茶釜の陰で身を震わせていたが、小さく返事をして、茶を淹れ始めた。

「お前、名はなんというのだ？　幕臣か？」

勝美が川越家中といい、名を名乗ると、

「そうか。おれは薩摩の益満休之助だ」

と、応えた。思わず、なぜあなたが、と口走っていた。すると、益満が、ほっと声を洩らして眼をしばたたいた。

「驚いたな。おれを知っているのか？　まさか、あれか。山岡さまを案内したことが知れているのか。これは、まいった。おれも名が売れているのだな」

あはは、と屈託なく笑う。

茶屋娘が怖々茶を置いた。勝美にすがるような眼を向ける。

「おいおい、娘、手が震えておるぞ。安心しろ、おれはなにもせんよ。ただ、この彰義隊のお方と話をしたいだけだ。さ、これで足りるか？」

益満が茶屋娘の手を取り、銭を握らせた。娘の顔が惚けたようになり、慌てて奥へと走り込んだ。かなりの銭を握らせたのだろう。

「どうもな、肩身が狭い。聞き及んでいるだろうが、おれはかつて江戸を攪乱した御用盗のひとりだ。ある方――いや、濁す必要もないか。東征軍下参謀の西郷隆盛さまの命を受けてな、当時、江戸の取締役だった庄内の奴らを焚きつけ、薩摩屋敷を焼き討ちさせたその当事者だ」

勝美は黙って聞いていた。

「団子、食わんのか？　なら一本食ってもいいか？」

益満は軽い調子でいった。勝美は皿を益満に差し出した。

益満は嬉しそうに、団子をひと口かじると、美味いなと呟いた。

「勝安房守さまがなぜ、おれを牢から出したかわからん。あの焼き討ちが、徳川を叩く理由になったのだからな。まあ、おれが西郷さまと繋がっていることを見越して、山岡さまを駿府に連れて行くよう命じたのだろうが。あのときは面食らった。おれが、山岡さまを襲うこともあるかもしれん、急に怖気づいて逃げ出すかもしれん」

益満が勝美を覗き込んできた。

「おれはな、西郷さまの命を受けたとき、もう命はないものと覚悟を決めていた。勝さまに救われても、おめおめ戻れるものか、恥晒しになる。殺せと喚いた。が」

お前に賭ける、といわれた、と益満はくつくつと笑った。

「それに、山岡を斬ろうなどと思うな。あっという間に死ぬぞ、だ」

この人は――。

勝美はぞっとした。

鳥羽伏見の戦のきっかけを作り、そして江戸総攻撃の回避にもかかわった。たぶん、本人はそのようなことを担うとはまったく考えもつかなかったに違いない。

なんという運命か。益満はただの一兵士に過ぎない。上に立つ者ではないのに。小さな歯車が、動かされ方によって、大きな歯車まで回すことになる。

「軍には戻れたが、朝敵徳川の使いをした者と蔑まれたよ。なぜ自ら腹を切らなかったのかとな。妙な業《ごう》を背負ってしまったような後悔というかな。おれはどうしてよいか、わからん」

と、通りを行き過ぎる人々を眺める。

「なにゆえ、そのような大事を、私に話すのですか？」

「そうだよなぁ。わからん。誰かに聞いてほしかったのやもしれんなぁ。おれは、薩摩も大事だ。だが、徳川を支えようとしている勝さま、山岡さまも敬っている。どっちつかずの半端者だからかもな。薩摩者には徳川の犬と罵られ、徳川には、潰す理由を作った男と蔑まれ。それではいかんか？　と訊ねてみたかったともいえる」

「そんな身勝手な。ただ、私は、ある人にいわれ気づいたことがあります」

ほう、聞こう、と益満が、勝美に向けて身をよじる。

「どちらも正しい。ただいる場所が異なるだけだと」

益満がぽかんと口を開けた。

「なるほど。そうか。おれは、両方知ってしまったから困っているんだな。そうか、そうだったのか。いや、助かった。おれはこのままでよいのがわかったよ」

と、いきなり腰を上げた。

「すまなかったな。急に話しかけ、おれだけがべらべら捲《まく》し立てた。団子まで馳走になった。小山勝美だったな。お前は、なんのために彰義隊にいるのだ？　そこが居場所だったからか？」

勝美は益満を見上げた。

「私は、暮らしを、取り戻すためにいます。それが願いです」

「まあ、おれがいうのもなんだが、江戸を戦場にしたくはない」

益満は、勝美を見つめた。

「お前はいい奴そうだから、教えてやろう。新政府は彰義隊を脅威とみなし始めている。これ以上、町中で派手に斬り合いを続ければ、勝さまも持て余すかもしれんぞ。これは噂だが、頭並の天野八郎は寛永寺の輪王寺宮を奉じ、新政府と対立させる腹づもりだとな」

まさか。

寛永寺は、三代目より京から親王を入れ、代々、輪王寺宮を名乗った。現輪王寺宮は、伏見《ふしみの》宮邦家《みやくにいえ》親王の第九子で、仁孝天皇の猶子《ゆうし》だ。

つまり、強引に寛永寺の輪王寺宮を天皇に祭り上げようというのか。

輪王寺宮は、駿府に赴き、慶喜追討の中止を有栖川宮熾仁親王に嘆願したが、受け入れられなかった。慶喜のためにそこまで尽くしているのだ。彰義隊にも悪い印象は抱いていない。現に、軍用金も寛永寺が賄ってくれているのだ。

だとしても、無謀だ。新政府への明らかな挑発。

勝美は愕然として、言葉もなかった。

「勝美！」

土肥の叫ぶ声に我に返った。

上原が、鯉口を切り駆け寄って来る。

「逃げてください。あの人は腕が立ちます」

勝美は弾けるように立ち上がると、益満の盾になるよう、迫る上原の前に立ちはだかった。

「なにをしている。そいつは東征軍だろうが！」

益満が「すまん」といって、身を翻した。

「あの方は、山岡さまを西郷隆盛のもとに案内《あない》した益満休之助さまです。私は話をしていただけです」

上原が啞然とした顔をして、足を止めた。


三日後、天野は隊士を集めた。このとき、すでに三千名近くまで隊士は膨れ上がっていた。大広間の屋根を激しい雨が叩く。

「彰義隊は、輪王寺宮の警護のため、このまま寛永寺を詰所とする。薩長ら東征軍のいかなる進攻も許さない。寛永寺は江戸城からは丑寅の方角に当たる。鬼門だ。だが我らが、ここで鬼となる。大総督府の入城は、あくまでも拒絶する」

益満がいっていたことが、まことになろうとしている。

「我らは、輪王寺宮を奉じる」

天野が高らかに宣言した。

一瞬静まり返った広間に、雨音が一際響く。雷鳴が轟いた。

すると、後方にいた隊士が声を上げて立ち上がる。それに続くように、声を張った者がいた。要太郎だ。

輪王寺宮擁立は、すぐさま大総督府に伝わった。

これは京の天皇に対抗する姿勢であると、輪王寺宮を江戸城へ召し出したが、自ら、これを拒んだ。

彰義隊はもとより、輪王寺宮も加え、徹底抗戦の意思表示と大総督府は受け取った。

閏年の五月、夏の陽がじりじりと町を照らした。

二

五月十五日。

明六ツ（午前六時頃）の鐘が、濡れそぼつ江戸の町に響き渡った。

三日前から雨が続いていたが、今朝はさらに激しい降りに見舞われている。五月に入ってから、晴れ間は数えるほどしかなかった。今年は閏の四月があったために、未だ梅雨の名残りがある。

厚く居座った雲に閉ざされた空は、まだ暗い。所々に置かれた篝火《かがりび》が、寛永寺にそびえる木立を不気味に照らしだす。早朝のため夏の暑さは免れているが、霖雨《りんう》のため湿気がひどい。粘るような空気が身に纏わり付いている。

彰義隊と諸隊は、それぞれの持ち場につき、配られた握り飯を頬張っていた。

着けた笠の縁から雨が滴り落ち、手にした握り飯が湿る前に急ぎ口に押し込む。

旗本の子息であろう歳若い隊士は三つほども取ってきたのか、後から後から口に入れていく。

それを見て、土肥が止めた。

「あまり食うな。吐くぞ」

手を止めた歳若い隊士が頬を膨らませたまま、訝しむ。

「落ち着けといってても無理だろうがな。これから殺し合いだ。腹に詰め込んでいては動きが鈍くなる」

「土肥さん、それ以上は」

そうたしなめたものの、勝美の喉は渇き切っていた。叫び出したいほどの恐怖を腹に落とし込んで、やっと声を出した。身がすくんでいるのがわかる。小銃を握る手にも汗が滲んでいた。

「わかったよ、悪かったな」

土肥が顔を歪め、隣に立つ若い隊士の肩を叩いた。

隊服はすでにぐっしょりと濡れ、肌にまで染み込んでいる。ずしりと重みすら感じる。

飯をたらふく食おうが食うまいが、これで素早く動けるのか不安になる。

晴れていれば、鳥のさえずりで喧《やかま》しいが、今朝は、木々の中で雨宿りをしているのか、それとも立ち並ぶ塔頭の軒下で羽を休めているのか、ただじょうじょうと雨の音だけが境内を満たしていた。

その音すらも耳慣れてしまったのか、次第に聞こえなくなっているような気がしていた。

あたりが白々と明るくなってきた。篝火が消される。

誰もが息を殺して、時を待っている。

痛みへの恐怖、死への恐怖が湧き上がる。勝美は唾液を溜めて、飲み込んだ。嚥下の音が妙に耳に響いた。

土肥が不意に首を伸ばして遠くを見やる。

寛永寺の正門である黒門前には、柵が設けられている。その先は緩やかな下り坂だ。坂の下には三橋がある。不忍池から流れ出た忍川に、三間（約五メートル）ほどの長さの橋が三つ架かっているため、そう呼ばれる。真ん中の橋が六間と、幅が広く、これは将軍家が寛永寺参詣の際に渡ったとされ、両端は、庶民が利用する幅二間の橋だ。

その三橋の向こうに新政府の東征軍が陣を敷いているのが見える。

高台にある寛永寺からは、敵の陣を見下ろせる。さらに、約三十万坪に及ぶ敷地に本坊、根本中堂の他、三十六の塔頭があり、松、楓、桜をはじめとする数え切れないほどの木々が緑の葉を揺らしている。

砲弾を撃ち込むとしても、そびえる木々が邪魔になり、目標が定まりにくいということも利点ではある。門が突破されたら、本坊に至る文殊楼、二つ堂、根本中堂が並ぶ、広い通りが白兵戦の地になるだろう。

この壮麗な伽藍が戦場になると誰が想像したか。

すでに町が目覚めている頃であるのに、人っ子ひとり歩いていない。当然だ。上野周辺の住人は、今日、ここで戦が起きることを知っている。家に籠って、いつ轟音が響くかと息をひそめているのか、あるいは早々に立ち退いているか。

「とがり笠が並んでいるなぁ、黒熊もいるぞ。やはり薩摩か」

土肥が呟いた。

伝令役を務めている丸毛や、諸隊からの情報では、広小路には、薩摩、肥後、因州の三藩の兵が集められているという。

此度の戦の指揮は、長州の大村益次郎《おおむらますじろう》と聞かされた。江戸で私塾を開き、講武所の教授を務め、長州に招かれた人物らしい。

大村は、主力の薩摩兵を正面に置き、黒門を突破させるつもりであろうと、天野はいった。薩摩兵がもっとも多くその数は五百から六百と読んでいる。そのすべてが黒門前に集められているのだろうか。それに加えて肥後、因州の兵がいる。対して、こちらは黒門周辺の山王台新黒門を合わせて、約六百。兵力は同じくらいか。

彰義隊は日毎隊士を増やしたが、今、寛永寺にいるのは千名ほどであろう。市中に散らばり、決戦を前に寛永寺に戻れない者も多数いた。が、中には逃亡者もいる。

彰義隊に入れば飯が食える、銭も与えられる、吉原や岡場所でもてはやされる、そうした卑しい考えを持っている者も少なくなかったからだ。あるいは、戦に臆した者だ。

そうした脱落者を出しながらも、彰義隊に賛同した旧幕臣で結成された遊撃隊、純忠隊などの付属隊の他、関宿、会津、桑名、松山など十七にも及ぶ諸藩から脱藩した藩士たちが馳せ参じ、寛永寺に集結していた。

広小路側にある寛永寺正門の黒門、新黒門、不忍池沿いの穴稲荷門、下谷方面の坂本門、屏風坂門、車坂門、そして谷中に通じる谷中門と清水門の八つの門を固め、寛永寺北、谷中門に隣接する天王寺にも隊士と諸隊を置いた。

雨はますます激しくなる。

「しかし、まったく運が悪い。黒門になっちまった。隊長の伴どのを恨むぞ」

土肥はぼやいた。隊長は彰義隊を立ち上げた伴門五郎だ。黒門には、四斤山砲が三門、臼砲が一門置かれ、隊士四百五十名が配置されている。

「おれは、恩賞がほしかっただけなのにな。突撃されれば、死ぬかもしれない。いや、その前に砲弾の餌食か。なんとか、かわしたいが」

小声でいって、ふと笑みを浮かべた。

勝美は、背後にいる山崎を振り返った。山崎は俯き、胸の前で拳を握り締めていた。

「正太郎、吉原の妓にお守りでももらったか？」

土肥が横から口を挟んできた。

山崎が急いで何かを胸元に押し込み、顔を上げた。

「なんでもありません」

「馬鹿。照れなくていいさ。お前の相方がくれたんだろう？」

山崎は、少しためらいつつもこくりと頷いた。

五月の十日を過ぎたあたりから、東征軍との戦がもはや避けられぬことを悟った隊士たちは、明日をも知れぬ命だと、連日のように色町に出向いた。

まだ二十歳にも満たぬ若者たちは、歳上の隊士に連れられ、夢のような愉悦の時を過ごした。茶屋で芸者を揚げ、見初めた妓と一夜を過ごす。情人に持つなら彰義隊。その言葉通り、隊士たちは、一夜限りの逢瀬と、妓たちに身を委ねた。

山崎もそのひとりだった。ついた妓は十六。山崎より歳上のその妓は、はらはら涙を落とし、必ずまた来てほしいと取りすがったという。

「よかったなぁ。それは死ぬなってことだ」

土肥はからかうでなく真剣な面持ちでいった。

「生きて、また会いに行ってやれよ。おれが、その前に座敷を盛り上げてやるからな」

眼を丸くする山崎に向けて、土肥は微笑む。

「忘れたのか、おれは幇間だぞ」

山崎がわずかに頬を緩めた。が、すぐに再び顔を伏せた。

「――この戦を生き延びていいのでしょうか」と、呟くようにいった。

「いいも悪いもない。死ぬためにここにいるのではない。勝って生きるためにいる」

「勝美さん」

山崎が顔を上げる。

「この先、どういう世の中になるのか、見当もつかない。だが、江戸がめちゃくちゃにされるのは我慢できないからな」

正直、と勝美は続けた。

「いまさらだが、徳川の恩顧に報いるなど私にはどうでもよかった。そんなことのために命を投げ出すのは嫌だった。だから理由が必要だった。彰義隊にいる意味がほしかった」

足下で雨粒が白く跳ね返る。喉が痛い。これ以上、言葉を継ぐのは無理だと思った。だが、口をついて出てくる。きっと、怖いのだ。恐ろしいのだ。だから懸命に自分を保とうとしているに違いない。いや、何かを吐露しておきたいと思っているのか。死ぬ前に――やはり、私は死ぬのか。

「武士はなんのためにある？　物も作り出さない。米も作らない。ならば、この腰の差し料はなんのためだ？　自ずと答えは出た。江戸で暮らす人々を守りたいと。江戸が戦禍にさらされることを憂えた。まったく大層なことを考えたものだよ。私ひとりでできることなどないに等しいのに」

　勝美は独白のように話し続けた。

「でも、命を落とせば、守りきれたかどうかもわからない。未来のために生き延びることこそが肝要だと思う。そうでなければ我々彰義隊は――」

「いい加減にしろ！」

　前にいた三十ほどの者が振り向き、眼を剝いた。

「先ほどから洩れ聞こえてくる腑抜けた話はなんだ？　恩賞だと？　遊女のために生き残るだと？　未来のために生き延びる？　反吐《へど》が出る。お前らのような者がいては士気が下がる。我らは、奸賊らに目にもの見せてやるのだ。徳川のもののふにはお前らのような腰の引けた者はおらぬ。主家の受けた恥辱を晴らすことが家臣の務め。命を惜しんで、生き延びようとは、微塵も考えておらぬ」

　その怒声に周囲もざわめく。

「やめろやめろ」

　土肥が声高にいった。

　怒声を上げた者の隣にいた老齢の者までが声を上げた。

「くだらぬ話に辟易していたのだ。鳥羽伏見の戦には出たか？　我らは、あの場で戦うことすらできずに江戸へ戻ったのだ。そして、再び奴らと一戦交えることもなく開城となった。戦う場所すら奪われ、死ぬ場所さえ見失ったのだ。この一戦にて、徳川の恩義に報い、武士として無念を晴らすのだ。皆の衆、敵は眼前ぞ」

「そうだ。恭順など恥だ。官軍など偽りだ」

「江戸を守るのは我らだ」

黒門に配された隊士、諸隊が熱を帯びる。東征軍を前に彼らを覆っていた緊張が破れた。

隊士たちの顔つきが変わった。眼に力が籠った。恐怖が取り払われたわけではないが、身を奮い立たさねば、心が持たない。己を誤魔化してでも、立ち向かわねばならない。その必死な思いが塊になってのしかかる。

ここは戦場なのだ。心の臓が激しく脈打つのを勝美は感じた。

生きている、いま、生きていると実感した。

死と隣り合わせの戦場で、自分の生を感じる矛盾。勝美はわずかに笑みを浮かべる。

兄の要太郎は、穴稲荷門にいるはずだ。

勝美は前を向き、小銃を握る手に力を込めた。

山崎が何かいいたそうな顔をして勝美に視線を送ってくる。

我々彰義隊は、時代の徒花《あだばな》――そういいかけた。勝美はその言葉を呑み込んだ。

と、数列前にどこかで見かけた背中があった。彰義隊の隊服ではない。笠の下から覗く横顔がちらりと見えた。

あれは――。

師匠？　芳近師匠だ。勝美は困惑した。なにゆえ、ここに師匠がいるのだ。入隊希望者の中には町人も多くいた。だが、芳近がここに？

そんな――。

「どうした、勝美。顔が真っ青だぞ」

土肥が顔を覗き込んできた。

「師匠に似た人が、いるのです。右前方に」

「おいおい、画のお師匠が、ここにいるって？　見間違い――」

勝美は皆まで聞かずに、隊士らをかき分けた。意気の上がった者たちが勝美を睨めつける。

「師匠、芳近師匠！」

その声が届いたのか笠が動いた。勝美は居並ぶ隊士の間から手を伸ばす。そのときだ。

轟音が響いた。あたりが震撼する。

堂宇も木もない後方に着弾した。

「怯《ひる》むな。かかれ」

隊長の伴が叫んだ。

砲撃が続けて二度。それと同時に、ばたばたと霰《あられ》のように弾丸が降り注ぐ。

「勝美、列に戻れ」

土肥の声に、勝美は我に返った。すぐさま身を翻し、土肥の横に並ぶ。

激しい雨に視界が閉ざされる。身体の熱も奪われていた。小銃を構えたが、指先が震える。

東征軍からの砲撃が続く。ひっと悲鳴を上げ、頭を抱えてその場にうずくまる者が続出した。

「隊を乱すな。怯えるな。下がるな。砲兵！」

隊長、伍長が声を張り上げる。

東征軍側からの砲撃と銃撃が間断なく続く。その都度、耳を圧《お》し潰すような轟音と振動が伝わってくる。

黒門の四斤山砲が火を噴く。発射の反動で火砲が後退する。榴弾が東征軍の後方の家屋に落ちた。安普請の家が砲弾を受けて木っ端微塵になる。

さらに続けて、臼砲の砲撃が開始される。

着弾した家屋から火の手が上がった。黒い煙と炎が見える。東征軍が慌てているのが遠目にもわかる。

勝美も川越藩で砲術訓練は受けている。

ひとつの火砲に、砲兵頭以下、照準手、砲手、搬送手が二名ずつの七名がつく。勝美は砲手を務めた。掃杖と呼ばれる箒のようなもので、砲口をぬぐい、内部を掃除する。もうひとりの砲手が弾を砲身に押し込む役割だ。

装塡が終わると、照準手が目標を定め、点火準備をし、砲兵頭の号令とともに、発射する。

榴弾は、砕けた弾丸の破片が広い範囲に亘って飛び散り、目標物を破壊する。

「このまま砲撃を続ける。後方家屋を狙い、東征軍の奴らの退路を塞ぐ。さすれば、奴らは左右に分かれるか、後方に逃げるかだ。前に出てくる兵士があれば撃て」

伴の声が響き渡る。左右に分かれるとすれば、右は穴稲荷門、左は車坂門がある。特に、穴稲荷門の門前は、水をたたえる不忍池が広がっている。配置されているのは三十名だが、東征軍の逃げ場はない。砲撃を受ければひとたまりもないだろう。

両軍の火砲が飛び交う。砲声の凄まじさに、足下が鳴動する。ぬかるんでいるためか、踏ん張っていないと、くずおれる。ただ、奇妙なほど神経が尖る。雨音と轟音が遠くなり、伴の指示しか聞こえなくなっていた。

ドン、と腹に衝撃が走り、大気が震えた。目眩《めまい》を起こしたように景色が揺らぐ。雨に紛れて、ばらばら落下してくる物があった。勝美が空を見上げたとき、悲鳴を上げる間もなく、幾人かの隊士が地に伏し、肩や顔から血を流し、水溜りの中を転げ回る。

勝美は頰に違和感を覚えて拭う。赤い小さな塊が手の甲についた。眼の前の隊士の頭蓋が割れて、脳髄があたりに飛び散っていた。その一片か。

うわああ。

勝美の背筋が凍りついた。手の甲のものを必死で振り払う。黒門に詰める隊士、諸隊が乱れている。また同じ衝撃音がした。

何かがゆっくりと落ちてくる。いや、違う。研ぎ澄まされた聴覚、視覚が弾丸を緩慢に見せていたのだ。

「榴散弾だ！　避けろ！」

勝美はあらん限りの力を振り絞り、叫んだ。

榴散弾は、破裂すると、薬莢の中に納められていた鉛玉が飛び散る、対人用の砲弾だ。逃げる背に弾が突き抜け倒れる者。脚に被弾し、そのまま転げる者。あたりに血飛沫が飛び、流れた鮮血はたちまち雨に流される。何事もなかったように。

呻きが、悲鳴が、あちらこちらから上がる。

勝美の横にいた隊士が、どうと真正面に倒れ四肢をぴくぴくさせた。

弾が喉元を貫通している。

誰も負傷者を見ない。見られない。そのような余裕はない。皆、ただ逃げ回り、安全な場所を求め、眼を血走らせている。

次の散弾が飛んできた。

隊列など無惨に乱れた。同志を突き倒し、逃げ惑い、その場にうずくまる。木立に向かって一目散に駆け出す者もあった。れっきとした武士だ。それがなりふり構わず背中を向けて逃げ出して行く。統率する者がいない。指揮が雨音に消されて届かない。

「やってられるか！」

「死にたくない」

「そもそも新政府に逆らう馬鹿がいかんのだ」

「いらぬいらぬいらぬ」

わけのわからぬ言葉を発しながら、散り散りになっていく。刀や小銃を投げ出し、喚き散らす。

阿鼻叫喚の渦だ。

ああ、私も逃げたい。どうしてここにいるのだ。なぜ、彰義隊などに入ったのだ。いや、途中で逃げ出すことも出来たはずだ。なのに、なぜここにいる？　なぜ東征軍と戦っているのだ？　なんて、うつけなのだ。そうだ、幼いときから要領が悪いのだ。剣術の稽古も、学問も、いい塩梅で受け流していればいいものを、懸命にやってしまう。でも、結局、才がなくて、要太郎に見下され続けた。

たったひとつ、絵筆だけだった。それだけは頑張ろうと思ったのだ。勝美は懐を押さえた。画帖が忍ばせてある。もうあと二丁描けば、画帖は画で埋まる。

根本中堂、五重塔、不忍池の弁天堂——土肥、小島、上原、山崎、丸毛、名も知らぬ隊士たちの姿。

景色を描くのは楽しいが、人を描くのはもっと楽しく、難しい。画帖の中に笑う顔、真面目な顔、ふざけた顔、様々な表情を写した。小銃を抱え、木刀を構える勇ましい姿もある。酔い潰れて、下帯一本で寝ている土肥もある。山崎と杉田が、月代を剃りあっている画もある。丸毛は騎乗姿だ。この画帖の中で皆が生きている。

布が引き裂かれるような甲高い音がして、勝美は爆風を浴びてすっ飛んだ。近くの松の幹が砲弾を受けて、三つに裂けていた。

勝美は懸命に起き上がる。一間ほど先に小銃が落ちていた。勝美は這うように進んで小銃を再び手にした。脇腹が痛い。吹き飛ばされたとき、地面に打ちつけたのかもしれない。

保て、保て、正気を保て。ああ、そうだ。

土肥さんと正太郎はどこだ。身を隠しているのか？　勝美は荒い息を吐きながら、あたりを見回す。

「撃て！」

前方から伴の号令が響き、四斤山砲、臼砲から撃ち放たれた砲弾が町家の火をますます燃え上がらせる。

そのとき、山王台の火砲の砲弾が東征軍の隊列に突き刺さった。

「よし！　手を緩めるな」

黒門、山王台からの砲弾が次々と三橋に向かって撃ち込まれる。黒い煙がいく筋も空へと上っていく。砲撃の音は途切れることなく続く。東征軍の攻撃が止まった。

「奴らが怯んだぞ。今こそ、畳み掛ける。門に近づく者はすべて撃ち殺せ。小銃を構えろ」

後方は火に炙《あぶ》られ、前方に出れば、狙い撃ちされる。

東征軍は確実に乱れている。兵士が右往左往しているさまが見えた。

山王台からは、薩摩や因州らの兵の姿が見えているのだろう。上方からの攻撃が有利に働いている。それにしても照準手の手並が見事だと、勝美は思っていた。

このまま主力である薩摩を討ち果たせれば、東征軍はもっと混乱する。こちらにきっと勝機が見える。

「勝美さん」

小島がこちらに向かって走って来た。

激しい砲声は止むことなく続く。ふたりは、すぐさま木立の間に身をひそめる。

「小島さんは、どちらに？」

「穴稲荷門だ。要太郎さんと一緒だよ。こちらに向かって来る兵に次々手傷を負わせている。小銃の腕前もたいしたものだ。が、足を狙うだけで殺めることはない。冷静沈着な人だな」

「そうですか」

渋沢の襲撃に加担したときの恐怖は消え去ったのだろうか。兄は、この戦場で何を求めているのだろう。ああ、兄弟でもう少し話がしたかった。蕎麦屋のおそでのことも。それでも兄はきっと軽蔑した眼差しを向けてくるのだろう。

あ、いかん、と小島が眉根を寄せた。

「丸毛さんからの報告があった。長州は団子坂下より三崎坂を上り谷中門を前に布陣。いまだ動く気配なし」

それでは薩摩もやきもきしているだろう。つまり、いまはほぼ薩摩一藩が必死の抗戦をしているということだ。

指揮官の大村という長州藩士は、薩摩の武力を疑わず、正面突破出来ると信じているのだろうか。長州は、薩摩と因州らが攻勢に転じたとき、側面から揺さぶりをかけてくるつもりか。

「承知しました。伍長に伝えます。では、ご武運を」

勝美が身を翻しかけたとき、

「ところで土肥さんはどこに？」

小島の顔が強張っていた。

「榴散弾を避けて一旦、隊列が乱れましたが、土肥さんもどこかに身を隠しているはずです。何か、伝えることがあれば」

被弾した中には土肥はいないのをすでに見ている。

ためらうような素振りを見せたが、小島は意を決したように、口を開いた。

「山王台に、砲兵として土肥さんの弟がいる。それだけ伝えてくれないか」

小島は踵を返すと、元来た道を走って行く。

弟？　そんな話は聞いたことがなかったが、やはり兄弟で彰義隊に入っていたのだ。山王台といえば、上原と一緒だ。

勝美もその場を離れた。

雨足は一向に衰えない。

砲撃は続いていた。命中するごとに歓声が上がる。

慄き、青褪めた顔が、今は生気に満ちていた。

勝美の報告を聞いた伍長は、

「隊列を整えろ。ひと息に圧し潰す。未だ長州は動けずにいる。いまのうちに薩摩を叩くのだ」

大音声を上げた。

自分たちが東征軍を圧倒していることに気づいた皆の士気が高まる。勝てるという希望が湧いてくる。

土肥と山崎の姿があった。

勝美は安堵の笑みを浮かべ、小銃を構えた。引き金に指を当てた。


閏四月末、江戸城に入った大総督府も黙って様子見をしていたわけではなかった。続々と寛永寺に集まる諸隊を警戒していた。

東征軍だけでは手が回らなかった江戸の治安回復のため、市中の見廻りを担っていた彰義隊がさらに力を得て、その数三千名にも近づいていた。

しかも、東征軍との小競り合いは止まらず、官軍の象徴である錦切れ取りはまるで、遊びのように行われ、酷いのになると、すれ違いざま睨んだ、睨まれたで斬り合いになった。子どものいがみ合いなら可愛げがあるが、殺し合いに至っては、大総督府も眼をつぶるわけにはいかない。

しかし、彰義隊は大総督府、ひいては新政府に明らかな挑発行為を行った。

寛永寺座主を奉じると宣言した。これには、大総督府もはやこれまでと、隊の解散を求め、速やかに寛永寺を離れるよう通達した。が、幹部らは、寛永寺座主である輪王寺宮警護を理由にこれを拒否。加えて、輪王寺宮自身も退去を拒んだ。

大総督府としては、輪王寺宮を寛永寺から引き離すことで、彰義隊の名分を失わせようと考えたのだろうが、そのような手段など先刻承知。うかうか乗るはずもなかった。輪王寺宮もまた同じだった。大総督府は、実父、伏見宮邦家親王までも担ぎ出し交渉したが、頑として応じなかった。

その上、

「薩摩、長州、土佐、芸州の四藩は凶賊である」

と、檄を発した。

大政奉還、ひいては倒幕の狼煙を上げた四つの藩だ。

それに相対するかのように、徳川宗家を田安家の徳川亀之助《かめのすけ》（家達《いえさと》）に相続させるよう新政府は幕府に通達した。

徳川安堵の道は開けたが、徳川家の命運を握る勝安房守が望んでいた慶喜の帰還はこれでなくなり、江戸城返還にも暗雲が垂れ込めた。

移封なのか、減封はどのくらいであるのかは、知らされていない。が、勝は、東征軍による江戸掌握を阻止するため、恭順を示しながら、幕府の陸海軍の武力をちらつかせ、彰義隊を公認部隊として、市中見廻り役を担わせていた。

ここまできて輪王寺宮擁立というまさに窮余の一策に出たことに、勝は慌てるどころか、寛永寺と彰義隊に怒りさえ覚えたようだ。

彰義隊の存在が、確実に江戸を戦禍に導く——。

端午の節句の頃であったか、落馬して骨折した本多敏三郎が杖をつきながら、寛永寺に姿を見せた。未だ養生が必要な本多が、血相を変えて幹部の詰所になっている寒松院に向かって、叫んだ。

「伴、天野！　おらぬか！　姿を見せろ！」

見廻りから戻ったばかりの勝美は、石畳の上でよろけた本多の身を支えた。

「すまぬ。お主は確か、円応寺の頃からいた者だな」

勝美が頷くと、本多が口惜しげに奥歯を嚙み締めた。

「さすればわかるだろう。此度の戦になんの益があるか。伴どのは戦を望んでいなかった。離脱した渋沢どのも。それが、なぜこのようなことに。輪王寺宮さまを奉じてなんとする」

「これは、本多どの、お珍しい。脚の具合はいかがでしょう」

天野がゆったりとした足取りで、本坊へ続く道を歩いて来た。

「天野どの！　いたずらに隊士を増やした結果がこれか。宮さまを奉り、貴様は古の南北朝の争乱を起こすつもりか！」

「なにをたわけたことを。薩長は朝廷の名を借りているだけです。輪王寺宮を奉じたところでなんの差し障りがあるというのでしょう。薩長の奸賊を我らが一掃せねば、江戸は奴らの好きにされてしまう。徳川を守るための最良の方策ではございませんか？」

「勝総裁が、江戸城奪還のため、これまで東征軍を騙し騙し、懐柔してきたのだぞ。それがすべて水の泡だ」

「本多どの、我ら、彰義隊は常に前へ前へと進んでいるだけのこと。それは誰にも止められませんよ。腰抜けの幕府にはなにも期待しておりません」

「公認部隊も外されたのだぞ。貴様らの暴挙が幕府を追い込んでいることに気づいていないのか！　慶喜公の恭順を無にするのか」

　本多は天野を睨めつける。

　天野は、眼をしばたたいた。

「はて、誰の恭順が？　どういたしたのでしょう？」

「貴様！　とぼけるな」

　天野は一歩、本多に近づくと、眼を細め、人懐こい笑みを浮かべた。

「我らの義は徳川に対してのもの。渋沢どのや本多どののように旧一橋家の家臣ならば、かつての将軍さまに思い入れもありましょう。が、我ら彰義隊の本分は徳川を守ること。それに尽きます。輪王寺宮を奉ることも、それが正しい道と思うておるからですよ。京の朝廷？　薩長が勝手に神輿を担いだだけのこと」

　さればこそ、寛永寺側も同様にしたまで、と天野はうそぶく。

杖を摑む本多の指に力が入った。

勝美は、本多の身体が怒りのあまり小刻みに震えているのを感じていた。

「本多さま。お身体に障ります」

天野がぐっと背筋を伸ばし、本多を見下ろすようにする。

「元一橋家の伴どのも、同じお考えです。江戸は徳川のもの。宗家を継がれた家達さまが江戸城に入られるならば、考える余地もなくはない。しかし、我らが解散することはない。徳川を守り、輪王寺宮を警護するためにここにいるのですから。しかし、東征軍が江戸から出て行かないというのなら、我らとの衝突は避けられません」

私は、間違ったことはいっておりませぬよ、と天野は口にした。

「残念だ。戦になったとしても私は──」

「そのおみ足では、かえって我らが扱いに困りますゆえ、どうぞお屋敷で行方を見守っていただければと存じます」

慇懃《いんぎん》に頭を下げた。

本多の身体から力が抜けていた。勝美は本多を支え黒門へと向かいながら、天野が何を求めているのかわからなくなっていた。

天野は彰義隊をどこに導き、自らをどうしたいのであろうか。彰義隊はこのまま戦に突き進む。

勝美の心は乱れた。

山門の文殊楼近くまで来ると、本多が急に立ち止まり、振り返った。

廻廊を持つ瑠璃殿と呼ばれる根本中堂、その向こうに建つ本坊の屋根が陽を浴びて、輝いていた。風が、うっそうと茂る木々の若葉の香りを運んでくる。

「桜は見たか」

本多が勝美に顔を向けた。天野と対峙していたときの険しさはすでにない。

下谷口から黒門に至る参道は桜樹が植えられ、花の時期には大勢、花見客が訪れる。酒の持ち込みはいいが、肴は禁止、鳴り物など鳴らして騒ぎを起こすのも厳禁だった。

今年は、彰義隊や諸藩の兵士たちと町人らが酒を酌み交わした。

「江戸はあんたらに任せるよ」

「薩長なんざ蹴散らしてくれ」

皆、酒樽を運んできては、そういった。

薄桃色の桜が通りを美しく彩った。勝美は、花見に訪れた娘たちの中で笑う若い隊士の姿を画帖に収めた。

頼られ、期待される心地よさに皆が酔っていた。桜吹雪の中、踊り、唄う。物狂いのような饗宴だった。

その翌日、激しい雨が降った。花散らしの雨だ。一晩降り続き、通りは敷物が敷かれたように散った花弁で埋め尽くされた。

来年もこの花が見られるか、と花弁を踏み締め呟いた隊士は十六だといっていた。

「天野どのは何かに怒りを感じているように思えるのだが」

本多が呟くようにいった。

「怒り、ですか？」

「奴は、旗本だが、渋沢同様代々の武家ではない。それを責めるつもりも、侮るつもりもない。奴も苦しんでいたのだ。恭順路線を貫く彰義隊であるべきなのだという思いは変わってはいなかった。だが、薩長には我慢が出来ないのは、誰もが思うところだ。悔しい、残念だ、無念だといっていた。伴は天野に従っているわけではないと私は思っている。ただ、流れが――」

本多は、黒門の外に待たせてあった駕籠に乗り込んだ。

身体を中に滑らせる前、痛めた脚を叩いた。

「私の不徳のせいだ。もう戦を止めることは出来まい。他の道はなかったものかと。彰義隊を活かせる道があったのではないかと」

日々逡巡しているが答えは出ない、と本多は静かに去って行った。

その数日後には、山岡鉄太郎が輪王寺宮の執当のもとを最後通告とも思える説得に訪れた。

だが、執当は、

「幼い天皇を奉り、傀儡として利用した薩長らこそが奸賊。徳川が錦の御旗に弓を引いたなど妄言の極み。どこぞの者が誂えた真っ赤な偽物ではないか。我が、輪王寺宮は仁孝天皇の猶子。寛永寺にこそ錦の御旗が翻る。それを薩長めらが討つというならば、きゃつらこそが朝敵、賊軍ではないか。もしも、解散を求めるならば、退去の準備金として二万両を申し受けたい」といい放った。

これにはさしもの山岡も唖然とした。

もはや幕府にそれだけの金子を用意するほどの余裕はない。それを知っていて無理を投げつけたのだ。

そのような最中に、根津で、彰義隊八名と薩摩兵三名が衝突した。

夏の日は長い。暮六ツ（午後六時頃）を告げる寛永寺の鐘を聞きながら、勝美は上原、山崎、杉田とともに、根津権現社の門前町を歩いていた。

灯りはつけずに、「彰」の字が入った提灯を山崎が提げている。門前町の商家の者が皆に向かって頭を下げる。

「水戸屋敷はどうなっているのかな」

杉田があたりを見回しながら呟いた。根津の門前町の南には、水戸家の広大な中屋敷がある。

「さあ、遅かれ早かれ、新政府に接収されることになるのでしょうねえ」

上原はいつものように幾分冷めた口調で返す。

「権現まで行って、折り返しましょう」と、勝美がいうと、山崎が頷いたが、ふと眉をひそめた。権現社にほど近いところに、数人の者たちが集まっていた。なにやら揉めているようにも思える。

「水色の羽織、相手は軍服だ」

上原は、そう叫ぶや、まだ人通りのある道を猛然と駆け抜けて行く。勝美たちもその後を慌てて追いかける。

果たして、権現社の横で、薩摩兵と彰義隊隊士が、抜刀して睨み合っている。が、すでに地面にひとり、薩摩の者が転がっている。

「なにがあった」

上原が声を張ると、

「怪しい者どもを詰所に引っ立てようとしましたが、抜刀したためひとり斬り捨て、ふたりにも深手を負わせております」

若い隊士が応えた。見れば、薩摩兵の足下は定まっていない。大方、根津の岡場所で遊び、酒を呑んでの帰り道であったのだろう。

「ここは寛永寺も近い。この者たちは間者ではないかと」

「上原さん、相手は酔うております。遊興に出て来ただけだと」

勝美が小声で囁くと、上原が息を吐いた。

「すでにひとり殺めておるのなら、ふたりも三人も同じこと。お前ら、退け」

上原が、鯉口を切り、ゆらりと前に出る。

「上原さん！」

勝美が叫んだとき、路地から轟然と走り出て来た者がいた。勝美ははっとした。

一瞬、上原が気を取られた。その隙に、「逃げろ」と声が上がった。

薩摩兵がふたり、抜身のまま身を翻し、その者もともに駆け出した。

「寺町を進め」

「逃がすか！」

彰義隊隊士が後を追う。

あの横顔。益満だ。

上原は舌打ちして、柄を納めた。

「あとは、奴らに任せよう」

深手を負ったうちのひとりは駒込で自害し、もうひとりも血を流しすぎたのか力尽き、腹を切ろうとしたところを小銃で撃ち抜かれた。益満の姿はなかった。すでに傷を負っていた者たちを救うことは叶わなかったようだ。

三名の殺害はすぐに、彰義隊、そして東征軍にも伝わった。

本多、山岡両人からの報告、そして薩摩兵の殺害を受けた勝は、彰義隊の解散を求めることはもはやなかった。

勝は、彰義隊を寛永寺に押し込めたまま、静観した。それは、見捨てたも同然だった。


五月十四日、大総督府は彰義隊討伐を翌十五日に決定した。

その報は、すぐさま寛永寺にもたらされた。

一昨日から降り続く雨の中、半裸の男たちが引く大八車が黒門を潜って、次々入って来る。肩や背から湯気が立ち上る。荷台に積まれているのは空の米俵や畳だった。

「てめえら、もたもたするんじゃねえぞ」

寛永寺根本中堂前で、新門辰五郎の指図する大声が飛んでいる。隣にはその様子を見守る天野八郎がいた。

「おい、そっちの五台は谷中門へ行け」

辰五郎の声に、男たちが勇ましい声で応える。

境内に連なる大八車から荷が下ろされると、下谷、神田周辺から集められた町人たちが、すぐに畳を寛永寺の黒門、車坂門、穴稲荷門などへ運び、空の俵には土を入れる。畳も俵も弾除けのためだ。寛永寺の門すべてを守り固めることが急ぎ行われた。

勝美は、山崎とともに蓑笠を着け、雨を避けるよう小銃を抱え、根本中堂前にいた。辰五郎の子分たちは掛け声を上げながらてきぱき動いている。数人ごとに見事に統率が取れ、無駄がない。火消しを経験してきたこともあるのだろう。火事場では互いの役割をきっちり決めて、皆が連携して動く。

家屋を崩し、延焼を防ぐ破壊消火であるため、誰がどこで何をしているかが重要になる。荒縄で引き倒す家屋の下敷きになるような危険を伴うからだ。

このように彰義隊が動けるのか、勝美は気がかりではある。

武家であれば、それなりに武芸を修めている。上原のような優れた剣士も少なくない。砲術も学んでいる。町人の中には、幕府の歩兵隊に所属していた者もいるが、果たして軍隊として行動が出来るか。

入隊して、ふた月足らずの隊士もいる。

まさに烏合の衆だ。

勝美は笠の縁を指で押し上げた。薄墨を刷《は》いたような空から、針のような雨が降り注ぐ。頬にいく筋かの雨が当たる。境内にそびえる木々の葉は濡れ、一層緑を濃くしているが、連日の雨に打たれた枝はしなだれている。

地面のそこここに、にわたずみが出来ていた。泥濘に足を取られぬようにしなければならないだろう。

「さすがは辰五郎親分ですね。鶴の一声で、子分はおろか町中の鳶人足《とびにんそく》が集まって来ています。すでに、本陣の寒松院には兵糧も運び込まれたようですし。明日は万全を期して挑めますね」

山崎が頬を紅潮させていた。

「正太郎は、怖くないのか？」

え？　と眼を丸くする。

「怖くないといえば嘘になります。人に向けて銃を撃つのも初めてです」

「そうだよなぁ。私も同じだよ」

勝美はそう応えて、再び空を見た。

明日もこのまま降り続くのだろうか。

ふと、肩に楓の葉が触れた。その葉にひとつ、露が光っていた。枝や、他の葉の陰になり雨から逃れて流れ落ちなかったのだろう。

勝美は指先で葉の露に触れた。するりと葉の上を滑って、肩越しに滑り落ちていった。

雨露——。

雨と露は、大地を潤す恵みとなる。

勝美は厚い雲を眺めながら、この雨が我らに与えてくれるのはなんであろうかと思った。

はあはあはあ——。

自分の息遣いが聞こえる。引き金に指をかけたが、やはり引けない。指が強張っている。

勝美は焦った。撃たねば、こっちがやられる。しかし——。

隣からも荒い息が聞こえてきた。見れば小銃を構えたまま、身体が固まっている中年の隊士だ。

後方から火矢が放たれた。

火の玉が尾を引いて、家屋の屋根に落ちる。砲撃で崩れ、すでに火の手の上がっている町が、さらに激しく燃え上がり、東征軍の退路をますます断つ。

炎が踊っているように見える。

山王台からの砲声は間断なく続き、東征軍を翻弄する。

頭並の酒井《さかい》がさらに、皆を鼓舞するように叫んだ。

一斉に銃口が火を噴いた。

その音が勝美の耳をつんざく。撃つのが遅れた。勝美は思わず目をつむる。情けない。すぐに構えたが、やはり引き金を引けずにいた。黒門の左側に小高い山王台がある。そこから、東征軍に向けて、容赦無く砲弾が撃ち込まれ、さらに黒門の後方から再度、火矢が射られる。

「勝美」

土肥と山崎が走り寄ってきた。

「ここらは、山王台に近い。危ないぞ」と、土肥が勝美の腕を摑んだ。

「しかし、各々持ち場がありましょう」

土肥の言葉に勝美は返した。

「お前まだ一発も撃ってねえんだろ。そんな奴が生意気いうな。いいか、因州も肥後も薩摩が頼りだ。うまく連携が取れていない。町家の火事と、山王台からの砲撃に怯んでいる。しかし、なんとか山王台を潰そうと躍起になり始めた。攻撃の手があっちに移っている」

「しかしそれなら――なおさら守らないと」

なおもいう勝美の身を引き寄せた土肥は、

「ここは敵の標的になるといっているんだ！　こっちに弾が降ってくるんだよ、わかるか？　聞こえているか？」

降りしきる雨と砲声が絶え間なく続く中、怒鳴った。勝美は土肥を見つめた。

本音をいえば、ここにいたくはない。だが、持ち場から離れるのはどうか。

「死にたくなければ、ともかく身を守れ」

土肥は何をいっているのだ。勝美は唖然とした。

身を守れというのは逃げろということか。

「伝令！　伝令！」

馬が砲声の中を疾駆してくる。

「速やかに神号を掲げよ」

いななく馬の手綱を引き、馬上で大音声を張り上げたのは、丸毛だった。

神号は、東照大権現の御旗だ。

「徳川の臣よ、民よ。我らの義はこの一戦で彰かになる。神君の御霊が我らを守護してくださる。必ずや、賊徒どもを討ち払うべし！」

高らかに声を上げ、皆を鼓舞する。

一斉に怒号のような声が上がり、神号が揚げられた。

勝美は洋装の丸毛を仰ぎ見る。

それに気づいた丸毛が、素早く馬を下り、駆け寄って来た。

「勝美さん、土肥さん、ご無事で」

「まだ、これからだろう」と、土肥が苦笑した。

丸毛がふっと笑みを返す。

「長州の大村益次郎はなんとも怖いお方です。薩摩は捨て駒扱いのようです。西郷隆盛も舐められたものです」

黒門は寛永寺の正門、そこに薩摩兵を配置したのは、その力を信じていたからではないというのだろうか。

「黒門突破を薩摩に託したのは間違いないですがね。一方、未だに長州はのらくらした攻撃をしています。谷中口では我らが善戦しています。しかも長州兵の一部は、後装銃の扱いがわからず、修練しているようで」

最新式のスナイドル銃か、と土肥が怒りに満ちた表情をした。

「くそっ。いまさら修練だと。馬鹿にしている」

丸毛は轟く砲声に、身をすくめた。こちらへ、と丸毛が馬を引き、松林の中へと促した。

「一体なんだ。呑気に話している場合じゃあないぞ」

土肥は怒鳴ったが、丸毛が提げる銃に眼を留め、見開いた。

「それ、スペンサー銃か。元込め式七連発の」

「ええ、僕は幕府の奥詰銃隊におりましたので、ちょいと拝借というか、もらってしまったんです。で、こちらに身を隠して、これをご覧ください」

と、絵図を懐から取り出した。

土肥が羨ましそうな顔をしたまま、それを受け取り、素早く眼で追う。勝美と山崎も覗き込む。絵図には、東征軍の配置が記されている。すでに口頭で伝えられているものだ。これを見たところでどうにもならないと勝美は訝った。

土肥が表情を変えて、丸毛を見た。

「ここ、は？」

上野の山は諸藩に取り囲まれているが、根岸、日暮里《にっぽり》に抜ける方面には東征軍の兵が置かれていない。

「そうです。我らが逃げ道として空けている場所です。東征軍もむろんそれは調べてあったのでしょう。先ほど確認しましたが、やはり兵がいません。そこに東征軍が兵を置かなかったのは――」

「逃げ道を塞ぎ完全包囲すれば、寛永寺内での戦闘が激化し、互いに死力を尽くす。つまり、短期決戦になれば我々にも東征軍側にも多く犠牲が出る」

勝美は身震いした。

「おそらくそうです。大村はそれを避けたいのでしょう。我らを殲滅したいのは山々でしょうが、自軍の犠牲は払いたくない。それに、ここには輪王寺宮さまがいらっしゃる。まさかに、宮のお命まで頂戴するわけにはいかない。もしも自害などなされたら、あるいは側近がもし宮に手をかけたら。何がなんでもそれはあってはならないこと。脱出経路は残しておかねば東征軍とて朝廷との関係がぎくしゃくします。ただし、逃げ道が敵に知られている以上、追手がすぐさま放たれることを覚悟しておくべきでしょう」

万が一のときには、うまく逃げおおせてくだされればよいが、と丸毛は、輪王寺宮がいる本坊の方角を仰ぎ見た。

「では行きます」

と、丸毛はあぶみに足をかけ、再び馬上の人となる。

「それから、雁鍋、松源を注視していたほうがよろしいでしょう。これも伴さまか酒井さまにお伝えを」

雁鍋は、黒門前の下谷広小路の東側にある料理屋だ。隊士たちの溜まり場でもある。松源は広小路を挟んで、雁鍋の向かい側にあった。

「両料理屋の二階からは、黒門、山王台が狙えます。境内に立ち並ぶ樹木がこちらを隠してくれるかと思っていましたが、一か所、樹木の列が途切れているところがあり、奴らにそれを気づかれると厄介です」

「敵方が料理屋に眼をつけるだろうか？　奴ら東征軍は江戸の町は知らないからな」

「ええ、そこが一点、救いなのですがね」

手綱を手に、ふと思い出したようにいった。

「振武軍が助勢に駆けつけるかもしれません。砲声が聞こえたなら動くと、いっておられましたのでね。では、生きて再び会いましょう。ご武運を」

振武軍。渋沢の隊だ。勝美は走り出す丸毛に向かって叫んだ。

「渋沢さまですね。渋沢さまにお会いしたのですか？　上野に戻るかもしれないと話したのですか」

すでに背を向けていた丸毛が振り返り、大きく頷いた。

みるみるその姿が小さくなっていく。

渋沢さまが。振武軍を率いて駆けつける。勝美は銃を握り締めた。やはり渋沢は彰義隊を見捨てたわけではなかったのだ。

「戻るぞ。勝美、正太郎。雁鍋と松源のことを早く伝えねば。そういえば、あそこの二階には他の樹木に邪魔されず上野の山の桜が楽しめる座敷があると評判だった。つまりは、その座敷からは、こちらが丸見えということだ」

「土地勘がないことを願うしかありませんね」

勝美も上野の山に茂る樹木が我らを隠してくれるはずだと思っていた。それゆえに多くの人数を配し、正面からの攻撃への備えを万全にしているのだ。

「天野さまはいま、どこにいらっしゃるのか」

「本営の寒松院ではないですか？」

山崎が土肥の顔を見上げた。

「どうかな、天野さまのことだ。山王台に上がっているかもしれないぞ」

山王台から放たれる砲声が響いた。

双方ともに砲撃と銃撃の苛烈さが増している。

黒門は、東征軍から放たれた無数の弾丸が撃ち込まれていた。

「酒井さまには私が伝えます」

駆け出そうとした途端、爆風が巻き起こり、山崎の身が一間ほど飛ばされ転がった。樹木が奇妙な音を立てて裂け、木片や枝がどさどさと落下してくる。

「正太郎！」

勝美は駆け寄り、倒れた山崎の身を探る。転がったとき頭を打ったのか、意識が朦朧《もうろう》としている。額から血が流れていた。飛んできた枝が当たったのだろう。一寸ほどの切り傷で済んでいたが、出血が激しい。

「ちょっと我慢しろよ」

勝美はそういって、山崎の鉢巻を額の傷の上に巻き直した。山崎が呻く。

「念のため救護所へ行くか？」

「結構です」

根本中堂が救護所となっている。すでに負傷した者が幾人も運ばれている。

勝美はその身を担いで、積み上げられた畳の胸壁の陰に、土肥とともに滑り込むように隠れた。

山崎が苦痛に顔を歪め、薄目を開けた。

「かたじけのうございます」と、山崎が立ち上がろうとする。

「頭を出すなっ」

勝美が怒鳴って、袂を引いた。轟音の後、弾が降ってくる。榴散弾に当たれば、大怪我をする。

「貴様ら、なにをしていた。我らが優勢なのだ、勝機を逃すな！」

小銃を構えた伴門五郎が、眉を吊り上げ頭上から怒声を浴びせてきた。

「伝令の丸毛から報告を受けておりました」

土肥が応えると、伴が腰を屈め、ぐっと眉根を寄せた。

「よし聞こう」

「まず根岸、日暮里方面に、いまも東征軍は布陣しておりません。それから、雁鍋、松源を注視するようにと」

「あの料理屋か。丸毛がそういったのか」

伴が舌打ちした。

「昨日、天野どのとあたりを視察に出た際、あの料理屋は脅威になるやもしれんと危惧していたが。やはり打ち壊すべきであったな」

「では、幹部の皆さまもご存じで」

勝美が訊ねる。

「うむ。この戦にあたり、下谷広小路、池之端の店には退避するように通達したが、まさかに壊すのはためらった。幸い上野の山内は樹木が多く、目隠しになるゆえ、狙いを定めづらいという利点があると高を括《くく》っていた。やはり料理屋ふたつ、少々ぬかったか。あそこから攻撃されたら、こちらの損害も大きくなる」

「そんな」と、山崎が呟いた。

遅かれ早かれあの二軒が利用されるだろう、と伴が沈黙する。

勝美は、小島の言葉を思い出した。山王台には土肥の弟がいる。土肥の顔を見ると、唇を強く嚙み締めている。土肥は、弟のことは誰にも告げなかったが、弟が彰義隊にいることは知っていたのだろう。

「山王台が崩れれば、東征軍は黒門への攻撃を強めてくるだろう。突破されれば白兵戦だ。今のうちに正面の薩摩らを蹴散らしておかねばならん」

伴は身を翻し、「お主らも覚悟しておけ」と、いい放った。

「伴さま」

勝美は思わず立ち上がり呼び掛けた。伴が振り返る。

「渋沢さまが、振武軍が駆けつけてくださると」

伴が険しい顔をふと緩めた。

「そうか。間に合えばよいが」

伴は小さく応えると、口角をわずかに上げた。袂を分かったとはいえ、伴と本多、そして渋沢も元は一橋家の家臣だ。その繫がりは天野よりも強いはずだ。彰義隊を立ち上げた立役者でもある。

「むろん、我らの勝鬨に間に合えばよいがということだが」

伴が笑顔を向けた。

三

伴が立ち去ってまもなく、ドン、と再び腹に響く轟音に勝美は身をすくめた。続けて、ぱらぱらと音がする。弾の雨だ。

あたりで悲鳴が上がる。腕や肩に被弾した者が倒れていくのが見えた。

こちらが優勢であっても、敵方とて攻撃の手を緩めるはずはない。互いに砲弾を撃ち合い、その犠牲は増えていく。

薩長ら東征軍が、すぐに引くことは考えられない。江戸で敗走すれば、この先の奥羽攻めの士気にも影響を与える。

勝美は背を丸め、頭を抱えた。

雨足はさらに強くなる。隊服から滴が絶え間なく滴り落ちる。足下も泥にまみれていた。

堡塁《ほうるい》に設置された四斤山砲が応戦した。

硝煙と雨で視界が閉ざされる。

土肥がいきなり立ち上がり、引き金を引く。その音で耳が一瞬、聞こえなくなった。

すぐさま、しゃがみ込んだ土肥は、早合《はやごう》から弾薬を取り出して、銃口に詰めた。さく杖で銃身に押し込む。

「空に向けて撃つしかないな」

土肥が呟いた。え？　勝美は戸惑う。

「黒門は閉ざされているんだ。格子状になっているとはいえ、その隙間から弾を通すなんて腕はおれにはないさ」

土肥が再び小銃を上空に向けて構え、引き金を引く。

「それに、やっぱり人を殺したくねえんだ。的撃ちのようにはいかない。この期に及んでおれも情けねえな」

勝美ははっとした。自分の身の危険だけではない。人を傷つける、殺める。それも恐怖だったのだ。口元をぐっと引き結ぶ。

「なぜ、躊躇なく人を斬れるのか、前にな、上原に訊いた」

土肥が胸壁に寄りかかり、装塡しながらいった。

「瞬時に殺す理由を見つけるそうだ。そうでなければ、ただの人殺しになるってな。あいつもただの人殺しは嫌だと見える」

土肥が肩を揺らす。

「要は、どんな理由を見つけようと、人殺しであることには変わりない。もっとも戦で人を殺したくねえなんていってたら、あっという間に死んじまうんだろうが」

と、山崎が額を手で押さえながら、口を開いた。

「敵兵も同じ思いをしているのではないでしょうか？　同じように怖いと思っているのかもしれません」

「だといいな」

土肥が真顔で応えた。砲撃の音が続く。

それなら――。互いに殺し合うことなどないではないか。しかし、戦になれば死にたくないから相手を傷つける。死にもの狂いで立ち向かう。けれど、勝てば、美酒に酔えるのか？　累々たる屍《しかばね》を前に大笑いできるのか？　殺し合いの果てになにが残るというのだろう。

守りたい？　誰を？　取り戻したい？　なにを？　いまさら、ここで？　なにを悩む？　命のやり取りをしているこの場所で。

勝美は胸の内で首を横に振る。駄目だ。なにをぐずぐず考えている。

だが――。

そもそも彰義隊とは一体なんであったのだ。

すでに壊れた幕府のために、武士の意地を通すだけなのか。いや、武士の意地など、一分など果たしてあるのか？

主家が傾き始め、禄を食んでいた直参たちは、行く末が見えなくなった。降って湧いたような激変に慌て出した。声高に、薩長の悪行を叫び、自分の正義を思い込むことだけに懸命になった。

そういえば、彰義隊に入隊すれば、次男三男でも一家を立てることが許されるだとか、入隊しなければ武士にあらずだとか、そんな風潮に流され、隊士になった者も多かった。

沈没寸前の船に必死にすがり、しがみついている光景すら浮かぶ。

けれど、いざ戦となったら、三千ともいわれていた隊士のうち、寛永寺に結集したのは約千名だ。過半数の者が、まさか戦になるとは思っていなかったのかもしれない。

ならば、なぜ、私は、こ、こ、に、い、る？

勝美の胸中が千々に乱れる。

駄目だ駄目だ。何物にもとらわれるな。疑問を持つな。戦場にいるのだ。それだけを考えろ。

と、山崎がぐいと銃身を握る手に力を込めたのに勝美は気づいた。

「私は薩長が憎い。慶喜公を朝敵としたのも、徳川を潰すためではありませんか。奴らこそ徳川に反旗を翻した謀反人だ。その上、自分たちに従わなければ武力で叩く。泰平の世を乱し、人々の暮らしを脅かす。奴らは、裁かれるべきにっくき罪人なのです」

「そ、それは、正太郎が考えたことなのか？」

勝美は思わず訊き返していた。

「父も母もそういっておりました。だから私は彰義隊に入隊したのです。将軍さまのお膝元であるこの江戸を守るため、徳川の臣としての意地です。天野さまからも徳川を朝敵、賊軍としたのは新政府側の謀略だと伺いました」

「しかし、個々の兵士に恨みはない」

勝美が呟くと、山崎がそれは違います、と返してきた。

「江戸に入ってきた東征軍の傍若無人ぶりを見てきたではないですか。錦切れを誇示して小銃を提げ、江戸の町人を脅して呑み食いし、婦女子には無体を働く。兵士とて同じです」

洋装の東征軍が硝煙の向こうに霞んで見える。

「三番隊、十番隊、前へ。一斉に撃ち掛ける」

酒井の声が飛んだ。

「勝美、正太郎、ぐずぐずするな」

土肥の声に思わず立ち上がる。

「正太郎、傷は大丈夫か？」

「はい、ほんのかすり傷です」

　黒門口の堡塁、山王台から三橋へ向けての砲撃が間断なく続けられた。東征軍からの砲弾も飛んでくる。黒門を遥かに越えた先に着弾し、松の大木が裂ける。

「三番隊」

　伴の声が響いたとき、こちらに駆けて来る一団がいた。伴がその姿をみとめ、命令を止めた。先頭にいるのは、頭並の天野だ。その後方には八番隊がいた。

「天野どの」

「伴どの。押して、押しまくれ。山王台の攻撃で奴らは怯んでいる。谷中口の敵も一掃した。天王寺方面の長州も後退している。このまま一気に畳み掛けろ。我らの勝利は近い」

　天野が声を張った。あたりの者が呼応する。

「三橋の前方には我ら、背後は広小路だ。奴らへの攻撃を遮るものはない。まして背が火に炙られれば逃げるか、自棄《やけ》になって黒門に突進して来るかだ。砲弾を撃ち込み、射撃と火矢を休まず浴びせてやれ。賊軍を蹴散らせ！　必ず勝つ！」

　おう、と数百人の低い声が木立の中にこだまする。

　が、突如、不気味な音が続けて響いた。

　黒門口の兵士たちが皆、首を回し、左手を見上げ、呆気に取られた。

　山王台から黒煙が上がっていた。

　砲弾が飛ぶ。

「雁鍋だ！　雁鍋の二階からだ！」

　誰かが絶叫した。さらに、銃撃音がした。

土肥の唇が震えた。

天野がぎりぎりと歯噛みする。

「なんてことだ。山王台を守れ！　砲兵、こちらからも雁鍋を狙え。八番隊は私に続け。山王台に行くぞ」

「頭並、お待ちください」

天野が怒鳴り、踵を返した。

部隊の者が天野を止めた。

「我々が助勢に参ります。頭並はここにいて指揮をしてください」

八番隊の隊士が取って返す。

山王台の砲台が崩されたのか。

危ぶんでいたことが、まさに現実となった。東征軍が布陣した黒門口正面の三橋あたりと山王台との高低差は七間弱（約十二メートル）。山王台から三橋周辺を見下ろす形となって、狙い撃つことで、戦いを有利に進められていたのだ。

だが、雁鍋からの攻撃は、その高低差を埋めてしまった。さらに、黒門正面は畳や土俵などで胸壁を作っていたが、横から加えられる攻撃には対処出来ない。

またも、砲声が響いた。

今度は、黒門口の斜め右の料理屋の二階から砲口が覗いている。

「松源か」

天野が呆然と呟いた。東征軍は松源の二階にも火砲を運び入れたのだ。

天野の顔に血が上る。

「頭並、頭並」

衣装も破れ、傷だらけの若い隊士が息も絶え絶えに走って来る。泥濘に足を縺《もつ》れさせながら、叫ぶようにいった。

「土肥隊長、石神隊士、後藤隊士、討ち死に。砲兵負傷。山王台が、山王台が」

天野が思わず呻いた。山王台には上原もいたはずだ。無事なのか。それに、「土肥」と若い隊士は確かにいった。土肥の実弟か。

「八十三郎《やそさぶろう》――」

土肥が呟くや、若い隊士がその場にくずおれる。土肥が走り寄って、その身を抱き起こすと、若い隊士を質した。

「土肥八十三郎は撃たれたのか？　死んだのか？　死んだのだな？」

途端にその者は顔を歪めた。

悔しさに唇を噛み締め、嗚咽を堪えるように途切れ途切れにいった。

「はい。砲撃の指揮をされておりましたが、雁鍋二階より狙撃され」

ご立派なご最期でした、と声を震わせた。

勝美は拳を握り締める。土肥が抑えた声でいった。

「お前が見届けてくれたのか？」

「兄上さまです、か？」と、傷を負った若い隊士は、ああ、と声にならない息を洩らすと土肥の腕にすがりながら、胸元から血に染まった鉢巻を取り出した。

「これを。もし兄に会えたら渡してほしいと。父上と母上を頼むと、隊長が今際の際に」

土肥は受け取り、「感謝する」と、頭を下げ、

「誰か、この者を救護所へ」

そういうと立ち上がり、空を仰いだ。顔を雨粒が濡らす。

「土肥、大丈夫か」

天野が声を掛ける。土肥は静かに頷いた。

「戦ですから」

応えたその表情は苦悶に満ちていた。勝美は、掛ける言葉を失っていた。なによりも奇妙な塊が喉に引っかかっているような気がしていた。それを飲み込むか、吐き出すかしなければならないと思いながら出来ずにいる。

うむ、と天野は土肥の肩を強く摑んで、揺さぶると、弾丸が撃ち掛けられる中を悠然と歩き出し、黒門の前に立つ。

「山王台の土肥隊長、石神、後藤の三名、黒門口でも数名が討ち死にした。怯むな、臆するな、命を惜しむな、死力を尽くせ。東征軍を掃討し、勝利を我が物とする。寛永寺座主、輪王寺宮さまはいまも本坊におわし、我らのために祈禱を続けておられる。神仏が我らの味方ぞ。彰義隊隊旗を掲げよ。いまこそ義を彰かにすべき時ぞ。我らこそが、正義！」

天野の檄が飛んだ。

黒門を守る彰義隊の二番隊、三番隊、十番隊、十一番隊、十六番隊、歩兵隊、万字隊、旭隊の面々の顔に力がみなぎる。

伴と酒井も天野の横に並び、拳を振り上げた。

「砲隊、撃てぇ。三番隊、前へ」

一斉に銃口が火を噴く。

射撃した一隊は、すぐに後方に下がり、装塡を開始する。次の列が前に出る。この戦場にいて、酷い有様を見ながら、いまだためらう自分がいる。

土肥が隣に立った。

「おれは、宮仕えは真っ平だと放蕩三昧で、弟に家督を譲り渡したしょうもない嫡男だ。真面目な弟が家督を継いだ。奴には、よく諫められたものさ。お前たちとは逆だな。ま、おれの弟は、嫌味はいわなかったが。ふた親にも認められ期待を掛けられている弟におれは、どこかで引け目を感じていたのだろう。彰義隊に入ったのは兄としても武家としても、まだ気概はあるぞと見せたかったのかもしれないな。くだらない意地だ」

なにかにつけ、恩賞や立身目当てといっていたのは、やはり偽りだったのだ。

戦が終わったら、兄さまと仲良くしろよ、血を分けた兄弟なんだからな、と土肥は微かに笑みを浮かべた。

「そうだ。勝美、いま思い出したよ。上原はこうもいっていた。殺した後で、自分の中に大義を作るのだと。それが間違っていようが、たとえ人の道に外れていようが、構わぬとな。そうでなくば、他人の命を奪う行為に罪悪感を抱いてしまう、そういった。あいつらしい。弟は戦って死んだ。満足だったかはわからん。だが、おれは無念を感じている。これほどまでに憎悪を感じたことはない。これが大義であるなら、おれはこれに従う」

土肥は血染めの鉢巻を取り出し、頭に巻いた。

ダンダン、と小銃の音が響く。撃った者が後方に回る。勝美は前に出た。

「勝美、正太郎、いまお前らはどこにいる！」

土肥が小銃を構えて怒鳴った。

「この戦はまだ終わらないぞ。もう腹を括れ。引き金を引け。空でもいい、撃て」

喉が渇く。勝美はごくりと生唾を呑み込んだ。まだ塊は喉の途中にある。

伴の声が勝美の耳に轟いた。

引き金を引く。がん、と重たい衝撃が全身に伝わってきた。修練で慣れているはずであるのに、人に向けて撃ち掛けることが、これほど身にこたえるとは。

けれど、撃たねばならないのだ、それだけは感じた。

土肥が苦渋の表情をしながら、早合を手にして、後方に移った。

大義を作る、要は言い訳だ。

人はそこまで身勝手になれるのか。だが、それがもっとも許されるのが、戦なのだ。

戦況は、一進一退を続けた。

雨に加えて、風も出てきた。視界を閉ざす硝煙が払われていく。

黒門の先に、倒れ、もがく者が見えた。東征軍側にも犠牲が出ている。

しかし、雁鍋、松源、正面と三方向からの攻撃は、黒門口の兵士たちを徐々に疲弊させた。

砲弾で松の大木が倒れ、兵がその下敷きになり、黒門口は大いに乱れた。

因州、肥後を後目に、薩摩の一隊が黒門に向けて進撃を開始。一斉射撃に怯んだが、門を開けられてなるものかと、堡塁から砲弾を撃ち掛ける。

「射撃を続けろ。三番隊、十番隊は一旦、文殊楼まで下がれ」

文殊楼は、吉祥閣とも呼ばれており、寛永寺の山門だ。兵は百名ほどがいるが、穴稲荷門へ助勢に出ている。

穴稲荷門には要太郎が詰めているはずだった。激戦になっていなければよいがと願いながら、山崎と土肥、他の隊士とともに身を翻す。

「八番隊前へ」

次々と命令が飛ぶ。砲声と雨音に消されないよう張り上げるため、酒井や伴の声がかすれている。

丸毛が馬を飛ばして来たのが見えた。

「穴稲荷門交戦中。天王寺、長州の動きあり。東側、車坂門、屏風坂門、徳島、岡山、藤堂藩らが急襲。遊撃隊、純忠隊、奮戦し、これを退ける。山王台、因州藩兵隊が占拠。黒門へ狙撃開始。西、不忍池に着弾。池畔西の富山屋敷からの砲撃と思われる」

丸毛がいったとき、銃弾が飛び、馬が被弾した。

嘶《いなな》きながら倒れる馬から、丸毛はひらりと飛び降り、提げていたスペンサー銃を構え山王台へ向け応戦した。

「丸毛さん、怪我は」

勝美が叫ぶと、

「大丈夫です。文殊楼が砲撃を受けています。負傷者多数。救護に当たってください」

馬を失った丸毛はそういうと、天野のもとへ走って行く。

戦を有利に運んだ山王台を取られたことで、黒門口の兵士たちは苦境に立たされた。

三方からの攻撃に加えて、後方の山王台からも狙撃された。まさに四面楚歌というべきか。

彰義隊、歩兵隊がばたばたと倒れていく。

山崎の後から走って来ていた者が、額を撃ち抜かれて、悲鳴を上げる間もなく、もんどり打って転がった。

山崎がびくりとして立ち止まる。

「走れ、狙い撃ちされるぞ」

勝美は怒鳴った。

あっという間に形勢が逆転した。東征軍が優勢になってしまった。

大声を上げながら、山王台を雪崩《なだれ》のように下りて来る者たちがいた。因州藩の兵士だ。内側から黒門を開けるつもりだ。

それを阻止するため、黒門口の隊士が抜刀し、突進する。

因州兵と彰義隊が衝突した。

一際、鋭い一刀を放つのは、上原だった。山王台から下りて来たのだ。さらに、憤然と槍を振るう者がいた。あたりの敵兵たちの腰が引けている。

「元新撰組、十番隊組長、原田左之助だ」

大音声で名乗りを上げる。

天野との約定を守り、まことに駆けつけて来たのだ。

「戻りましょう、黒門に東征軍が入って来ます」

山崎がいうや、踵を返した。

白兵戦か。全身が粟立つ。

と、一発の弾丸が山崎の胸を貫いた。

勝美の眼前で、どう、と仰向けに山崎が倒れる。

「正、太郎？」

勝美は足を止め、呆然と立ちすくんだ。胸のあたりがみるみる赤く染まる。鮮血を押し流すように雨がその身を打つ。

「土肥さん！　正太郎が、正太郎が撃たれた！」

土肥が駆け寄って来た。

勝美は山崎の身を引きずった。ここにいたら弾雨にさらされる。どこかに、どこかに移さなければ。胸から、血がどくどくと溢れ出す。

「正太郎、しっかりしろ。息をしろ」

勝美は山崎を引きずりながら、呼び掛けた。が、ぴくりとも動かない。

「勝美、無理だ。諦めろ！」

土肥が勝美の腕を押さえた。

「助かるかもしれないのに、放っておけますか！　中堂に連れて行きます」

「よく見ろ。もう死んでる。無駄だ。お前が撃たれるぞ」

そんな。そんな。今の今まで、生きていたじゃないか。たった一発の弾丸が、山崎の命を奪った。まだ十四だ。まだ十四だぞ。

「誰が、正太郎を！」

勝美は土肥の襟元を絞るように摑み上げた。

「知るか！　山王台から撃たれた。それだけだ」

勝美はその場にくずおれ、雨でぐしゃぐしゃの地面に膝をつき、山崎の身を覆うように突っ伏した。

「勝美、そのままでいるのか。お前も撃たれるぞ。立て」

「土肥さん、でもこのまま置いておけません。せめて別の場所に移さねば」

身体はまだ温かい。流れ出る鮮血は熱い。

泥濘に血が流れていく。赤いにわたずみが出来る。

土肥が首を横に振って、山崎の足下に回った。

「あっちへ移すぞ」

勝美は山崎の脇に手を入れ抱えた。胸の銃創が痛々しい。松の根本に身を横たえた。雨が亡骸に打ちつける。

「黒門に戻れ！　突破されたぞ」

どこからか、声が飛んできた。

文殊楼へ向かっていた三番隊、十番隊の者が、身を翻す。

三人の姿を見た隊士たちが眼を瞠った。

「撃たれたのか」

る。


「まだ子どもじゃないか」

「許せん」

　中に、山崎の骸に手を合わせて見送る者がいた。勝美は羽織を被せ、土肥とともに合掌し、踵を返す。

「白兵戦で、銃は使うな。味方に当たる」

　十番隊の伍長が叫ぶ。勝美は小銃を肩にかけ、先を行く土肥の背を見ながら、歯を食いしば
　この死はなんだ。この死に、意味があるというのか？

　悔しい。悔しい。口中が錆臭い。どこか切れたのか。山崎の血潮の熱さが甦る。あのときは
まだ生きていたのだ。死んでもなお、身体の血は巡っていた。

「生きて再び会いましょう」と、丸毛はいった。

　勝ちましょうではなかった。丸毛は、こちらに勝機はないと暗にいっていたのかもしれない。

また奇妙な塊に喉が塞がれた。苦しい。これはなんだ。

「勝美、気をしっかり持て。刀を抜け」

　土肥が背を叩く。

「正太郎がいったことを思い返せ。奴らとて怖いはずだ」

　勝美は深く頷いた。

　これで生が終わるかもしれない。ただ死ぬのは口惜しい。けれど――。

　黒門が開いているのが見えた。

洋装の黒い一団が突入して来る。たちまち、門前で刃を交える音が響いた。

「槍隊、進め」

伴が、指揮杖を振り上げ、突進した。刹那、その身がぐらりと揺れ、ゆっくりとくずおれた。無数の銃弾を浴び、どっと倒れた。

大刀で応戦していた天野が眼を剝いた。

「伴どの！」

悲鳴にも似た声が雨中にこだまする。

黒門は乱戦状態に陥っていた。阿鼻叫喚の渦。叫び、怒号、悲鳴。泥と血が飛び交う。

「おれの槍を受けてみろ！」

飛び交う銃弾を抜け、三橋の直前まで進んだ原田左之助がどんと地を踏み締め、東征軍の兵士を挑発する。

わっ、と迫った敵兵が、

「ぬるい！」

原田の一喝を浴び、十文字鎌槍の餌食となった。薩摩兵のひとりは突き殺され、もうひとりは横なぎに胴を払われ、臓物を撒き散らした。

「まだまだぁ」

さらにひとりの内腿を斬り裂く。

「黒門を死守するのだ！　持ち堪えろ！　砲兵を狙い撃て。撃てぇ」

十六番隊の隊長今井《いまい》が敵前に躍り出て、大刀を振るい、敵兵を斬りつけながら叫ぶ。しかし、山王台を奪った東征軍が黒門に向けての銃撃を開始し、背後からの攻撃に黒門警護の彰義隊が乱れていた。

その一団の中に、勝美は見知った顔を見た。

銃剣で、次々と隊士たちを刺している。

益満休之助、だ。

益満も勝美の視線に気づいたのか、顔を向けた。返り血を浴び、赤く染まったその顔は悪鬼のように見えた。

と、益満が唇を動かした。なんだ？　勝美は訝りつつも抜刀した。

首を横に振った益満は、再び唇を動かした。

今度ははっきりとわかった。逃げろといったのだ。なぜ。勝美は困惑した。

「馬鹿、立ちすくんでどうする」

土肥の声が飛んできたとき、銃声が響いた。身をすくめた勝美の眼に思いもよらぬ光景が映った。あたりの音が一瞬、消えたような気がした。

益満の身体が、ゆっくりと、前のめりに倒れていく――。

勝美は眼を瞠る。雨音と銃声が再び戻ってくる。勝美は慌ててあたりを見回した。

益満は黒門を背にしていた。だとすれば、黒門の向こう、薩摩がいる三橋のほうから撃たれたのだ。撃ったのは、薩摩兵か。誤射か？　流れ弾か？　混戦の中、一斉射撃などしていない。狙って撃ったのか？　同輩を？

「ああ、ああ」

益満休之助は、江戸を戦場にしたくないといっていた。薩摩は、朝敵徳川の使いをした者として、排除したのか。

「うわあああ」

勝美は喉が張り裂けんばかりに叫んだ。

奇妙な塊を吐き出した。山崎の顔が、伴の顔が、益満の顔が浮かんでくる。

こんな戦を仕掛けた奴らが憎い。憎い、憎い。

「誰だ、誰が戦を起こした！　誰が利を得るのか！」

絶叫しながら勝美はめちゃくちゃに刀を振り回した。

「勝美！」

土肥の声がした。だが、勝美はあらんかぎりの声を張り上げ、敵と味方が入り乱れる中へ身を投じた。

勝美は刀をただ振り回して突進した。黒門を越えてきた、東征軍の者らが怯んだ。

益満さん――。

勝美は益満に近寄った。益満はうつ伏せに倒れ、背に被弾していた。やはり味方に撃たれたのだ。うぐっと益満が呻いた。まだ息がある。勝美は益満の傍らに膝を落とした。

「益満さん！」

「逃げ、ろ――が」

益満が薄く眼を開ける。

「なんといったのですか？　火？」

「お前、なにをしちょっ！」

はっとした勝美が首を回すと、甲高い猿叫とともに、刃が振り下ろされた。速い。勝美は地面に転がり、初太刀をぎりぎり避けた。早く立ち上がらなければ。

焦るあまり、泥に足が取られる。

ようやく立ち上がった勝美に薩摩兵が迫る。正眼に構えたが、足が震えていた。殺られる。身が強張ったそのとき、

「貴様らは味方も撃つのか！」

勝美は怒声を上げた。一瞬、薩摩兵が怯んだ。

「死人に口なしか、卑怯者！」

勝美の叫び声を疎ましく思ったのか、大上段の構えから振り下ろそうとしたとき、眼前の薩摩兵が叫び声を上げ、くずおれる。

「大丈夫か？」

上原だ。端整な顔は泥と返り血にまみれ、眼だけがぎらぎらと光っていた。上原に斬られた薩摩兵の身体に雨が降り注ぐ。上原の袂が斬り裂かれている。

「ありがとうございます。お怪我を？」

「私のことはいい。山王台が取られたのは痛手でした。砲兵が真っ先に殺られた。当然です。勝美さん、傷を負ったのですか？」

「い、いいえ」

このような状況でも上原の声は落ち着いていた。

「よかった。聞こえなかったのですか？　境内に退き、東征軍を誘い込む、と。天野さまが文殊楼に向かっています。おそらく隊列を組み、迎え討つつもりでしょう」

まったく聞こえていなかった。今井は黒門死守を指示している。指揮がすでに乱れている。

「どうしました？」

上原が訊ねてくる。勝美は荒い息を吐きながら、応えた。

「益満、さんが撃たれて。味方に」

「その者は薩摩の者ですよ。大方流れ弾に当たったのでしょう。気にすることはありません」

勝美は首を横に振る。

「さあ、走って」

上原に怒声を浴びせられ、勝美は弾かれるように駆け出した。隣に並んだ上原がいった。

「益満は、西郷隆盛の命を受け、御用盗と称し、江戸を攪乱し、庄内藩を煽った者です。薩州屋敷の焼討ちを招いたのですよ」

「わかっています！　ですが益満さんが――」

「やめましょう。薩摩に徳川を討つ理由を与えた賊のひとりです。西郷は、生きていては都合の悪い手駒を片付けたにすぎません。奴を憐れむならば正太郎や伴さまの無念を思うべきです」

勝美は歯を食いしばる。山崎の顔が浮かんでくる。

だが、益満は逃げろといった。そのあと、火といったように聞こえた。あれはなんだ。

雨は未だ止まない。硝煙と雨でやはり視界は悪い。勝美は石畳を走る。水と泥を含んだ足と袴がさらに重く感じる。いま何刻なのか。戦が始まってからどれだけ経ったのか。

土肥が止めるのも聞かずに飛び出したのを思い出した。敵兵に迫られ、上原に救われた。私は戦場でなにをしているのだろう。

土肥は、丸毛は、どこにいるのか。

勝美は刀を納め、上原とともに文殊楼へと急ぎ向かう。

足を引きずる者や、血まみれの兵士に肩を貸し、中堂に向かっていく。黒門付近にいた三番隊が、文殊楼を守る神木隊約百名と合流した。まだ、こちらに敵兵はいない。

「東、屏風坂門より伝令。徳島、岡山ら、東征軍に攻め込まれるも、頭並春日《かすが》さま、純忠隊が撃破。東征軍は敗走」

おお、とあたりから声が上がる。

またひとり、寛永寺西側に広がる不忍池に面する穴稲荷門を守る者が「不忍池を舟で渡って来た東征軍と交戦中、援軍を」と、息も絶え絶えにいった。

兄の要太郎が守る穴稲荷門も激しい戦闘になっているのだ。

「谷中門はどうなのだ！　長州はどう動いているんだ」

「黒門はどうなのだ！」

神木隊の者らが口々にいう。

「黒門は応戦している。境内には進ませぬ。案ずるな」

三番隊の隊長松本《まつもと》が力を込めた。

「負傷者は中堂へ。腹が減った者は寒松院の庫裡《くり》へ行け」

本営詰の者が文殊楼前にいる隊士たちにいった。

と、そこに、

「しっかりしろ」

天野と若い隊士が抱えるように連れてきたのは伴だった。衣装の裾から鮮血が滴り落ちている。銃弾を浴びてなお伴の息は絶えていなかったのだ。

「伴さま！」

上原とともに思わず駆け寄っていた。伴が、勝美に虚《うつ》ろな眼を向け口を開いた。

「――渋沢はどこだ？　渋沢に山王台を奪還するようにと」

それを聞き、皆が言葉を失った。

「伴さま、渋沢さまは」

勝美が声を震わせると、天野が首を横に振る。

「承知した。山王台を取り戻すよう伝えればよいのだな」

天野が伴の顔を覗き込む。伴が頷く。

「さあ、中堂で治療をいたそう」

天野が悲痛な面持ちで話しかける。伴が「ひとりで行けまする。天野どのは指揮を続けてくだされ」と最後の力を振り絞るようにいう。

「わかった」

天野は若い隊士に伴を任せると、勝美に眼を向ける。天野の衣装は伴の血で汚れている。

「勝美。江戸は守れそうか？」

頬に笑窪を作った。

「わかりません」

「すでに数十名の隊士が命を失った。傷を負った者も大勢いる。しかし、未だ士気は下がっておらぬ。薩摩、長州、それに与する諸藩の兵士を叩き潰す。そうでなくば、死んだ者たちに顔向けが出来ぬ」

天野が空を見上げる。

「雨は止まぬか」

天野さま、と勝美は一歩前に出た。

「渋沢さまは必ずや助勢に参られます。砲撃の音をお聞きになれば、駆けつけてくださるはずです」

天野が、破顔した。

「なにをいう。渋沢どのの手を煩わせるわけにはいかぬわ。ここに着く頃には、我らが勝鬨を上げておるだろうて。やれ、腹が減った。朝餉を食い損ねたのでな」

声はいつものように力強い。しかし、その表情は険しい。上原に顔を向ける。

「上原。私は一旦、本営に戻る。黒門はどうだ？」

「あと半刻は持ち堪えるやもしれませんが」

半刻か、と天野が眉をひそめる。

「握り飯だ。腹に入れろ」

寒松院のほうから、丸毛と土肥、若い隊士数人が握り飯を盆に載せ走って来た。

ありがたいと、あたりにいた隊士らが我先にと殺到する。

「敵兵が見えたら一斉に撃ち掛けろ！　御本坊には輪王寺宮がおわす。文殊楼より先には行かせるな！」

東照大権現の御旗を掲げた旗本の大久保が声を張り上げた。五十を過ぎ、彰義隊の中では老齢だ。

黒門から文殊楼までは一本道。四斤山砲が二門据えられており、砲撃と一斉射撃を浴びせるつもりだ。

そういえば、と勝美はあたりを見回した。堡塁に背を預けながら、芳近に似た者がいないか眼を凝らす。この戦の噂を耳にして、義に燃えた民が、我らも戦うと寛永寺に入って来た。しかし、甚雨のためやはり視界が悪い。さらに笠を着けているため、ほとんど顔が判別出来ない。まだ黒門で戦っているのか。いや、そもそも生まれたばかりの子と妻を残して、師匠が来るはずはない。あれはやはり見間違いだったのだ。

土肥と丸毛とともに、勝美は水を飲む。

「まったく、焦ったぜ。よく斬られなかったな」

「上原さんに救っていただきました」

勝美は、丸毛から差し出された握り飯を断った。雨に濡れた握り飯はもはや形をなくし、ぐずぐずだった。

「どうして、そのような無茶な真似をしたんですか？　なますか蜂の巣にされてもおかしくなかったんですよ」

実は、と勝美は益満のことを話した。

山崎が死に、伴が撃たれ、仲間が倒れていく有様を目の当たりにして、心が乱れていたせいもあった。

「その益満が味方に撃たれたことが許せなかったと。ですが、僕も上原さんと同じ考えです。敵ですよ」

ただ、と勝美が口籠りつついった。

「火、といった気がしたんです」

「火だと？　どういう意味だ」

握り飯を食べ終えた土肥が、指をねぶりながら訊ねてきた。

「わかりません。益満さんの口から、そう聞こえたというだけで、確かなことは」

丸毛が「火ですか」と、首を捻る。

「寛永寺に火を放つということしか思いつかないのですが」

勝美は恐る恐る口にした。丸毛が眉間に皺を寄せる。

「僕もそれを考えました。もしも、火が放たれたら、塔頭も樹木も燃え上がり、戦うどころではない」

「火矢を飛ばすということか」

土肥が苦笑する。

「それですと、寛永寺の中心部にまでは届かないでしょうね」

丸毛のいう通りだ。勝美は考え込む。

穴稲荷門、屏風坂門、黒門――。むろん各門での小競り合いはあるが、寛永寺の南側に攻撃が集中している。

「だとしたら、直接、打ち破って来るのではありませんか。黒門にいるのは主力の薩摩です。正門である黒門を突破すれば、本殿までの突入も容易い。だからこそ、我らも隊士を多く配置しています。片や長州がいるのは谷中門。黒門とはほぼ反対の北に位置しています。あるいは、手薄になっている門があれば、黒門での混戦に乗じて」

勝美がいうや、丸毛が「ああ、くそっ！」と、声を上げて立ち上がった。

「この期に及んで長州は新式銃の使い方を修練しているという報があった。馬鹿にしているのかと思ったが、こちらの油断を誘っていたのかもしれません。谷中門近くの天王寺周辺も攻防戦となっておりますが、黒門の比ではない。それにも油断があった」

丸毛が早口で捲し立て、

「本営に戻ります。天野さんら幹部に知らせましょう。谷中門周辺にも兵を集めなければ」

駆け出そうとしたとき、雷音が轟いた。周囲の者たちも、なにかと見回す。

まさか？　と勝美は振り返った。

再び、轟音が響き渡る。腹の底に鉛玉でも食らったような衝撃を受ける。

「再び西だ。西の方角から弾が飛んでくるぞ」

誰かが叫んだ。

これまで不忍池に落ちていた砲弾が、とうとう池を越えてきた。

四

近くの樹木に着弾し、ばりばり音を立て、倒れた。太い枝が落下すると同時に枝葉に付いていた滴が雨のように降り注ぐ。悲鳴が上がる。

「富山藩上屋敷から、ここまで届くような火砲があるのか」

土肥が不忍池の方角を望む。富山藩上屋敷は不忍池を挟んだ高台にある。

佐賀藩か、と丸毛が呟いた。

「アームストロング砲という新式の火砲です。射程距離は四斤山砲よりも長い」

主力となっている四斤山砲の射程距離は、約二十四町（約二千六百メートル）ある。新式の火砲はそれより長いのか。

「三十町から三十三町あるといわれます」

丸毛がいうや、土肥が眼を丸くする。

「寛永寺一帯に届くんじゃないか」

「中実弾で塔頭をことごとく破壊するつもりですかね。初速が速いため、弾道が低く、伸びもいい。威力は臼砲に劣りますが、臼砲、四斤山砲を超える射程があるので、脅威になるでしょう。隠れるどころか、塔頭が壊されて逃げ場を失う。せいぜい下敷きにならないようにしなければ」

「冗談になっていないぞ。本営としている寒松院も狙われるだろうな」

徳川家霊廟を持ち、江戸の庶民にも親しまれた寛永寺が破壊し尽くされる。瓦礫の山になった境内を思い勝美は慄然とする。

丸毛が応える。

「やはり長州の大村益次郎は侮れません。こちらの配置もすでに知られていると考えていい。搦《から》め手《て》に兵を配置していないのも、その証。逃走路が一か所であれば追撃も楽です」

「勝ちを確信しての攻撃か。口惜しいというより、腹立たしいわ！」

土肥は額に巻いた弟の鉢巻をしっかりと結び直す。

「馬が無事であれば、谷中門外に突っ込んで行きたいくらいだ」

丸毛は吐き捨て、本営に駆け出して行った。

砲声は止むことなく続いている。池を越えて砲弾が弧を描く。堡塁に身を隠しても、無駄だ。

土肥とともに勝美も飛び出した。

「隠れようがないな」

土肥が悔しげにいう。文殊楼の門柱に身を置いた。

「楼門に当たれば、お陀仏だな」

土肥がなぜか笑う。勝美もつられて笑みを浮かべた。そんな余裕など、これっぽっちもないはずなのに、と不思議だった。戦場は、彼岸と此岸が混ざり合っている。此岸に居続けたいと強く願っても、あっという間に彼岸に渡る。

その曖昧な場にいると、どこか神経がおかしくなるのか。

「勝美、装填しておけよ」

土肥がぼそりといった。

勝美は早合から弾丸を取り出した。

次々弾が落ち、樹木はなぎ倒され、あたり一帯が枝葉を敷き詰めたようになる。いくつかの塔頭も被弾した。悲痛な声があちらこちらで上がる。

「こちらから反撃は出来ないのか」

口々に緊迫した声が上がる。周囲がざわつく。

山内の樹木は、敵からの目隠しになっているという利点があったが、いまはそれが不利に働いている。

砲弾がどう飛んでくるのかわからない。逃げ惑うだけだ。闇雲に撃ち掛けても、十分にこちらを混乱させることが出来る。その代わり、東征軍の犠牲も厭わないということにもなるが。長州藩の大村は、薩摩兵のことなど微塵も考えていないのだろう。

西郷、大村――。

戦とはこういうものなのか。暗澹《あんたん》たる思いに苛《さいな》まれながらも、逃げ出すことも出来ないのだと銃身を握り締める。

降り続く砲弾に、隊士たちが逃げ惑い、右往左往し始める。倒れた樹木や落下する枝によって怪我を負い、呻き、喚く者が続出する。もはや隊列を整えるどころではない。

「彰義隊及び諸藩の方々」

朗々とした声が突然、響いた。砲撃の音を一瞬、打ち消すような凜然とした声音に、一同が息を呑む。

天野だ。その後には幹部たちがいた。

「戦況は一進一退。黒門は奮戦している。いまが踏ん張り時ぞ。黒門を抜け、こちらに向かって来る敵兵は、ここで叩く」

我らこそが正義。我らこそが武士！　と天野が隊士たちを鼓舞した。

「我らの義は、たぎる魂は、どのような砲弾をもってしても撃ち砕けるものではない！　犠牲となった者たちの命は無駄にしてはならぬ。私を信じろ、己を信じろ。この戦に勝つ。奸賊どもに目にもの見せてやるのだ」

天野が右腕を高々と差し上げた。

隊士らが、呼応する。

疲弊し、不安な顔を見せていた者たちの眼に生気が戻る。闘志が宿る。

「神木隊から三十名を谷中門に向かわせる。その他は、文殊楼を守れ。私と数名は、山王台奪還に向かう」

ざわ、とどよめく。山王台を取り戻すのは無謀だ、死地に赴くようなものだと、声が上がる。

山王台は、雁鍋、松源の二階から攻撃され、東征軍に奪われた。東征軍は二軒の料理屋に持ち込んだ火砲と小銃で彰義隊隊士を蹴散らした。奪還したところで、再び上から狙われる。

「頭並、おれも行く」

土肥が声を張った。幹部に交じり、天野の後に控える丸毛もそのつもりなのだろう。こちらに視線を向けて頷いた。土肥はきっと弟の仇討ちをと考えたのだ。

私はどうする？　勝美はためらっていた。

「よし、土肥、ついて来い」

天野が応えた。

「伝令、伝令！　谷中門が破られ、長州兵が雪崩れ込んで来ました」

北西から樹林を抜け、走って来る者があった。

「なんと。ぬかったか」

天野が歯噛みをする。

「手には松明を持っています」

「我らを燻《いぶ》り出すつもりか！」

天野の顔が怒りで膨れ上がった。

益満がいっていたのはこのことだ。やはり寛永寺を火の海にするのだ。

アームストロング砲からの攻撃も甚だしく、雨霰のように降り注ぐ。上空から弾が降ってくれば堡塁も胸壁も役に立たない。

どうん。ぐしゃ。どしゃ。ばりばり。ががら。

鈍く不気味な地響きが鳴り、勝美と土肥は足下を揺さぶられ転がった。が、すぐに頭を抱えて、丸まった。

あたりの者も呆然としている。

文殊楼が被弾した。壮麗で美しい楼門は一発の砲弾でたやすく崩れた。このままでは、その後方に建つ根本中堂も危険だ。救護所になっているのだ。負傷者がいようがいまいが、不忍池の向こうからではそのような事情はわかるまい。そもそも、照準を定めずに撃ち掛けているのだ。こちらの混乱を嘲笑うように。

勝美は這いつくばって、逃げた。土肥も同じだ。

「当てやがった」

土肥が呆気に取られ、崩れた文殊楼を見上げる。

「危なかった。まさか一発でここまで壊れるとは」

勝美の背筋が凍りつく。

さらには、北西の谷中門付近から、黒煙がいく筋も上がり始めた。

長州兵がついに塔頭に火を放ったのだ。

「誰か！　御本坊におわす輪王寺宮に急報せよ。東征軍が山内に入り込んだ。いますぐに本坊から出られるようにと」

「僕が行ってきましょう」

丸毛が駆け出す。

勝美は震えが止まらなくなった。もう無理だ。どうせ敵兵を手に掛けることも出来ないのだ。ならばいる必要などない。

ただ、戦場で逃げ回っているだけではないか。

腰が抜けたのか、足に力が入らない。しかも、撃ち続く砲撃に耳が聞こえづらくなっている。

勝美はあたりを窺った。

まだ十六、七ほどの隊士が尻餅をついたまま動けなくなっていた。それを同じ歳頃の隊士が腕を取り、懸命に立たせようとしている。

勝美の近くにいた者が、こんなはずではなかった、こんなはずでは、と泣き声を上げ、繰り言を呟く。無惨に崩れた文殊楼を振り仰ぎ、茫然自失の者もいる。

天野の檄で一旦は盛り上がった士気が下がっているのは明白だ。

隊の伍長らが激しく叱責しても、その場にくずおれ、座り込む。もう戦意どころか気力も失われている。私も同じだろう。どのような顔をしているのか。

「勝美、しっかりしろ！」

土肥に身体を揺さぶられる。はっとして、土肥を見る。

「風が出て来た。まずいぞ」

「火が見える。こちらに火が回るぞ」

悲痛な叫び声に、隊士たちはますます混乱を極める。

「臆するな。ここを守れ。我らは、谷中門へ急ぐ。長州を討つ」

天野が叫ぶ。

だが、雨の下、めらめらと炎が立ち上るさまを見た隊士らは、もう一歩たりとも動かなかった。無念の思いか、失望か。それとも絶望か。

「おのおの方！　ともに参られよ」

幹部も動かずにいた。天野の声が虚しく響いた。

砲弾の威力を目の当たりにして、怯えが走ったのだろう。天野が苦々しい顔つきで、勝美の傍らを通り過ぎた。

「これが、これが徳川の臣か。旗本か。情けない」

と、吐き捨てたのが聞こえた。

やはり戦ってはいけなかったのだ、と勝美は思った。

彰義隊は、徳川の汚名返上を目指していた。臣として、潰れていく主家を見ていられなかったから立ち上がった。新政府への牽制であることが存在する理由だった。いまだ徳川は死なず、と新政府へ知らしめるための一団のはずだった。

武士としてあるべき姿を世に示す、美しい存在だった。義を掲げ、崩壊する主家と運命をともにする潔さに自分たちも酔いしれた。

それを江戸の庶民は歓迎し、称賛した。だから、勘違いしたのだ。驕ってしまったのだ。

ああ、悔しい。身悶えするほど悔しい。奥歯を嚙み締める。

勝美は、自分がここにいる意味を探った。

非力ながらも江戸を守りたいと思ったからだ。

たとえ戦となり、命を落とすことがあったとしても構わない、とわずかでも思ったからだ。

しかし、結局はなにも出来ない。自分だけではない。この戦を前に逃亡した者も大勢いる。

震えて、慄くだけの武士がここにいる。

戦になんの利がある？　殺し合いの後に残るのは結局、憎しみではないのか？　悲しみではないのか？　それでも戦を引き起こす者たちに利があるならば未来永劫、争いは絶えぬ。

火はますます燃えさかる。雨は容赦なく身体を打つ。風が、木の焦げる臭いを運んで来る。

砲撃は続く。黒門が制圧されれば、ここも白兵戦となる。もう、逃げ場はない。

「坂本門より急報。会津藩より助勢の兵が到着。こちらに向かっております」

会津？

勢いよくこちらに向かって来る一団があった。会津の旗を掲げている。

「見ろ！　会津だ」

「ありがたい」

沈んでいた空気がわずかに変わった。会津武士は勇猛果敢なことで知られている。

「少しは息がつけそうだな。おれはやはり山王台に行く」

土肥がいう。

「無茶です。天野さまも谷中に向かってしまった。ここで会津とともに薩摩兵を迎撃するべきです」

「勝美、わかっているさ。でも行かなきゃ気が済まない。あいつの骸も転がったままだろうからな」

勝美は止める言葉を失った。土肥が駆け出して行く。

会津兵の到着に隊士らは歓声を上げ続けた。が、会津兵は、根本中堂を過ぎ、崩れた文殊楼の手前で止まり、整列した。

「会津の皆さま」

その様子を訝り、旗本の大久保がひとり近づいたとき、銃声が轟いた。

大久保の身体がぐらりと揺れて、地面に伏した。

「大久保さまーっ！」

隊士のひとりが飛び出すと、会津兵が一斉に撃ち掛けた。

大久保の身を支えた隊士は、十数もの銃弾を浴び、泥を撥ね上げ倒れ伏す。

悪夢を見ているような光景に、勝美も周囲の者たちも言葉を失う。

「なぜ、会津の兵が？」

誰かが呟いたとき、相手が銃を構えた。

まさか、偽物——？

皆が疑念を抱いたまま、呆然とした。が、それはほんのわずかな瞬きぐらいの時であったろう。会津の旗が下ろされ、代わりに掲げられた旗に絶句した。

長州の旗だ。

「偽物だぁー。散れ、身を隠せ！」

叫び声が上がる。動揺と衝撃が走る。だが、眼前の状況を把握出来ない者ばかりだ。

「撃てぇー」

長州兵の銃口が火を噴いた。

「逃げろ！」

絶叫が響き渡り、ようやく皆が我に返る。味方を押し退け、我先にと、隊士たちが散らばっていく。もはや応戦を指示する指揮官の姿すらない。腕に、背に、脚に銃弾が命中し、ばたばたと皆が倒れていく。あっという間に、あたりが血に染まる。

それを雨が押し流していく。

猛々しい声とともに、銃隊の背後から、抜刀した長州兵が襲い掛かってくる。

勝美は身を翻した。

「勝美さん、こっちだ」

丸毛にぐいと腕を引かれ、堡塁に飛び込むように身をひそめる。

「おそらく大村の策です」

舌打ちした丸毛の笠から雨粒が滝のように落ちる。

「なにゆえ、門を通したのか！　気づかなかったのか」

長州の兵はもとより東征軍ならば左肩に錦切れを着けている。それをわざわざ取り去って会津だと名乗って来たのだ。洋装の軍服に紛れ、彰義隊隊士と似たようなたっつけ袴や額に鉢金を着けている者もいた。

「着替えをしたのでは？」

「はん。なんとも姑息な真似をするものだ。正面から挑んできた薩摩の西郷のほうがましだ。いや、正面に引き付けておいて、長州兵は背後から乱入するつもりだったのか。ああ、くそう」

丸毛が前方を窺いながら再び銃を構える。堡塁に身を隠した者たちは休みなく銃を撃つ。その間にも、被弾し、足を引きずりながら逃げる隊士たちを長州兵が斬りつけ、倒れ伏し、もがく者を突き刺している。

丸毛が長州の銃隊に向けて、連続して弾を放つ。長州側も激しく応戦してくる。

「ちっ。奴らの銃も七連発だったな」

崩れた文殊楼の前は、白兵戦となり、刃を交え奮戦する者もいたが、あっという間もなく長州兵に斬り伏せられている。

長州の銃隊が堡塁に向けて一斉射撃を開始した。

雨を含んだ俵や畳を積み重ねた堡塁が銃弾を受け、弾ける。飛沫が飛ぶ。

これで、最期かもしれない。

勝美は銃身を抱えて覚悟する。せめて、一発だけでも撃ち返せれば。

「輪王寺宮を捜せ！　間違っても殺すな！　本坊へ向かえ」

ぶっ裂き羽織を着ている者が叫んでいた。数十の長州兵が本坊へと走って行く。それを阻止するように、立ち塞がる者が刃を振るった。

輪王寺宮を奪うつもりなのだ。

「なるほど。そういうことですか」と、丸毛が吐き捨てた。

彰義隊は、いや天野は、輪王寺宮を立て、徳川再建を図ろうとした。その輪王寺宮が東征軍の手に落ちれば、彰義隊の意義も存在も無駄になる。戦う意味さえなくす。

「宮はもう側近に守られ、脱出しているはず。宮もむざむざ東征軍の手中に帰するはずはないでしょう」

「谷中門に向かった天野さまは脱出を知っているでしょうか？」

「危険が迫ったならばすぐに逃げるよう、脱出経路は側近に事前に伝えているでしょう。とはいえ、うまく逃げおおせてくだされればよいが」

「では天野さまもご一緒に」

「それはないでしょう。まさか隊士たちを捨ててここを出ていく方ではない」

しかし、天野は「これが徳川の臣か。旗本か」と落胆と怒りが混ざったような声で呟いた。

徳川、いや、安穏とした暮らしに骨抜きにされた武士などに頼った己の浅はかさを恨んでいるかもしれない。主が倒れ、ようやく眼を覚ましたところで取り返しはつかない。

大義など掲げても、それは自らの保身や、日和見《ひよりみ》でしかなかったのだと、天野はこの戦いで気づいてしまったのだ。

袂を分かった渋沢は、武士の生まれではなかった。天野もそうだ。

ふたりは、武士よりも武士らしくあろうとした。それは、おそらく生まれながらの武家には悔しくも滑稽に映ったことだろう。大義を叫ぶ天野や渋沢に、直参たちはなにを思っていたろう。

ただ若者たちは違った。天野の飛ばす檄に身が打ち震えたに違いない。本気で奸賊薩長を討ちたいと考えただろう。失墜した徳川の再建を本気で願っただろう。

ぬるま湯に浸かった大人たちを蔑み、自分たちが武士として、再び誇りを取り戻そうと躍起になった。もう幾人もの若い隊士が死んだ。山崎もそのひとりだ。

それは、導いた天野の罪か。

「谷中門近くの塔頭はほとんど燃え上がって、こちらに火が移ってきています。山内が火に包まれるのもさして刻はかからない」

丸毛が唇を噛み締める。

さらに煙が漂い始め、木が燃える強い臭いを運んでくる。

どんっ！

「ああ」

勝美は思わず声を上げた。

根本中堂が被弾した。瓦が凄まじい音を立てて落ち、木片があらゆる方向に飛散する。刃を交えていた彰義隊と長州兵の上に降り注ぎ、敵味方乱れて逃げ惑う。

中堂には負傷者がいる。

勝美が堡塁から飛び出そうとしたときだ。中堂の屋根から火の手が上がった。風に煽られ、飛び火したのだ。

「近づかないほうがいい」と、丸毛が勝美を制した。

「ですが、中には負傷した者たちがいるのですよ、丸毛さん。大怪我をした伴さまも」

「いま飛び出せば、長州の銃隊に蜂の巣にされますよ」

「しかし――」

私はここでなにをしている。

前方に長州兵、上からは砲弾。もはや黒門を死守する意味もない。山王台を取り返したところで、もう無駄だ。

「私は、敵を撃つこともしていない。ひとりも倒していない。だったら、仲間を救うことしか出来ない！　それくらいしか役に立てない」

丸毛は勝美を見据えた。が、すぐに仕方がないとばかりに首を横に振った。

「わかりました。僕がここから援護しましょう。背後の木々に隠れながら進んでください」

「かたじけない」

勝美がわずかに頭を上げたとき、耳元を銃弾が掠めた。思わず尻餅をついた。頬がひりひりする。指で拭うとわずかに血がついた。

丸毛が一発、二発と撃ち掛けた。

「勝美さん、待て。銃を構えろ」

丸毛が叫んだ。

「敵を撃て」

え？　と振り返ると、まだ十代と思しき隊士がふたり、長州兵であろう者たちに囲まれていた。

「救いたいなら、今すぐ撃て！」

勝美は慌てて銃を構え、丸毛とともに引き金を引く。長州兵のひとりの腕を撃ち抜き、怯んだ隙に隊士ふたりは逃げ出した。

どちらの銃弾が長州兵に命中したのかわからない。勝美は息を吐いた。

「では、行きます」

銃身に弾薬を込めている丸毛にいった。

「お気をつけて」

見れば、中堂が火を噴き始めていた。

勝美は這いながら堡塁を離れ、木々の間に入った。

丸毛が一発撃ったのを合図に勝美は駆け出した。

走りながら抜刀する。木々の中に敵の姿はなかった。中堂の脇までたどり着いたとき、扉が開いて、負傷者たちが煙にむせ返りながら飛び出してきた。

長州兵が驚き、

「敵だ、敵がひそんでいるぞ」

大声を上げた。中堂へ向けて弾丸が放たれる。肩に腕を回し、身を支え合いながら出てきた者たちが次々に撃ち殺される。

「撃つな！　怪我人だ！　そこには怪我人しかおらぬ！」

勝美はあらん限りの声を放った。が、砲声と銃声がそれをかき消した。

中堂が一気に燃え上がった。

槍を手にゆらりと出てきたのは、伴だ。躍りかかった長州兵を力を込めて薙ぎ払う。

「伴さま」

勝美が声を上げたとき、伴にいくつもの銃口が向けられた。

「貴様ら奸賊どもに討たれてなるものか！」

伴は大音声を放つと燃え盛る中堂へと身を翻した。その刹那、中堂の屋根が崩れ落ちる。

「伴さまっ」

勝美は駆け出していた。気づいた長州兵が、迫ってくる。

と、黒門の方角が騒がしくなり、長州兵たちが一瞬そちらに気を取られた。

「来るぞー、迎え討て」

誰かが叫ぶ。

境内に薩摩兵をはじめとする東征軍諸藩が、声を張り上げながら雪崩れ込んできた。黒門は完全に破られたのだ。散らばりながら長州兵を相手に応戦している隊士たちには、もう薩摩兵らに向かう余力はない。

丸毛が駆け寄ってくるのが見えた。

長州兵が銃剣で襲ってくる。すんでのところで、勝美はそれをかわした。見れば、中堂はすっかり炎に包まれている。

熱風が巻き起こり、身が焼かれるようだ。

伴は、あの火の中に身を投じた。

勝美は刀を振り回す。

長州兵が呆れるような顔をふと見せ、にやにや笑う。

侮るなら、侮ればいい。

私は敵兵を倒すことも出来ない、仲間ひとり救うことも叶わなかった。なんのためにここにいるんだ。なんのために。刀を振るいすぎて、息が切れた。

「なんだ、貴様」

長州兵が嘲笑う。

「うるさい、黙れ。私は役立たずだ、悔しくてならん！」

「それは気の毒だ。それ、かかって来い」

悔しい、悔しい。

あたりは乱戦状態に陥った。だが、東征軍のように戦場を越えてきた強者などほとんどいない彰義隊の隊士たちは、ひとりまたひとりと泥の中に沈んでいく。

ここで、死ぬのだな。勝美は長州兵と対峙しながら思った。

と、砲弾が近くに着弾し、勝美は衝撃で吹き飛んだ。

気づくと、あたりは霧が立ち込めたように白く、視界が閉ざされていた。ああ、やっぱり死んだのか。もう彼岸に来たのだ、と朦朧とした頭を振りながら、地面に手をついた。柔らかな感触に背筋が凍って、手を素早く引いた。

人の身体だ。

見れば、眼前にいた長州兵だった。その背が赤く染まっていた。ああ、そうか。砲弾で吹き飛んだのだ——。耳をやられた。何かで覆われているような感覚だ。雨の音も銃声も断末魔の叫びも、すべてが遠い。頭がふらつく。

掌が血に染まっていた。この長州兵のものだろう。呻き声がする。まだ、この兵士も生きているのだ。

勝美はその身を揺さぶった。

なにをしているのだ。こやつは敵だぞ。私を殺そうとした奴だぞ。気遣う必要などないではないか。

「おい」

だが、呻き声は一瞬のことで、長州兵は気を失った。

勝美が右膝を立てたとき、激痛が走った。

木片が、脚に突き刺さっていた。歯を食いしばり、木片を摑む。

「あ、ぐっ」

抜き取ると、血がどくどくと流れ、焼けるような痛みが身体を貫いた。

勝美はのろのろと立ち上がると、あたりの光景に眼を瞠った。炎が天に向けて燃え盛っている。寛永寺全体が業火の中にあった。

江戸の終焉が目の前にある。徳川も江戸も、終わったのだ。

「逃げろ！」

「こっちだ」

「火が迫っているぞ」

叫び声が交錯している。彰義隊と諸藩の兵士が次々と勝美の方に向かって来る。

「もたもたするな。早く逃げろ。境内はもう東征軍だらけだ。火の回りも早い。ここにいても焼け死ぬか、砲弾の餌食になるか、切り刻まれるか。いずれにしても死ぬしかない」

遁走する隊士の顔には怯えが張り付いていた。

文殊楼も炎を噴き上げていた。そのあたりで、長州兵と薩摩兵を相手に奮闘している一団があった。

天野だ。槍を振るっているのは、誰だ。上原もいる。次々と敵を斬り、突き、地面に転がす。

天野の刀は刃こぼれで使い物にならないのか、敵をただ突き刺し続けている。

「退け！　直ちに退け！」

天野が絶叫した。

勝美は愕然とした。呆然と立ちすくむ勝美の脇を隊士たちが通り過ぎて行く。

負けたのだ。

我々が負けたのだ。

「そこにいるのは、勝美か？」

名を呼ばれ、はっとしてその方向を見ると、要太郎だった。

駆け寄ってきた要太郎の鉢金が赤く染まっている。

「兄上！　怪我を」

要太郎は勝美の前まで来ると、

「たいしたことはない。それより、無事でいたか。勝美、お前に頼みがある」

この場で？

勝美は兄の顔を見る。

「これを麴町の蕎麦屋に届けてくれるか。必ず戻ると、必ず戻ってくると伝えてくれ」

懐紙で包んだものを要太郎が、無理やり勝美の懐にねじ込んだ。

麴町の蕎麦屋。

「しばらくお前はこの蕎麦屋に身を隠せ。匿ってくれるはずだ」

「なにをいうのです。兄上は？」

「おれは、天野さまとともに行く。彰義隊は再び立ち上がる。ここで敗れてなるものか」

要太郎が身を翻す。

「ともに参ります」

勝美が後を追おうと声を掛けるや、要太郎が足を止め振り返った。

「お前のような腑抜けはついてくるな」

「ふざけるな。私を彰義隊に加えたのは、兄上だ。私は戦などしたくなかった。けれど、なぜかここに残っている。こうして腑抜けが戦っている」

　勝美は要太郎の背に向けて叫んだ。

「彰義隊にいる意味を懸命に考えた。私が命を懸けたところで、江戸を救うことなど到底叶わない。このような戦の中では、人ひとりの命など塵に等しい。銃を構え、刀を振るっても、自問自答している。答えが出ることなどありはしないのに。ただ、悔しい。それだけで、ここにいる。それでも敵兵を傷つけることをためらっている。確かに腑抜けで腰抜けだ。仲間を救うことすら叶わなかった」

　炎に身を投じた伴の姿が目に焼き付いている。

　要太郎が踵を返し、勝美の前に立った。強い視線に射すくめられる。

「結句、どうなのだ。お前はひとりでも討ったか？　敵を屠《ほふ》ったか！」

　激しい口調に、勝美は怯んだ。

「お前のことだ。どうせひとりも傷つけていまい。殺めるなどもってのほかだ」

　が、不意に要太郎が目元を緩めた。

「それでいい」

　え？　と、勝美は面食らう。

「お前は生きて、再び絵筆を握れ。この戦を忘れぬよう、お前の筆で残せ。皆の無念も」

「――兄上」

「おれはお前を羨んでいたのやもしれん。嫡男として期待に応じねばならない立場だった。好きに生きられるお前が羨ましかったのだ」

要太郎は勝美の胸を握った拳でとんと突いた。

「要太郎どの！」

「いま行く」

要太郎は呼び声に応えると、再度身を翻しながら、

「父上と母上を頼むぞ」

そういって駆け出した。

このような状況でここからどう逃げ出せというのか。ここで、どう生き抜けと。勝手に巻き込んで、勝手に去って行く。

羨ましかっただと？　いまさらそのようなことを聞かされても。

「兄上！」

兄の背がみるみる小さくなり、激しい雨がその姿を隠す。

勝美は歯を食いしばりながら、懐を探った。金だ。

どうやって麹町まで行けと？　やはり兄上は勝手だ。自分で渡しに行けばよいものを。

ああ、そうか。北だ。北へ行かねば。搦め手から脱出すればよいのか。

丸毛も土肥もいない。上原は天野とともに行くのだろう。

私は——どうする。いや、ともかく、ここから出るのだ。生き延びるために。

勝美は足を引きずりながらも、大刀を引っ提げたまま、小走りになった。

「危ねえ」

どんと、身体に強い衝撃を受けて、その場に膝を落とした。刀が転がる。

「こんの野郎が、ぶっ殺してやる」

その声に勝美は首を回して振り仰ぐ。

薩摩兵に槍を向けている男がいた。胴に籠手、脛当を身に着けている。装束からして民兵だ。

「早くお逃げなせえ」

「し、師匠！　芳近師匠」

やはり師匠はいたのだ。この戦場にいたのだ。いつから？　どうして。

「早く。お怪我なさっているんだ。あっしがこいつを食い止める。早く逃げなせえ」

そう叫ぶ芳近も血みどろだ。

なぜ。

なぜ。

どうして。なぜ私など気遣う。

「うおおおお」

芳近が槍を幾度も突き出す。薩摩兵が後退《あとずさ》りした。

「あっしも後から追いつきまさぁ。さっさと行きなせえ。また一緒に画を描きましょう。約束ですよ」

芳近が笑った。

勝美は、手から離れた大刀を拾い上げ、立ち上がった。

芳近は槍を薩摩兵に突きつけながら、

「江戸は江戸っ子のおれらのもんだ。てめえら田舎侍にいいようにはさせねえ」

そういい放った。薩摩兵は怒りをあらわに刃を振り上げたが、一発の銃声が轟き、どうと倒れた。

「はっはー、ざまあみやがれ」

芳近が鼻の下を擦り上げた。

「師匠、一緒にここから逃げましょう」

「いやまだだ。死んじまったんでね、その仇を――」

芳近が踵を返した。

「なにをしている。止まるな」

脱出を図る者たちが押し寄せてきた。

呼び止めようとしたが、勝美は逃げる隊士たちの波に押された。

「師匠！　戻って――」

仇を？　その後の言葉は聞き取れなかった。おそらく鳥羽伏見の戦で手足を失ったという先妻の弟のことだ。死んじまったといっていた。怪我が悪化したのか。

その義弟の仇討ち――そんなことってあるか。私に、彰義隊などやめろ、戦など無理だといっていたのに。何が、芳近を揺り動かしたのか。わからない。わからない。

「師匠、芳近師匠！」

逃げる者たちに押され、勝美の声もかき消える。

彰義隊と諸藩の兵士は、搦め手から、あらゆる方向へと散った。戦が終わってもおそらく残党狩りが行われる。

今は寛永寺山内から出ることが優先された。誰もが振り向かずに走り続ける。

雨中、寛永寺は燃え続けた。

戦いの雌雄は、わずか半日で決した。

隊士たちは江戸市中を逃げた。花売りに化けて落ち延びた者もある。運悪く敵に遭遇し、市中で命を落とす者もあったという。

三日の間、切捨御免として、東征軍の追尾は執拗に続けられ、幾人もの隊士たちが捕縛された。首級を晒された者もあった。彰義隊を称賛していた庶民たちは東征軍を恐れ、匿うことを拒んだ。

寛永寺は、放たれた火によってほとんどが焼け落ち、徳川の霊廟として繁栄し、江戸庶民の憩いの場でもあった昔日の面影はまったくない。

戦の後、死んだ者の亡骸は放置された。二百六十ほどの骸がそのまま転がされた。東征軍が埋葬を許さなかったのだ。

だが、季節は五月。暑さでたちまち、死臭を放ち始める。

三日後の五月十八日、円通寺の僧侶と商人が、新政府の許可を得て、戦いの形勢を左右した山王台近くで、荼毘《だび》にふした。

弔いの煙は、天を目指し、上がって行った。

勝美は、要太郎の願い通り、麹町へ赴き、半年匿われた。要太郎は戻らなかった。蕎麦屋一家が泣いていた。特に、要太郎と夫婦約束をした娘は、「お侍をやめるといってくださったのに」と、連日嗚咽を洩らした。

勝美は掛ける言葉を失っていた。

上野での戦闘からふた月、江戸は東京と改称され、九月に元号は明治となった。

＊

勝美は、彰義隊の墓碑を背にして、いった。

「芳近師匠は、傷を負ったまま境内へと戻って行きました。それきりです」

「それきりだぁ？」

芳年はずんずん近づいて来ると、勝美に顔を寄せ、歯を剥いた。

「ですから、いったはずです。私は守られていた、と。寄ってたかって皆が守ってくれた――きっと臆病で弱かったからでしょう。だから生き残れた、生き延びた。それが、私の生き方だった。後悔はしておりません」

「だとしたら、僕もそうですね、小山くん。いや、勝美さん」

丸毛が勝美の肩に手を置く。

「丸毛さんは私とは違う。まったく違う。五稜郭まで転戦したのですから。私は、麴町の蕎麦屋で匿われ、息をひそめて半年暮らした。結局、死にたくなかったんです。その一念で、これまでも生きてきた」

頭並の天野八郎は、上野戦争からおよそ二ヶ月を経た七月十三日、密かに再挙を図り、本所の炭屋にひそんでいたが、新政府軍により捕縛。牢送りから四ヶ月後、病死した。

戦闘の最中、脱出した輪王寺宮は、榎本武揚《えのもとたけあき》の庇護を受け、奥羽越列藩同盟の盟主となるも、新政府に降伏し、今は陸軍にいる。

彰義隊の生き残り組は、方々に散った。上原は、上野から逃走後、すぐさま法衣に身を包み、残党狩りで逃げ惑う者を匿い、箱館に渡った。

土肥は、旅芸人に身を変えて、各地を回りながら、箱館へ向かおうとしたが、頓挫。江戸に戻り、幇間を続けた。

「芳近師匠はまた一緒に画を描こうといってくれましたが、叶わなかった。私はその亡骸すら見ていない。寛永寺にも足を運ばなかった。そういう人間です」

勝美はくっと奥歯を嚙み締める。戦から半年後、芳近の長屋を訪ねたが、女房は赤子を連れ、どこかへ移って行ったという。

芳年が唇を曲げた。

「おめえ、画帖持ってるな。寄越しな」

勝美は戸惑った。

「いいから、見せろってんだよ」

芳年が唇を尖らせた。

勝美は、困惑しながら脇に挟んでいた画帖を芳年に差し出した。

それを乱暴に受け取った芳年が、ペラペラと丁を繰る。芳幾もそれを覗き込む。

「で、師匠はいるのかい？」と、芳年がぎろりと大きな眼を向けてきた。

「いえ。芳近師匠以外にはおりません」

「そこそこだな。これじゃあ、芳近の兄さんがかわいそうすぎらあ。弟弟子のおれが、面倒を見てやってもいいけどなぁ」

丸毛が驚いた顔をする。

「それはいいじゃないか。ぜひ、世話になるといいよ、勝美さん」

「どういうことでしょうか」

勝美はおずおずという。

「なあ、他にも持っていねえのか？　さっき、絵の具箱を落としたとき、お前さん、小さな画帖を隠すようにしまい込んだよな」

芳幾が勝美を探るようにいった。

「あ、それは」と、勝美は慌てたが、遅かった。芳幾が手を出す。

勝美は抗うのも無駄と諦め、箱を開け、画帖を取り出し、芳幾に手渡した。

芳幾が丁を繰るのを、横から芳年が窺い見る。

「ふうん、これは彰義隊の人たちか」

へえ、と丸毛までが興味を示す。

「懐かしいな。これは土肥さん、上原さん――山崎さん、笑っていますよ」

「なるほど、それで似顔絵描きになったのか。こっちのほうがまだいい画だぜ。皆、血が通ってる。だからよ、おれが師匠になってやろうっていってんだ。これくらいの筆で芳近師匠に教えていただいておりましたなんていってほしくはねえからよ」

芳年はぷいと横を向く。

「相変わらず、芳年は素直じゃねえなぁ。芳近兄さんの弟子だから、面倒を見たいんだよ。お前さんがよければな。似顔絵描きよりも銭がいいとはいいがたいが」

「お前の筆で残せ」と、いきなり要太郎の声がした。

はっとした勝美は声を上擦らせ、

「学ばせていただけるのですね。よろしくお願いします」

頭を下げた。

「よし、新しい弟子ができた祝いだ。広小路あたりで一杯やろうぜ」

芳幾が歩き出す。

「僕もご相伴してもいいですかね？　大先生ふたりとお近づきになりたいのですよ」

「おい、新聞屋。おめえはおれたち絵師の敵だからな」

芳年がうそぶく。

四人は、山王台を下る。

と、坂下に馬車が一台止まっていた。

中にいた壮年の男が、じっと山王台の方角を見つめていた。

勝美は、髪をきれいに整えた男の顔をちらりと見やり、はっとした。

渋沢さま――？

いやいや、まさか。

「どうした、勝美さん」

丸毛が訝しむ。

「なんでもありませんよ」

渋沢成一郎は、天野と決裂し、振武軍を組織したが、上野戦争に敗れた彰義隊の残党とともに、新たな彰義隊を結成した。義を彰かにする、その思いをずっと持ち続けていたのだ。誰から聞いたものかは忘れたが、渋沢は上野の開戦を知り、隊を率いて急行するも、途中、敗走を知りやむなく引き返したという。その後、箱館戦争にも参戦し、投降。

従弟の渋沢篤太夫が身元引受人となり、今は生糸業を営んでいると聞いた。

馬車が動き出した。

「彰義隊は光だと丸毛さんはいいましたよね？」

「そんな恥ずかしいことをいいましたか？　でも当時は本気で思っていたのかもしれません。義を彰かにするなどと声高に叫んだ、熱に浮かされた愚直な男どもの集まりが、僕の眼にそう映っていたのかもしれません。光というより、時代の徒花ともいえますがね」

「ええ、そうだと思います」と、勝美は呟くようにいった。

丸毛が顎を上げて、空を仰いだ。

おい、と芳年が振り返った。

「新聞屋、どこかいい店は知らねえか？」

「ああ、知っておりますよ。では、ご案内いたしましょう」

丸毛はそういうと先を歩き出した。

勝美は、芳年の弟子となり、勝月《しょうげつ》の画号を得て、仏画などを描き、後年、三枚続きの錦絵を版行した。

『温古東錦正月十日諸侯上野霊廟へ参詣之図』

そう題された錦絵は、寛永寺へ参詣に訪れる大名家の行列を描きながら、かつて栄華を誇った寛永寺の姿を画に留めた。

広小路の三橋から、寛永寺の正門である黒門をのぞみ、右の雁鍋、左の松源。

東征軍が陣を張った場所から、眺めた図だ。

確かに上野で戦があった。

それは決して雨露と消えることはない、と勝美は思った。

〈著者紹介〉
梶よう子（かじ・ようこ）
東京都生まれ。2005年「い草の花」で九州さが大衆文学賞を受賞。
2008年「一朝の夢」で松本清張賞を受賞。
2016年『ヨイ豊』で直木賞候補、歴史時代作家クラブ賞作品賞を受賞。
2023年『広重ぶるう』で新田次郎文学賞を受賞。
近著に『焼け野の雉』『我、鉄路を拓かん』などがある。

本書は「小説幻冬」2021年6月号(vol.56)〜2022年8月号(vol.70)に
連載した作品に、加筆・修正を加えたものです。

雨露
2023年10月20日　第1刷発行

著　者　梶よう子
発行人　見城 徹
編集人　森下康樹
編集者　高部真人

発行所　株式会社 幻冬舎
〒151-0051 東京都渋谷区千駄ヶ谷4-9-7
電話：03(5411)6211(編集)
：03(5411)6222(営業)
公式HP：https://www.gentosha.co.jp/

印刷・製本所　株式会社 光邦

検印廃止

ISBN978-4-344-04189-9 C0093